四十歳、未婚出産

垣谷美雨

幻冬舎文庫

四十歳、未婚出産

プロローグ

それにしたって、この私が妊娠するなんて……。

冬が来たら四十歳になってしまう。

深い溜め息で窓ガラスが丸く曇る。それを人差し指でなぞると水滴に変わり、つうっと滑り落ちた。

宮村優子《みやむらゆうこ》は特急列車の窓に額をくっつけ、水で濡らしたように艶《つや》やかな水田の緑を見ていた。田植えを終えたばかりの短い稲が、溢《あふ》れる日の光を受けて、そよ風に揺れている。

もしも妊娠を打ち明けたら、水野匠《みずのたくみ》はなんて言うだろう。

たぶん、水野の顔に真っ先に現われるのは驚愕《きょうがく》だ。そして後悔に歪《ゆが》み、そのあとは恐怖で引きつる。

——堕《お》ろしてください。一生のお願いです！

そう言って土下座するかもしれない。

水野はまだ二十八歳だ。そして若くて美しい恋人がいる。

彼を苦しめる気などさらさらなかった。互いに酔っぱらっていたし、合意の上だった。それどころか、彼の温かな吐息と強引さを思い出すたび、今も頬が熱くなる。

このまま何も言わずに、こっそり堕ろすべきではないのか。

未婚の母になったりしたら苦労するに決まっている。

でも……自分にはもう何年も前から恋人がいないし、年齢を考えると、子供を産む最初で最後のチャンスだ。

だったら……。

ふうっと大きく息を吐いた。

ゆうべから突破口のないまま、同じことが頭の中をぐるぐる回り続けている。

水野とそうなったのは一回きりだった。

あのカンボジアの夜、自分も水野も頭がおかしくなっていたのだ。

1

営業部から異動してきた水野とコンビを組んでまだ半年だった。

団体ツアーの下見のために、水野と二人でカンボジアの都市シェムリアップを訪れていた。

延々と続く椰子《やし》畑が途切れると、太古からの密林がどこまでも広がる。

優子が新卒で楽陽トラベルに就職して十七年が経つ。所属はずっと企画部で、最初は国内ツアーが五年、そのあとのヨーロッパツアー六年を経て、今のアジア担当になって六年目となる。ツアー客には老若男女がいるから、男女がひと組になって企画を立てるというのが社の方針だ。

それにしても、カンボジアがこれほどまでに未開の地だとは想像もしていなかった。直前に立ち寄ったベトナムもマレーシアも都市部は道路が整備されて高層ビルが立ち並び、今まさに高度成長期の真っ只中といった活気が満ち溢れていた。それらに比べると、カンボジアは大きく出遅れている。

とにかく暑かった。

今までの暮らしの中で、これほど汗をかいたことがあったろうか。連日四十度を超える茹《う》だるような暑さの中、白いシャツが汗で背中にべったりと貼りついた。ジーンズをやめて麻のイージーパンツを穿《は》いてきて正解だった。

アンコールワットの遺跡群を訪れたとき、まともな土産《みやげ》物屋がほとんどないことにも驚いた。ここは有名な世界遺産ではなかったか。もしも日本ならば、周辺には様々な店が林立するに違いない。外国人観光客が大挙して押し寄せているというのに、これぞチャンスとばかりにガツンと稼いでやろうとは思わないのだろうか。諸外国との貨幣価値の違いを考えてみれば、一生分を短期間で稼ぎ出すのも夢じゃない。だが、この灼熱《しゃくねつ》地獄の中では、何ごとかを成し遂げようとする意志さえ湧きおこらないのか。それとも野生の果物があちこちにたわわに実っていて飢えの心配がないから、ハングリー精神など持ちようがないのか。一年中気温が高く、道端で寝ていても寒さで凍える心配がないからか。

広大な遺跡群の中には、現地の子供たちがここかしこに所在なくたむろしていた。

「小学校は今日は休みなの？」

水野が現地ガイドのネサットに尋ねた。ネサットは三十二歳で身長が百八十センチある。カンボジア人の中では抜きんでて背が高いらしく、彼はそれを自慢にしていた。

「貧乏ナ子供、学校、行ッテマセン」

聞けば、義務教育は法律で決められてはいるらしいが、貧しい子は小学校に通えず就学率は低いという。

「中国人ヤ韓国人ノ観光客ガ、子供タチニ、オ菓子ヤ飴ヲタクサン与エマス」

そう言ってネサットは顔を顰《しか》めた。「ダカラ子供タチミンナ虫歯ダラケ。貧乏デ歯医者ニ行ケナイ。困リマス」

「日本人はお菓子をあげないの？」と、水野が尋ねる。

「日本人ハアゲマセン」とネサットが即答する。本当だろうか。こちらに気を遣って言っているのではないか。

「ふうん、やっぱり日本人は子供たちのことをちゃんと考えてるんだな」

水野は誇らしげに言った。あっけらかんとした性格で、優子のように言葉の裏をいちいち詮索したりはしない。

遺跡群から外へ出ると、小さな女の子が走り寄ってきて、いきなり目の前に絵葉書を突き出した。四歳くらいだろうか。エキゾチックな顔立ちをしている。薄汚れた衣服を身にまとい、足もとを見ると裸足だった。日がな一日、絵葉書を握りしめて外国人を追っているからなのか、売り物なのにどれも汚れてベタベタしているのが触らなくても見てとれた。

「私、買ってあげようかな。水野くん、どう思う？」

「どうでしょうか」と小首を傾げる。「子供を使って金を稼ぐことに味をしめた親は、ずっと子供を働かせ続けるって聞いたことありますけどね」

「そうか、やっぱりやめた方がいいね」

「そうですね。もう行きましょう」

出口へ向かって行きかけると、女の子は小走りになって追ってきた。一生懸命に話しかけてくるが、クメール語なので何を言っているのかわからない。振り切ろうとしたが、あまりに必死な様子に優子は思わず立ち止まってしまった。見下ろすと、濡れたような瞳でじっと見上げてくる。幼児とは思えない美しい顔立ちだったので、思わず惹《ひ》き込まれ、知らない間に見つめ返していた。

こちらの強い視線に驚いたのか、女の子が数歩後ずさった。恐がっているらしい。それでも絵葉書を売らねばならないという強い使命感があるのか、逃げたりせず、視線も外さない。その真剣な黒い瞳を見ているうちに、切なさが込み上げてきた。

前を歩くネサットが立ち止まって振り返るが、黙ったままだ。買ッテアゲテだとか、買ウ必要アリマセンとか、どっちでもいいから何か言ってほしかった。買った方がこの子のためなのか、それとももっと不幸になるのか。

もう一度ネサットを見ると、彼はうっすら微笑んだ。甘いお菓子を与えるのは反対だが、絵葉書を買うのは構わないと言っているのだろうか。

「ハウマッチ？」と水野が尋ねると、女の子が指を二本立てて「ツーサウザン」とかわいい声で答えた。親に覚えさせられた唯一の英語なのかもしれない。

「二千リエルって、一枚の値段のことかな」と水野がネサットに尋ねると、ネサットはすっと女の子の前に出てクメール語で尋ねてくれた。

「五枚デ二千リエルト言ッテマス」

日本円にすると一枚十円くらいだが、この国の人々にとってはとんでもなく高い。

「俺、買います」

水野がショルダーバッグから財布を出したときだった。たくさんの子供たちが木陰から一斉に飛び出してきて、水野を取り囲んだ。僕のも私のも買ってくれと大騒ぎになった。みんな裸足だった。水野と二人で片っ端から買ってやった。いくら買ったところで安いものだった。安易に金を恵むなと批判する人もいるだろうが、この赤貧の現実を見たら無視することはできなかった。

お金を受け取ると、子供たちは嬉しそうな笑みを浮かべて、一目散に走り去っていく。一刻も早く家に帰って、母親が喜ぶ顔を見たいのだろう。

小さな背中を見送りながら、「こういうのを安っぽい同情心って言うのかな」と優子はつぶやいていた。

「それはそうかもしれませんけど……でも今日一日だけでもあの子たちが美味しい物にありつけたらいいなと俺は思います」

「そうだね」

目を見合わせたとき、ここには日本人は二人だけなんだと強烈に意識した。そのときは、豊かな国から来て、たった数百円の端金《はしたがね》で幸せを分け与えてやったと、恩着せがましい優越感に浸っている、とは思わなかった。とてもいいことをしたと満足していた。今考えると、感覚が麻痺していたのかもしれない。

出口に向かって並んで歩いていると、「宮村さん、あれ見てください。信じられない」と水野が土手の方を指差した。見ると、木陰にシートを敷いて家族らしき六人ほどが輪になって座り、食べたり飲んだりしている。身なりからして地元住民のようだった。

「信じられないって、何が？　普通のピクニックでしょう？」

「端っこに座ってるの、子供じゃないんですよ」

近眼の優子は目を細めて、もう一度見た。そこには行儀よく座っている猿がいた。隣の中年女性が手渡しでパンを与えると、大人しく食べ始めた。驚いて見ていると、頭上の生い茂った木から、猿がもう一匹するすると降りてきた。その猿も人間たちの輪に入り、ちょこんと座った。誰も追い払おうとせず、猿にパイナップルを一切れ渡してやっている。

「俺、あんなの見たことないです。野生の猿ですよ。飼ってる猿じゃないんですよ」

水野は興奮気味に言いながら、しきりにカメラのシャッターを押した。

猿も犬も本当は自分たちと同列の仲間なんじゃないだろうか。陽炎《かげろう》で視界が揺れる中、そんなことをぼんやり考えた。

「出口マデ遠イデス。トゥクトゥク乗リマショウ」

二列のシートの前列にネサット、後列に水野と並んで座った。トゥクトゥクが走り出すと土煙が上がった。窓がないので、ハンカチで口を押さえる。

それにしても、昔ながらの土の道路が多いのに、どうしてこうも暑いのか。近い将来、カンボジアも発展し、どこもかしこもコンクリートだらけになったら、今より更に気温が上がるのだろうか。

「カンボジアニ来テカラ、年寄リヲ見マシタカ？」

ネサットが後部座席を振り返り、優子と水野を交互に見て尋ねた。

「老人？　そういえば……見なかったかも」

優子が答えると、ネサットは満足そうにうなずいた。

「ソーデショウ。国民ノ平均年齢ハ二十三歳デスカラ」

ポル・ポトの虐殺と長期間の内戦により、三十代以上の人口が極端に少ないという。総人口の半分以上が二十四歳以下だというのだから少子高齢化社会の日本とは大違いだ。

そのとき、トゥクトゥクが急停止した。前方を見ると、痩《や》せた牛が道路の真ん中を堂々と横切っていくところだった。当てもなくウロウロしているといった感じだ。野良犬たちも、あちこちの日陰で顎《あご》を地面に投げ出してだるそうに横たわっている。元気なのは猿だけで、バイクの上を飛び跳ねたり、人間の肩に登ったりしている。人々も慣れているのか、それともその猿とは顔なじみなのか、追い払ったりしない。とはいえ、ことさら頭を撫《な》でたりもしていない。その様子はペットをかわいがる日本人とは異なっていた。まさに共存している。

そんな姿を見ているうちに、東京での残業の多い生活に、ふと疑問を抱いた。もっと自由に、もっと思うがままに、自然に身を任せて生きたい。それが本来の人間の姿ではないのか。そんな現実離れしたことを考えていた。暑さで思考力が低下した分、感情だけが鋭敏になり、感傷的な気分に陥っていたのだろう。目に映るもの全てが、原体験を呼び覚ますといった感覚の中にいた。

幹線道路に出ると、トゥクトゥクから日本車に乗り換えて、マーケットの駐車場まで行った。駐車場からマーケットまでは三分ほど歩かねばならないらしい。四十度を超える炎天下では頭がくらくらしそうだった。

歩いて一分もしないうちに、突然辺りが暗くなり始めた。見上げると、黒い雲が青空の中を這《は》うように侵略してきていた。

「モウスグ、スコール、来マス」

ネサットが言い終わらないうちに、大粒の雨が頬に当たった。

バッグから折畳み傘を出そうとするが、なかなか見つからない。海外での仕事用にと買い替えたばかりの軽量バッグをまだ使い慣れていなかった。ポケットがたくさんあるから便利ですよとデパートの店員に薦められて買ったのだが、ポケットが多すぎて、どこに何を入れたか覚えていない。真っ昼間だというのに、辺りがどんどん薄暗くなってきて、黒いバッグで裏地の色も傘の色も黒とくれば、手探りで見つけるしかない。スコールは大地を叩き、凄まじい強さで身体《からだ》に降り注いだ。地面は土なのに、コンクリートかと思うほど勢いよく雨が跳ね返ってくる。

傘を開いたときには、既に全身びしょ濡れだった。水野はと見ると、彼もやっと傘を開いたところだった。ネサットは傘もささずに、平然と顔を天に向けて口を大きく開けている。この国ではミネラルウォーターを買える金持ちは一握りだ。それ以外の人々にとって、雨が最も清潔な水なのかもしれない。

ジャングルの方に目を凝らすと、水煙がもうもうと立ち上っていた。水野がこちらを向き、何やら話しかけてくるが、雨がバチバチと傘を突き刺すような音を立てるので聞きとれない。雨音の大きさは、恐怖心を誘うほどだった。

「み、や、む、ら、さん、雨宿り、できそうな所、ない、みたい、ですね」と、水野は区切りながら大声を出す。

見渡す限り建物がなかった。

「ダイジョブ。スグ止ミマス」と、ネサットも怒鳴るような大声で言った。

次の瞬間、いきなり静寂に包まれたことで、雨が止んだことに気がついた。

「宮村さん、すげえエロいですよ」

水野が優子の胸の辺りを遠慮なく見る。彼が白い歯を見せて明るく笑うと、いやらしさなど微塵《みじん》もなかった。

「白いシャツなんか着てくるんじゃなかったわ」

ぴったりと肌に貼りつき、下着がはっきり透けて見えた。

空を見上げると、さっきの豪雨が嘘だったように晴れ渡っていた。雨のお陰で気温が一気に下がるだろうと期待したのに逆だった。まるでサウナにいるかのように、息苦しいほどの蒸し暑さが全身を包み込んだ。水野のサングラスも曇っている。

バッグからペットボトルを出して水をがぶ飲みした。カンボジアに来てから、このミネラルウォーターはいったい何本目だろう。飲んでも飲んでもすぐに喉が渇く。何本あっても足りない。タオルハンカチで髪や洋服を拭きながら、ネサットに案内してもらいマーケットに向かって歩いた。

体格のいいネサットの後ろ姿は堂々としている。びしょ濡れになってしまったが、清潔な白いシャツとピシッとアイロンの利いた黒いズボンを穿いていて、マーケットで働く現地の人々とは一線を画していた。ネサットはダムレイ・ネサットという名だが、「ダムレイ」は父親の名前で象を意味し、「ネサット」は漁師という意味だ。カンボジア人には名字がない。

彼は楽陽トラベルと直接契約を結んでいる。日本とは貨幣価値が大きく違うので、この国では大金持ちだ。研修に参加するため、年に一度は来日している。

——将来ハ大統領ニナルツモリデス。

会ってまだ二日目だが、その言葉を何度か聞いた。冗談でないことは、その真剣な表情から見てとれた。まだ三十二歳だが、既に小学校と中学校を作ったという。親族の中で一番の稼ぎ頭で、甥や姪にも教育費を援助してやっているらしい。

——日本ハ素晴ラシイ国デス。コノ国ヲ、必ズイツカ、日本ノヨウニ発展サセマス。

彼の力強い言葉を聞いたとき、無性に羨ましくなった。貧しい国に生まれたからこそ持てるバイタリティだ。戦後すぐの日本もこうだったのだろうか。

「ネサットさん、あの果物は何なの？」と水野が尋ねた。

水野の視線を追うと、あちこちに果物売りの男たちが地べたに座っていた。南国の色とりどりのフルーツが、筵《むしろ》の上に山と積まれている。

「右カラ、ランブータン、パパイヤ、ドリアン、龍眼《ろんがん》、タマリンド、釈迦頭《しやかとう》、マンゴスチン、ソレニ……」

「どれがお薦め？」と、水野が興味津々といった目をして尋ねている。

「ソウデスネ……」とネサットは考えている。「全部オイシーデス。デモ、日本人ガ一番好キナノハ、タブン、マンゴスチン、デショー」

　そう言って、赤黒くて丸い果物を指差した。

「俺、初めて見たよ。名前はマンゴーに似てるけど、見かけは全然違うんだね」

「味モ全然違イマス」

「食べてみよ」

　水野が財布を開くと、店の男がここぞとばかり大袋に入ったマンゴスチンを差し出した。水野は二つか三つ買うつもりだったのだろう。あまりの多さに戸惑っているが、信じられないほど安価だったこともあってか、苦笑しながら大袋を受け取って胸に抱えた。

　そのあとは予定通り観光コースを視察してからホテルに送り届けてもらい、そこでネサットと別れた。

　その夜は、ホテルのレストランで水野とバイキングの夕食を取った。

　地元企業はまだ育っていないのか、まともなホテルといえば外資系の一流ホテルしかなかった。それらにはもともとシングルルームがないので、ツインルームを二室取ろうとしたが満室で、仕方なくスウィートルームを一つ予約していた。ヨーロッパでは高額すぎて泊まれないが、カンボジアは物価が安いので、出張費としては許される範囲内だった。

　部屋に入ってみると、キングベッドが置かれた寝室と、二十畳ほどの広々としたリビングルームがあり、大理石造りの立派なキッチンまでついていた。あまりに広すぎて落ちつかなかった。水野の部屋もたぶん同じような造りだろう。同じ階だが、何部屋か離れていた。

早く汗を流したくて、すぐにシャワーを浴びた。そのあと、寒いほど冷房の利いた中でテレビをつけた。ＮＨＫが映るというのでチャンネルを回してみたが、ニュースではなくバラエティ番組の録画だったのでがっかりした。大きなソファに寝そべって肘かけに両足首を乗せると、足の裏からジンジンと疲労感が襲ってくる。頭にバスタオルを巻いたままだった。早くドライヤーで乾かさないと変な癖がついてしまう。そう思いながらも、いつの間にかウトウトしてしまった。

ドアをノックする音で目が覚めた。

「水野でえす」

覗き穴を見ると、満面の笑みで手を振っている水野が見えた。

ドアを細く開けると、水野は大きな袋を胸に抱えていた。茶色い質素な紙袋からマンゴスチンが覗いている。昼間にマーケットで買ったものだ。

「宮村さん、食べるの手伝ってくださいよう。数えてみたら三十個以上も入ってたんですもん。参っちゃいますよ」

「ごめん、今スッピンなんだ。でもマンゴスチンは大好物だから少しここに置いてって」

「冷たいなあ。一緒に食べましょうよ。ほら、ワインもあるし」

どこで買ってきたのか、白ワインを目の前にかざす。顔つきが、いつもの水野とは違った。

「水野くん、悪いんだけど……」

顔にはまだ化粧水すらつけておらず、髪はぐちゃぐちゃだった。バスローブの前がはだけそうになっていることに気がついて慌ててかき合わせる。

「スッピンだっていいじゃないですか。なんだったら電気消しましょうか。うん、そうしましょう。だって窓からの月明かりが、びっくりするほどきれいなんですよ」

そう言うと水野は強引にドアを大きく開けて入ってきた。そして、ドアを入ってすぐの所にある室内灯のスイッチを勝手に全部切った。水野の部屋も全く同じ造りなのか、迷う様子もなくずんずん部屋を横切って窓の方へ進んでいく。

すれ違うとき、酒の匂いがした。自分にも覚えがあるが、長時間のフライトでの気圧の変化と時差ボケで、少量のアルコールでひどく酔っぱらってしまったことがある。それを一度経験してからは、海外出張のときは、酒は極力控えるようにしていた。

水野は窓辺に近づくと、カーテンを端まで一気に引いた。強烈な月明かりが部屋に差しこんできた。

「……すごい」

黒々とした原生林の中に月がぽっかり浮かんでいる。思わず窓辺に近寄り、じっと月を見つめていると、密林の中に迷い込んでしまったような錯覚に陥った。

「飲もう、飲もう」

水野のはしゃいだ声で、ハッと現実に戻った。上機嫌な水野を目の前にすると、無下《むげ》に断わるのも野暮《やぼ》な気がして、「まったくしょうがないわね」と苦笑していた。

「今日も一日、暑い中お疲れ様でしたあ」と、向かいのソファに深く沈んだ水野は変わらず満面の笑みだ。二人を隔てるガラステーブルには、ワイングラスに注いだ白ワインが微かに揺れていた。

「そうね、今日も頑張ったよね、私たち」

会社の人間の目の届かない場所でも、怠けることなく朝から晩まで働いた。猛暑の中を歩き回る一日が終わり、あとはぐっすり眠るだけだ。明日の帰国の飛行機は午後発だから、朝はゆっくりできる。それを思うと、心の中に解放感がジワジワと広がってきた。

少しくらい飲んでもいいよね。

水野が持参したワインがフルーティで好みの味だったこともあり、ついついお代わりをしてしまった。水野が器用にナイフを使い、マンゴスチンに切り込みを入れた。厚さ一センチほどもある赤黒い皮を取り除くと、乳白色の果実が現われた。大蒜《にんにく》のように行儀よく丸く並んでいて、なんともかわいらしい。

「どうぞ」

水野が差し出したマンゴスチンにかぶりつくと、優しい酸味と甘味が口の中に広がった。

「すごくおいしい」

「ほんとらね。ここまでうまいとは」

口が回っていなかった。さらに酔いが回ってきたらしい。

互いに手をべとべとにしながら、貪《むさぼ》るようにして次々と食べていった。いくらなんでも三十個は食べきれないと思っていたのに、どんどんなくなっていく。皮の色素で爪が赤く染まった。

全部食べ終わると、日本から持ってきたウエットティッシュを何枚も使って、口の周りや手を拭いた。指と爪の間を丁寧に拭き取っている間、水野が向かい側から微動だにせずに、じっと見つめているのが視界に入っていた。顔を上げると目が合ったので微笑んでみたが、水野はにこりともしない。

次の瞬間、水野がふっと立ち上がって、テーブルを回って近づいてきた。

異国にいることで感情が高ぶっていたのだろうか。

小鳥がついばむような優しいキスがどんどん情熱的になっていく。

男性と肌を触れ合ったのは、実に七年ぶりだった。

翌朝、一階にあるレストランで朝食バイキングの皿にサラダを取っているときだった。

「ゆうべはすみませんでした」

近づいてきた彼は、その場で深々と頭を下げた。

「やめてよ、こんなところで」

「だって、宮村さん……」

あれは間違いだったんですよ、忘れてください、俺にはレッキとした彼女がいるんですから。口に出してそう言ったわけではないが、はっきりと顔にそう書いてあった。

水野には青木紗絵《あおきさえ》という恋人がいる。あれはいつだったか、休日に都心で買い物をし、歩き疲れてビルの二階にある喫茶店で休憩していたときのことだ。窓際の席から外をぼんやり眺めていると、向かいの映画館から二人が手をつないで出てきたのだった。

派遣社員の紗絵が総務部に配属されてきた日のことは、今でもはっきり覚えている。なんてきれいな子だろうと、目が釘付けになった。目鼻立ちがくっきりしていて肌が磁器のようになめらかだった。

モデルにでもなれそうなこういった女性を、最近は街で見かけることが多くなった。女優にも負けないほどの美人がカフェやファストフードの店で普通に働いている。自分の世代なら、美人と呼べるのは学年に三人くらいしかいなかったから本当に驚いてしまう。気づけば時代は移り変わり、いつの間にか自分は中年と呼ばれるカテゴリーに分類されていた。

紗絵のいる総務部は、自分や水野のいる企画部と同じフロアにある。部を区切るパーテーションもないし、文具や資料のキャビネットも共有で、歓送迎会なども合同でやることが多かった。どの男性が彼女のハートを射止めるのだろうと思っていたら、やっぱり水野だった。大学時代にミスターキャンパスに選ばれただけのことはある。カッコイイうえに明るくて優しいと、若い女性社員の間で人気があった。そういった微笑ましい光景を見るたび、自身の過去を思い出して苦い思いになる。上司との不倫で、二十代後半を台無しにした。

水野は、一緒に仕事をするのに重宝する相手だった。裏表がなくて率直だから、余計な気を遣わなくていい分、仕事が捗《はかど》った。

「なんのこと？　ゆうべ、なんかあったっけ？」

咄嗟《とっさ》にとぼけてみせると、水野の強張っていた頬が一瞬にして緩んだ。

「宮村さんは男らしくて助かります」

彼は白い歯を覗かせて微笑んだ。

それまでは彼の素直さが好きだった。だがその長所に、これほど傷つけられる日が来るなんて思いもしなかった。
海外出張には慣れていたはずだった。仕事とはいえ、非日常に身を置くことで、ストレスの溜まる東京での生活に疑問を持つのはいつものことだ。宇宙飛行士の誰だったか、宇宙船から地球を見たとき、帰還したら農業に生きると宣言した人がいた。だが、日々の生活に戻って現実に向き合うと、あれほど堅かった決心が雲散霧消する。一時の高揚感のなせる業《わざ》だったとわかって虚《むな》しくなる。昨夜のできごとは、それと同じようなものかもしれない。自由に道を闊歩《かっぽ》する牛や猿に影響され、暑さで考えがまとまらなくなり、幻想的な月夜に惑わされたのだ。

2

いつもなら新幹線で京都まで行き、そこから山陰本線に乗り替えるのだが、今回は大阪から福知山線に乗ることにした。遠回りになってしまうが、山陰本線は京都府と兵庫県の山あいを通るときに、両側から山が迫ってくる。気持ちまで暗くなりそうで、お腹の子に悪い影響を与える気がした。それに比べて福知山線は視界が開けていて、田んぼや畑や民家が見える。

今頃きっと、実家は法要の真っ最中だろう。横浜に住む姉の真知子《まちこ》も、静岡に住む兄の広伸《ひろのぶ》も、とっくに帰省しているはずだ。今日は父の七回忌で、本当なら自分も昨日のうちに帰省し、今朝の法要に間に合わせるはずだった。烏山《からすやま》部長にも、一ヶ月も前から申し出てあった。それなのに休暇の前日の夕方になってから、急ぎの仕事だと言って、部長は資料をどっさり置いていった。そのせいで、東京を発つのが今日になってしまったのだった。

昨夜、初めて妊娠検査薬を使った。陽性反応を見た瞬間からずっと、心臓がドクドクと鳴りっぱなしだ。ネットで検索してみたところ、市販の検査薬に間違いはほとんどないらしい。

改札を出てタクシー乗り場へ向かって歩きかけると、先頭に駐車していたタクシーの後部座席のドアが音もなく開いた。運転手がこちらを見ている。次の瞬間、思わず踵《きびす》を返していた。やっぱりバスにしよう。節約しなきゃ、この子のために……。気づくと、お腹にそっと手を当てていた。自分の仕草に愕然とする。本当に産んで育てるつもりなのか。シングルマザーになっても会社に勤め続けられるのだろうか。大丈夫だ。世の中にシングルマザーが何人いると思っているのだ。私にだってできるはずだ。もしもダメなら、最後の手段として生活保護もある。

でも……。

バスに揺られながら川の畔《ほとり》を眺めた。真っ白い鷺《さぎ》が、長い足を一歩ずつゆったりと前に出す。歩くこと自体を楽しんでいるかのような優雅さだった。溜め息ばかりを繰り返し、心ここにあらずの状態のままバスを降りた。大通りを真っすぐに進んで角の郵便局を左に折れると、トーテムポールが見えてきた。物心ついたときには既にそこにあった。実家をぐるりと囲う板塀が途切れたところに、門柱として二本立っている。父の遊び心満載の作品だ。工務店を経営していた父は腕のいい大工でもあった。当初はカラフルだったが、今では色褪《いろあ》せて渋味が加わり、見ようによってはネイティブアメリカンが作った本物にも見える。幼い頃は「トーテムポールの家の子」として、周りの子供たちに認識されることが多く、子供心にも自慢に思っていた。

二メートル近い高さがあるそれらの間を通り抜けてから、振り返ってみた。裏側には子供の頃の身長が刻んである。姉と兄と自分の成長記録が見て取れた。東京へ出て何年にもなるが、これを見るたびに無邪気な子供時代を思い出し、懐かしさで心が満たされる。

飛び石を歩き、玄関の格子戸をガラガラと開けた途端、賑《にぎ》やかな声が耳に飛び込んできた。

「まあ、そう言わんと、もう一杯いきまひょうな」

襖《ふすま》の向こうから伯父の声が聞こえてきた。ほろ酔いで機嫌がいいらしい。

「広伸くん、いけるクチなんやろ？」

「いやいや、僕ももう若くはないですから」

兄の広伸が伯父の相手をさせられている。

廊下をそっと通り抜け、突きあたりにある台所を覗くと、流しで洗い物をしている姉の真知子と視線がぶつかった。険のある目つきだった。独身のあんたがこんな時間に帰ってきて、いったい何考えてんのよ、私だって忙しい中、なんとか都合つけて昨晩のうちに帰省したっていうのに、とでも言いたげだ。姉は働いてはいないが、口うるさい夫の両親との同居で新婚時代から四苦八苦している。おまけに高校生の息子は成績がよくないうえ、姉の言うことをまったく聞かないらしい。

「ただいま。遅くなってごめん」

母と、母の妹である希和《きわ》叔母が同時にこちらを振り返った。

「お帰り、優子。遠いとこ、ご苦労さんやったね」

母はにっこり笑ってそう言うと、すぐに視線を徳利《とつくり》に戻し、「よっこらしょ」と一升瓶を抱えて酒を注ぎ始めた。家が賑やかになるのが久しぶりだからか、母の横顔が華やいでいる。

「私も手伝うよ」

そう申し出ると、母は手を止めて、こちらを見た。「優子と真知子は向こうの部屋に行って、伯父さんたちにお酌《しやく》してあげなさい」

今日は親戚が勢揃いしている。普段から暇を持て余しているからなのか、みんな詮索《せんさく》好きで噂好きだ。それを思うと、台所仕事を手伝う方が何倍も気が楽だった。

「二人とも遠くから来たんやから、ここは私らに任せて、向こうでゆっくり御馳走《ごちそう》食べたらええのよ」と希和叔母も勧める。

「そうはいかないよ。母さんと叔母ちゃんが忙しそうなのに、私たちだけまるでお客さんみたいにできないよ」と、姉が怒った口ぶりで続ける。「母さん、だから言ったでしょう。料理屋でやればいいって」

「しゃあないじゃろ。この家でやった方が、亡くなったお父さんも喜ぶって義兄《にい》さんが言うんやから」

義兄さんというのは亡き父の長兄のことで、本家を継いでいる。市議会議員だったことを今も自慢にしていて、親戚の行事は自分が取り仕切らないと気が済まない。

「母さん、そうは言うけど、懐石料理は肥後《ひご》屋からとったんでしょう？　だったら肥後屋の座敷でやったって同じじゃないの。料金はあんまり変わらないって聞いてるよ」と姉が言う。

「えっ、そうなの？　だったら、母さん……」

今さら言っても仕方がないとわかっているのに、思わず口をついて出た。

「真知子も優子もそんなカッカせんと。早《はよ》う、向こうの部屋に行きなさい」

姉も兄も自分もそれぞれに忙しくて、誰ひとり七回忌の準備を手伝わなかった。そんな後ろめたさもあって、それ以上は何も言えなかった。

姉と二人で、遠慮がちに部屋へ入っていった。

「お久しぶりです」

床の間つきの八畳間には、懐石料理の膳がずらりと二列並んでいた。兄の広伸は、姉妹の顔を見てホッとした表情をした。兄の向かいには父の長兄である伯父夫婦が座っている。どれくらい前から話し相手をさせられていたのだろう。亡き父は六人兄弟の末っ子なので、五組の夫婦が勢揃いしていた。高齢や病気で参加できない場合は、息子夫婦が名代《みょうだい》で来ている。彼らは優子たちの従兄《いとこ》に当たるが、みんな既に五十代だ。見ると、親子共々参加している組もあった。この辺りは遊びに行く所もないし、過疎化のために寄り集まって飲む機会も減ったからか、法事は楽しみの一つなのだろう。

「ご苦労さん。やっと優子も帰ってきたか。お帰り。東京の仕事、忙しいんやってな」

伯父のひとりが早速声をかけてきた。

「そうなんです。すみません、昨日帰るはずだったのに今日になってしまって」

答えながら末席に座り、そのひとつ上座に姉が座った。テーブルの上には、色とりどりの美しい懐石料理のほかにも、母が作った揚げ物や煮物の鉢などが、所狭しと並んでいる。

ああ、それにしても、この私に、母親になれるチャンスが訪れるなんて……。またしても頭の中は期待と不安でいっぱいになり、心がざわざわして落ち着かなかった。

「優子ちゃん、どしたん？　その茶碗蒸し、口に合わんの？」

伯母の声で、ハッと我に返って顔を上げると、みんながこちらを見つめていた。どうやらスプーンを握りしめたまま茶碗蒸しを睨んでいたらしい。

「そういや優子、なんや顔色が悪いのう」

伯父の視線が煩《わずら》わしい。妊娠したのを見破られている気がして視線を合わせられない。

「東京からの長旅で疲れたんやろ」と、伯母が優しそうに微笑む。

視線が集中する中、茶碗蒸しをスプーンで掬《すく》って口に運んでみせた。「あっ、おいしい」

大げさに目を丸くしてみせると、みんな満足そうにうなずいた。

「そうじゃろ。肥後屋の料理ゆうたら、ここらへんではいっちゃん評判ええからねえ」

伯母がそう言うと、伯父がつぶやくように言った。「早や七回忌とはのう。孝夫《たかお》はまだ七十にもならんかったのに、もったいないことじゃった」

「ほんに、ええ叔父さんじゃったのに残念じゃ」と、従兄が感慨深げにうなずく。

「まさかわしより先に逝《い》くとは考えもせなんだわ」

「ほんでも、癌になったらしゃあないがね」

「子供らが三人とも、こねえ立派になっとるけん、孝夫さんもあの世で安心しとられるわ」

「義兄さん、もう一杯いきまひょか」

「こりゃすんませんのう。それにしても優子ちゃんは、とうとう結婚せなんだかあ」

そう言って、伯父がこちらを見た。かわいそうな小動物を見るような目つきだった。田舎では女も三十九歳になると、「とうとう結婚せなんだ」と結論づけられるらしい。これが東京なら、「まだまだチャンスはあるよ」などと言ってくれる友人もいるのだが。

曖昧《あいまい》に微笑んでみせてから、醤油で山葵《わさび》を溶くのに集中しているふりをした。そのとき、視界の隅で何かが忙《せわ》しなく動いた。目を上げると伯父の視線とぶつかったが、伯父はつと目を逸《そ》らして、そわそわしだした。テーブルの下だから見えないと思っているらしいが、伯母に腿をつねられているのが、伯母の上腕の動きでわかった。

あれは何年前までだったか。

――伯父さんたら、ひっどーい、私だってまだまだこれからだよ。

そう言っておどけてみせたのは。

三十五歳を過ぎた頃、その言葉が場の空気を凍らせていることに気がついた。田舎では、既に冗談とは受け取られない年齢になっていた。

「優子ちゃん、気ぃ悪うせんといてね。八十にもなった田舎のじいさん連中は考えが古うてかなわんわねえ」

伯母が一生懸命に言い訳をすればするほど、あなたはかわいそうな女だと言われている気がした。

「私は優子ちゃんみたいな生き方、羨ましいけどねえ」と、従兄の嫁が言う。「ほんだって、都会でキャリアウーマンしとるなんてカッコええやないの。私らみたいに、ダンナや子供の世話で一生を終えるより、よっぽど楽しいに決まっとるもん」

「優子ちゃんは仕事が好きなんじゃね」

「ええなあ、やりたいことを一生の仕事にできるやなんて」

「旅行の仕事なんて楽しそうじゃもんねぇ」

「女だてらに部長やなんてカッコええわあ。白いスーツでピシッとキメて会社で働きおるんじゃろ？」

白いスーツというのは、テレビドラマか何かで見たのだろうか。部長ではなくてやっと課長代理になったところだが、役職は名ばかりで平社員と仕事の内容は変わらない。だがわざわざここで言う必要もない。

「ここらの四十歳ゆうたら、もう完全なオバチャンやもん。それに比べたら優子ちゃんは若い娘さんみたいにほっそりしとるし、いまだに清楚な感じを保っとるもんねえ。やっぱり独身の人は違うわ」と伯母が持ち上げる。

「そんなに褒めたって、なんにも出ませんよ」

そう言って、にんまりと笑ってみせると、伯母たちも嬉しそうに微笑んだ。「婚期を逃したかわいそうな姪」から「都会暮らしを満喫し、仕事に生き甲斐を見出し、人生を謳歌《おうか》する姪」へと、彼女らの印象を一変させたからだろう。

「今日もまた優子ちゃんのワンピース、素敵やね。さすが都会暮らしだけのことあるわ」

最高齢の伯母だが、声だけはいつまでも華やかだ。

「そうですか、ありがとう」

帰省するときは、上質なワンピースかパンツスーツと決めていた。余裕のある暮らしをしていると思われた方が、要《い》らぬ心配をかけなくて済む。クールビズやウォームビズがきっかけで、勤め先もカジュアル志向に変わってきた。そのせいで、着なくなった服が増えたのだが、こうやって、たまの帰省には役立っている。

「どんどん飲んでくださいねえ」

そう言いながら、母が盆に徳利を載せて部屋に入ってきた。その後ろから希和叔母が、煮しめの入った大きな鉢を抱えてついてくる。二人は落ちついて座ることはせず、酌をしてテーブルを回ったり空いた皿を下げたりと、独楽鼠《こまねずみ》のように立ち働いている。親戚の集まりとなると、母と希和叔母が給仕係になるのはいつものことだ。

「真知子ちゃんの息子はだいぶ大きいなったやろ。今、何年生やったかな」

伯父は、話題を姉の真知子に向けた。

「高校二年生になりました」

姉は、自分より十歳年上だ。結婚は早かったが、子供がなかなかできなかったから、高校生の政重《まさしげ》は大切な一粒種だ。姉が嫁いだ佐伯《さえき》家では、男子は代々、名前に「重」の字をつけなくてはならないらしい。初めてそれを聞いたときは、てっきり冗談だと思った。由緒ある家柄ならともかく、普通のサラリーマン家庭なのである。あの真知子姉さんなら、自分の子供には、きっと今どきのカッコいい名前をつけるに決まっている。そう思っていたのに、姉はなんと、婚家の風習に従ったのだった。

姉は成績優秀で、当時は名門と呼ばれた東京の女子大に入学した。夫の和重《かずしげ》とは、合唱サークルの活動を通じて知り合った。佐伯家の親族から東大卒が出たのは和重が初めてだ。和重の母親は、鳶《とんび》が鷹を産んだと言って笑ったあと、息子は母親に似るものだと必ず付け加えるという。そんな自慢の息子を嫁に取られ、息子の高給を嫁ひとりがほしいままにしているのが気に入らないらしく、二世帯住宅を建てて息子にローンを全額負わせた。玄関も水回りも別なのに、暇を持て余しているのか、しょっちゅう訪ねてきてはあれこれ口出しするという。姉は料理もうまいし、きれい好きで片づけも上手だ。それに比べて姑はどちらも不得手で、姉に負けて悔しいのか、何かにつけ姉を田舎者扱いするらしい。

――東京に生まれたのがそんなに偉いのか、ほかに自慢できることは何もないのか。

姉が結婚当初、実家に帰ってくるたびに愚痴っていたのを、高校生だった優子は今もよく覚えている。

「真知子ちゃん、今回はゆっくりしていけるの？」と従兄が尋ねた。

「政重の受験があるから、残念だけど、明日の朝いちばんで帰らなきゃならないのよ」

「せっかく遠いとこから来たんに、もっとゆっくりしてったらええのに」

「田舎は懐かしいじゃろうに」

「夏休みになったら一緒に帰ってきたらええよ。海水浴やら釣りやら、子供は喜ぶけえね」

親戚たちが口々に言うが、姉は曖昧な愛想笑いを顔に浮かべていた。いちいち反論したくなるのを、ぐっと抑えているといった表情だ。

「まだ高校二年生じゃけ、受験には間があるじゃろ？」

「そうもいかないわよ。夏休みには夏期講習もあるし、二年生といえば、もうウカウカしていられないの」

「そういうことなら」と言いながら、伯母は母に声をかけた。「伸江《のぶえ》さん、なんか精のつくもんを、政重ちゃんに送っちゃらんといけんよ」

「そうですのう。今の時期おいしいもんゆうたら……」と、母が言いかけたときだった。

「何も送らないでちょうだい！」

姉の叫びにも似た大声に、全員が一斉に動きを止めて姉を見た。姉は数年前から更年期障害になり、情緒不安定だとは聞いていた。

「真知子ちゃん、なんでじゃ？」

伯父が不思議そうな顔で尋ねる。

「それは……やっぱり、そのう」

姉は、その場をごまかすように、ハハハと取ってつけたような乾いた笑い声を響かせた。

「わざわざ送ってくれなくても、都会には何でも売ってるからですよ」

「そんなことありゃせんじゃろ」と伯父が眉根を寄せる。「この正月に、うちの百合子《ゆりこ》が帰ってきたとき嘆いとったぞ。野菜も魚もここでしか味わえんもんがようけある、都会では売っとらんて」

「そういうの、地産地消ってゆうらしいねえ」と従兄の嫁が言うと、「わしも聞いたことあるわ。おいしいもんは地元で全部食べてしまって都会には出荷せんて」と、従兄の修治《しゅうじ》も同調する。

結婚してから姉は変わった。姉妹といえども十歳も違うから、喧嘩をすることもなかったし、自分が小三の頃には姉は既に東京の大学へ行っていた。だから確かなことは言えないが、少なくとも幼い自分の目に映っていた姉は大らかで常に朗らかだった。

姉とは性格も外見もあまり似ていない。姉の方が背が高く、目がぱっちりしている。子供の頃、同級生から「きれいなお姉さんじゃね」と言われるのが嬉しかった。

「ほんでも、伸江さんももう歳じゃけ、いつまでも独り暮らしっていうのもどうなんじゃ」

伯父はそう言うと、うまそうにお猪口《ちょこ》に入った酒を飲み干した。

子供がみんな都会暮らしをしているのは、この家だけだった。親戚たちは、子供世帯と同居しているか、またはすぐ近所に住んでいる。

「広伸くん、仕事の方はどないじゃ」

「ええ、まあ、なんとか」と兄は答えた。

「そろそろ再婚も考えたらどうじゃ。誰ぞ紹介してやろうか」

「伯父さん、それは結構ですよ」と兄は苦笑する。

「昔から男やもめに蛆《うじ》が湧くってゆうじゃろ。誰ぞ世話してくれる人おらんと困るじゃろ」

そのとき、姉の真知子が、末席の優子を鋭く振り返った。

——世話、だってさ。

声を出さずに口を大きく動かす。

　思わず自分も、「女は男の世話係ですか」と口の中でつぶやいていた。田舎の年寄りの考え方には隔世の感があり、不快になることが多すぎた。古い感覚の人間に真っ向からぶつかっても暖簾《のれん》に腕押しだから、言い返したりはしない。そういうことが積み重なって、会話の内容はどんどん薄まっていき、終《しま》いには天候の話しかしなくなり、世代間の溝は広がっていく。

「独り暮らしにはもう慣れましたよ。学生時代だって自炊してたんですから」

「ほれでも、一人じゃ寂しかろう」

「そもそも僕のところへ来てくれる人なんていませんよ。もう四十代のオヤジですから」

「そんなこたあない。なんちゅうても帝都大を出とるんじゃし、一流企業に勤めよるんじゃ。嫁ならなんぼでも紹介できるぞ」

「お気持ちだけありがたくちょうだいしておきます」

「ちっとも勉強できんかったうちの修治でも嫁をもろうとるんじゃけえ、秀才のお前がひとり暮らしっちゅうのは納得でけん。じゃが修治の嫁はぐうたらじゃって、うちの女房は嘆いとるけどな。まっ阿呆のところには阿呆の嫁しか来《こ》んから仕方ない」

　伯父はかなり酔っぱらってきたのか、周りへの気遣いが一切なくなった。

　従兄の修治がアハハとわざとらしく声を出して笑ってみせたが、その隣で修治の嫁は頬を引きつらせている。

「で、広伸、前の嫁はんとは会っとるの？」と、伯母が尋ねた。

「いえ、会ってませんよ」と兄の声はいきなり小さくなった。

「ほんでも、子供とは会っとるんでしょう？」と伯母は尚も尋ねる。

どうして親戚は揃いも揃って、こうもデリカシーがないのか。他の全員が興味津々といった体《てい》で箸を置き、兄がどう答えるかを注視している。

「もちろん……子供には会ってますよ」

兄は嘘をついた。ここ何年も会っていないと聞いている。

「ほうか、もう大きいなったんじゃろ」

「はい、小四です」

「広伸に似とるんか？」

「どうでしょうか。どちらかと言えば母親似じゃないかな」

七回忌なのに、父の生前を偲《しの》ぶことなどほとんどない。都会暮らしをしている三人の生活ぶりを詮索するだけだ。それは親戚のせいであって自分に責任はないとは思うものの、優子は亡き父に対して申し訳ない気持ちになった。

「知彦《ともひこ》くんは元気でやってますか？」

兄は話題を変えたかったのか、伯父の息子の動向を尋ねた。

「うん、まあ……なんとかやっとる」

伯父は、そのことには触れられたくないとでも言うように、そっけなく答えた。地元の優良企業にコネで入った息子が、ある日突然、自分探しの旅に出てしまったのだが、その一年後にすごすごと田舎に戻ってきた。それ以来、働かずに家でぶらぶらしている。

兄は優しそうに見えて、こういった仕返しをさりげなくやってのける。

親戚たちは、年寄りとは思えないほど食欲旺盛だった。しゃべり続けながらも、あっという間に料理を平らげていく。空いた徳利はないかと、母がテーブルを回っている。まだお燗《かん》をするつもりなのだろうか。優子は、テーブルの下で携帯の電源を入れて時間を確かめた。もう九時半を回っていた。都会ならいざ知らず、田舎ではもう遅い時間だ。だが、親戚たちはなかなか腰を上げなかった。

手もとで携帯が光ったのに気づいたのか、姉がこっちを見た。

「だから言ったのよ。肥後屋でやればいいって」とつぶやくような小さな声で言う。

店なら二時間で切り上げなければならないはずだし、家で飲むのと違って酒代も高くつくから、親戚たちも少しは遠慮して、これほど際限なく飲み続けることもなかったのではないか。ああ、そうか。だから肥後屋でなく自宅でやる方がいいと伯父は言ったのか。時間も酒代も気にせず楽しめるからと。

「ほんでも広伸、再婚は勧めるけれども、表具屋の嫁みたいなのは勘弁だぞ」

伯父はそう言って笑った。

「心配せんでもええ。広伸くんに限ってあんな嫁をもらったりせんよ」と伯母も苦笑する。

「表具屋の嫁、というと？」と兄が首を傾げた。

「知らんのか？　フィリピン人の嫁なんかもらいおって。あれは色が浅黒いけん、町を歩いとってもよう目立つ」

「確かに目立ちますのう」と従兄がニヤついている。その笑い方に、優子は背筋がゾッとした。差別的な言葉の中に、スケベ心が覗いているように思えたからだ。

兄は何か言いたそうにしていたが、結局は何も言わなかった。

「フィリピン人じゃったら、まだええほうじゃわ。あんた、黒人を見んさったか？」

「おお、噂では聞いたぞ。魚屋の成瀬《なるせ》はんの孫のことじゃろ」

その話なら母から聞いていた。優子の同級生の成瀬昌代《まさよ》は黒人と結婚し、子供を連れて帰省したらしい。

「一流大学を出て難民を救うＮＰＯに勤めて、アメリカ人と結婚したとこまでは噂で聞いとったけんど、まさか黒人とはなあ」

「実は私、成瀬鮮魚店の女将さんに悪いこと言うてしもたんよ。てっきり白人と結婚しんやと思ってたさかい」

「お前、何を言うたんじゃ」

「それがな、『お孫さんはきっとベッキーか滝川クリステルみたいにかわいいんじゃろうね』って」

「そんなこと言うたんか、このアホタレが」

「それは不注意やわ」

その話題は町でも持ちきりなのかもしれない。みんなの顔が輝きだし、声もだんだん大きくなってきた。

「産んでしまったんじゃから、もうどうしようもないわ」

伯父のひとりが、まるで取り返しがつかないことをしたかのように言ったときだ。

「いくらなんでも、そういう言い方はないでしょう」と兄が大きな声を出した。

兄が気色ばむなんて珍しいことだった。親戚の前では常に笑顔の仮面を被る。離婚について、あることないことを好き勝手に噂された経験を重ねる過程で鉄仮面になっていった。常に当たり障《さわ》りのない受け答えをし、何の印象も残さない。子供の頃に神童と言われただけあって、勉強ができるだけでなく、そういった芸当もやってのけるのが兄だった。

「広伸ちゃん、ここだけの話やよ。うちの人が言うてたって、よそで言わんといてね」と伯母が慌てて釘を刺す。

「もちろん言いませんよ、そもそもそんな差別的なことを、いったい誰に言うんですか」

怒りを含んだ声に場がシンとなった。母がおろおろして、立ったり座ったりしている。

「僕だって、ニューヨーク支社にいたときは何度も人種差別されて嫌な思いをたくさんしたんです」

兄がそう言うと、場の空気が一気に緩んだ。

「なんや、そういうことやったんか。アメリカは人種の坩堝《るつぼ》やって聞くけど、日本人でも差別されたりするの？　日本は先進国なのに？」と伯母のひとりが尋ねたが、「はい」と兄は短く答えただけで、憮然《ぶぜん》としたまま目を合わせようともしなかった。

「こんばんはあ」

突然、大きな声が玄関先から響き渡ってきた。グッドタイミングとはこのことだ。

「あの声はうちのダンナやわ。車で迎えに来てくれたみたい」

そう言って、希和叔母が立ち上がったとき、廊下側の襖がするすると開いて、希和叔母の夫が人の好さそうな顔を見せた。

「希和、お前、こんな遅うまでお邪魔したらアカンやろ。せっかく遠い所から子供らが帰ってきとるゆうのに」

「姉さん、ごめんね。せっかく親子水入らずやったのになあ」

その声をきっかけに、みんなが気まずいような表情で一斉に立ち上がった。もしかして、希和叔母が気を利かせて、あらかじめ夫と打ち合わせをしておいてくれたのかもしれない。

伯母たちが一斉にテーブルの上を片づけ始めた。

「義姉《ねえ》さんたち、片づけは私らでやりますから」と母が慌てて言う。

「ほうか？　ほんなら遠慮のう、これでお暇《いとま》しますわ」

親戚たちがぞろぞろ帰っていくと、やっと実家に帰ってきたという実感が湧いてきた。

「これでお父さんの七回忌も無事に終わったけん、ひと安心じゃわ」

そう言う母の顔には、達成感が溢れていた。お寺や料理屋の手配など、慣れないことで気疲れの連続だったに違いない。

「あーあ、疲れた」

姉はその場で喪服のワンピースの裾を腰までたくし上げてストッキングを脱ぎ始めた。兄もその横で、上着を脱いでネクタイを緩め、靴下まで脱ぐ。

「コーヒーでも飲みながら、報告会をやろうかのう」

母はフウッと息を吐いて、にっこり笑った。報告会という言葉を、母は好んで使う。母は心配性だ。子供たちとの雑談の中から近況を推し量るより、もっとはっきりと暮らしぶりを知って安心したいのだ。

「ポットのお湯が足りないみたい」

台所に入った姉がポットの中を覗いてから薬缶を火にかけた。

「みんなコーヒーでええかのう。紅茶もココアもあるよ」

母がお盆にマグカップを並べていく。その隣で、優子はインスタントコーヒーをスプーンで掬って入れた。

「みんなで食べようと思って買ってきたんだ」

兄は言いながら、帰省土産の安倍川餅の箱を開けた。

お茶の用意ができると、みんなで居間に移動し、掘り炬燵《ごたつ》を囲んだ。炬燵といっても、この季節は電気も入っていないし蒲団もかけていない。

「足を伸ばせると楽だね」と姉がほっとしたような顔で言う。

和室ばかりの家で育ったとは思えないほど、三人とも正座が苦手になってしまっていた。

「さて、それではみなさん」

母が気取った顔つきで口火を切った。「わたくしの報告からやらせてもらいます」

合いの手を入れるかのように、兄がずずっとコーヒーを啜《すす》った。

「私はまだ身体もシャンとしとるし、健診でもどっこも悪いとこなかったし、頭がボケとるのは認知症じゃのうて生まれつきですので、要するに、変わりありません」

そう言うと、母はひとり笑った。「さあ、歳の順にいこか」と、母は姉の真知子を見た。

「特にない。私も変わりないもん。政重の受験勉強が大変だってことくらいで」

「和重さんやお義父《とう》さんやお義母《かあ》さんも元気にしとりんさる？」

「うん、みんな元気だよ」

「そうか……特に変わりなしか」

母は不満げだった。もっと詳細な暮らしぶりを知りたいのだ。だが、姉の気持ちもわからないではない。姑を悪く言えば諭《さと》され、息子の不出来を言おうものなら、健康なだけでも有り難いと思えと叱られ、終《しま》いには東大出の夫を立派な人だと褒めちぎり、真知子は恵まれているから感謝すべきだと言う。結局は、昔ながらの考えを押しつけられて姉は顔を顰めることになる。

「政重ちゃんは機嫌ようしとるんか？　学校でイジメに遭《お》うたりしとらんか？」

「大丈夫だってば」

母が心配する気持ちはわかるが、だがその一方で、それを知ってどうするのだとも思う。仮にいじめられているとしても、母にはなんともしようがない。単に心配が増すだけだ。だからこそ、子供たちは心配をかけまいとして、当たり障りのないことだけを言う。

「ほんなら次、いこか。広伸はどないや」

「僕も変わりなく元気でやってるよ。今日、伯父さんが男やもめに蛆が湧くなんて言ってたけど、そんなことはないよ。部屋はきれいにしてるし、洗濯も掃除もきちんとやってる。この前、ゴミの日を間違えちゃって大家さんに叱られたけどね」

母は嬉しそうに聞いている。さすが元神童だ。母が想像しやすいゴミ収集日の例を出すところなど、なんともうまい。

「役所からゴミカレンダーをもらっとるじゃろ？　あれを冷蔵庫にマグネットで貼っとけばええんじゃ」

「なるほど。冷蔵庫とは、さすが母さんだ。いちばん目につきやすい所だからね。帰ったら早速そうするよ」

途端に母の顔がぱあっと輝いた。兄は憎たらしくなるほど母を喜ばせるのがうまい。

「仕事は相変わらず忙しんか？」

そう尋ねるとき、母の表情が曇った。息子は忙しすぎる。だから家庭を顧みる余裕がなかった。その結果、妻から離婚を突きつけられた。それもこれも人使いの荒い会社のせいだ。母の単純な思考が手にとるようにわかる。

「最近は少し余裕ができてね、何か趣味でも始めようと思ってるんだ」

本当だろうか。この不景気の中、兄の勤める会社の経常利益は円安のお陰で大幅に伸びたはずだ。つい最近のニュースでも、そのことで持ちきりだった。

「兄さん、ほんとに忙しくなくなったの？」と気になって尋ねてみた。

「え？　うん、まあね」と言葉を濁す。

「東海支社に転勤になったから残業が減ったってことなの？」

「……うん、そうなんだ」

兄にしては珍しく、曖昧な返事をして目を逸らした。母はと見るとニコニコしている。まったく疑っていないらしい。姉はといえば、息子の受験のことでも考えているのか、あらぬ方向をじっと見つめて心ここにあらずといった感じだ。

「広伸、あなたの趣味って、例えば何よ」

姉がマグカップから顔を上げて兄に尋ねた。人の話など聞いていないような顔をして、実はちゃんと聞いているらしい。

「今いる所は日系ブラジル人が多い地域でね、子供たちにサッカーでも教えようかと思って」

「そら、ええわ」と母が言った。「サッカーを教えるってことは、広伸も外に出て運動するってことじゃろ？　仕事ばっかりで運動不足になっとりゃせんかと心配じゃったんじゃ」

「あの子たち、日本語もうまくないし、地域でも学校でも差別されててかわいそうなんだ」

「なんだ、だから広伸ったら、あんなに怒ったの？」と姉が尋ねた。

「僕が怒った？　いつ？」

「やだ、伯父さんが黒人との子を産んだ昌代ちゃんを馬鹿にしたときよ」

「僕、そんなに怒ったっけ？」

「怒ったわよ。私びっくりしたもん、ねえ、そうよね」と姉はこちらを見て同意を求めた。

「私も驚いた。兄さんがあんなに怒るなんて」

「そうだったか……自分ではそれほどとは思ってなかったんだけど」

「広伸が優しい子じゃゆう証拠じゃわ。国籍やら肌の色やらで差別したらいかんからのう」

「へえ、母さんはそういう考えなんだね。田舎の年寄りはみんな差別的だと思ってたよ」

兄は嬉しそうにそう言うと、マグカップに口をつけた。

「母さん、またそんな調子いいこと言っちゃって。もしもよ、広伸が外国人のお嫁さんを連れてきたらどうする？　大反対するんじゃないの？　他人ごとだからきれいごとが言えるのよ」と姉は容赦なくピシリと言ってのける。

「母さん、そうなの？」と兄が眉根を寄せて母を見た。

資系の会社ほどリベラルではない。未婚の母というのは、まだこの日本ではモラルという壁にぶつかるのではないか。先のことを考えると恐くなってくる。

「気温が下がってきたね」と兄がぽつりと言った。

翌朝、優子が起きたときには、既に姉は横浜へ向けて発ったあとだった。

兄は着替えを済ませてトーストを食べているが、壁の時計をチラチラ見ているから、そろそろ静岡に帰るのだろう。優子はもう一泊していくことにしていた。休日出勤が続いて代休がたまっていたし、昨夜来たばかりなのに今朝すぐに帰るというのは体力的にきつかった。

兄は朝食を終えると、食器を台所に下げに行った。「ごちそうさま」と母に言っているのが聞こえる。

「帰る前にアリゲータを見てくるかな」

兄が庭へ下りていったので、自分もついていった。裏庭の瓢簞《ひょうたん》池のそばに、木彫りのアリゲータが置いてある。父が余った材木で作ったものだ。本物のアリゲータは体長四メートルを超すらしいが、ここにあるのは二メートル弱で、父いわくアリゲータの赤ちゃんらしい。

「僕たちも大きくなったもんだよな」と兄は笑った。

子供の頃、誕生日には必ずアリゲータの背中に跨《また》がって写真を撮ってもらった。アリゲータと比べて、どれくらい大きくなったかわかりやすくていいというのが父の考えだった。門柱のトーテムポールに身長を刻むのとセットと決まっていた。年の離れた姉と違って兄とは二歳しか違わないから、小中高と兄の成長も視界に入っていた。

「母さんはいい暮らしをしてるなあ」と、兄がしみじみ言った。

「どういう意味で？　独り暮らしになって寂しいんじゃないかしら」

「そうは見えないよ。今の生活を存分に楽しんでいるように見える。裏庭で野菜を作ったり、柚子《ゆず》や無花果《いちじく》の季節にはジャムも作るだろ。それに近所には顔見知りがたくさんいて、体操教室だの押し絵教室だのと言っては出かけていって、年に何回かは泊まりがけで婦人会の旅行にも参加してる。理想的な年の取り方じゃないかな。将来の自分があああいう風になれるとはとても思えないよ」

兄は離婚後、ずっと寂しい思いで暮らしてきたのだろうか。男の孤独は女のそれよりも深いように思う。女の友人同士なら、いい年をして本音をぶつけ合って親しくつき合うこともできるが、男はプライドが邪魔をしてそうはいかないことが多いのではないか。

「兄さん、本当は翔太《しょうた》くんには会ってないんでしょ。浩美《ひろみ》さんが会わせてくれないの？」

「……そういうわけじゃないんだけど」

「私も会いたいなあ。翔太くんに」

離婚するとき、二ヶ月に一度は翔太と面会できる旨を文書で取り交わしたと聞いていた。

「あの人が悪いわけじゃないんだ」

兄はいつ頃からか、元妻の浩美を「あの人」と呼ぶようになった。

「あの人は小学校の教師だから、子供の心の成長には熱心に配慮してたんだよ。翔太の教育上、父親との接点を持つことが重要だって何度も言ってたし」

「だったら翔太くんには会えるじゃないの」

「最初のうちは運悪く約束の日に出張が入ったり、上司の親族の葬式があったりして会えないことが続いたんだ。父親の顔を忘れてしまうんじゃないかとヤキモキしたよ」

そう言うと、兄は青空を見上げた。

「あの人はちゃんと約束を果たそうとしてくれたんだけどね」

兄の横顔がつらそうに歪んだ。見ているだけで、こちらまでつらくなってくる。

「あれはいつだったかな……確か日曜の昼だったよ。まだ翔太は五歳だった」

兄の話によると、兄がレストランで待っていると、浩美が翔太を連れて現われた。久しぶりに会えた喜びで胸がいっぱいになり、翔太を正面から見つめた。ふっくらとした頰、父親をじっと見つめる不安げな瞳……そのとき、これほどじっくりと翔太の顔を見たのは、生まれたての赤ん坊だった頃以来だと気づいた。自分は父親として失格だったのだ。妻子に目が行っていなかった。そう思うと、後悔の念でいっぱいになったという。

照れ屋の兄が、ここまで心の内面を打ち明けてくれるとは思いもしなかったので驚いた。何か心境の変化でもあったのだろうか。

「あの人は翔太を僕に引き合わせたあと、すぐに帰ろうとしたんだ。『じゃあ翔太のこと、よろしくね。夕方にはちゃんと家まで送り届けてちょうだいね』ってね。そのとき僕は何て言ったと思う？」

「さあ、わからないわ」

「僕は慌てて聞いたんだ。『えっ、君は帰ってしまうのか？』ってね。三人で仲良く食事ができるものだと思っていた僕は本当に愚かだった。ガツンと殴られた気がしたよ」

能天気な部分が兄にもあるらしい。それは自分の与《あずか》り知らない、夫としての鈍感な面だ。

「未練があるのは自分の方だけだと思い知らされたよ。あの人は未練どころか僕を憎んでた。共働きだったのに、子育ても家事も全て背負わせて僕は平気な顔をしてたんだ」

兄の話を聞きながら、シングルマザーとなった浩美と自分の将来を重ね合わせていた。浩美のように、結婚しても結局は離婚して一人で子育てをする人も少なくない。それと未婚の自分とどう違うのか。同じじゃないか。

「浩美さんが帰ったあと、どうしたの？　翔太くんと二人で食事をしたんでしょう？」

「いきなり二人きりになってしまうと、どうしていいんだかわからなくなった。五歳の男の子と何を話していいのか、何をして遊べばいいのか、見当もつかなかった。傍に母親がいて初めて成り立つ父子関係だったと思い知ったよ。翔太も緊張で固まっちゃってさ、こっちを上目遣いでチラチラ見るんだ」

その後も二ヶ月に一度の割で会ったらしいが、翔太の顔に親しみが浮かぶことはなかった。それどころか、父親に引き合わせて浩美が帰ろうとすると目に涙を浮かべるようになった。

「あの日はキツかったなあ」

兄は遠くの空を見つめて言った。「あの人が帰り際に翔太の耳元で囁《ささや》いたんだ。『夕方までの辛抱よ』って。間の悪いことに店のBGMが途切れたから、はっきり聞こえてしまった」

兄の心中を思うと、悲しくなってきた。しかしその一方で、翔太の気持ちもわかる気がした。小さな翔太にとって親しみの持てない父親と二人きりで過ごすのは辛抱がいることだったのだろう。気詰まりだし緊張するしで、楽しくなかったに違いない。

「それでも、そのうち親しみも湧いてくるだろうと思って、動物園だ水族館だと、あれこれ計画を立てて自分なりに努力したんだ。滑稽だよね。だって離婚する前はどこにも連れてってやらなかったのに、何を今さらって」

「でも、そうやって定期的に会えてたんでしょう？　いつからダメになったの？」

「あの人から電話があったんだ。『翔人が会いたくないって言ってるんだけど、どうする？』って。『それでもあなたがどうしても会いたいっていうなら、いつものレストランに連れて行くけど？』って。そんな言い方されたら、会いたいなんて言えなかった。『翔太が嫌がってるんなら無理やり会っても仕方ないだろ』って見栄張っちゃって、それっきり」

慰める言葉が見つからなかった。

だが、こういう話ができるようになったのは、兄なりに吹っ切れたからではないだろうか。傷口は時間によって塞《ふさ》がれ、兄にも前向きな気持ちが芽生えつつあるのだと思いたかった。

「浩美さんは今も小学校の先生をしてるんでしょう？　ということは、今は家事も育児もひとりで背負っているのよね。だとしたら……」

兄が思いがけず心のうちを話してくれたので、思いきって尋ねてみた。「兄さん、そう考えていくと、離婚した意味がわからないよ。結婚していたときよりも浩美さんは時間に追われているんじゃない？」

兄だって少しは役立ったのではないか。家事分担は半々という浩美の理想からは程遠かったとしても、浩美ひとりが奮闘するよりはマシだったのではないか。そのうえ兄の年収は小学校教員の浩美の倍以上だと聞いていたから、生活も潤っていたはずだ。

「僕の世話をしなくてよくなった分、家事はぐっと減ったらしいよ」

「兄さんて亭主関白だったの？　例えば翌日に着ていくものも揃えておいてもらうとか？」

そう尋ねると、兄はいきなり噴き出した。その朗らかな笑顔を見て安堵した。やはり何かしら心の中で踏ん切りがついていると感じたからだ。

「まさか、僕はそんなんじゃないよ。時間があれば洗濯物だって畳んだし、食器も洗ったよ。まっ、それっぽっちの家事じゃ、あの人の百分の一にも満たないらしい。あの人が言うには僕がいない方が食事を簡単に済ませられるんだってさ」

「ああ、そういうことか」

それなら姉にも何度か聞かされたことがある。

――亭主が「今夜は夕飯は要らない」と言い置いて会社に行くときの解放感といったら、もう天国よ。あとは自分の自由時間だもの。

「旦那さんの食事って、そこまで気を遣うものなんだろうか」

「女性の思い込みだと僕は思うけど」

「でも、毎晩質素な料理ばかりだと、男の人は文句を言うんじゃない？」

「うん、そうかも。だけどそれは実家にいたときも結婚してからもいろんな種類の総菜がテーブルに並ぶから、そういうのが普通だと思うようになってたんだと思う。離婚して自炊するようになってからは、カレーを作ったら三日間カレーだよ。思い返してみれば学生時代もそうだった。毎晩バラエティに富んだ夕飯を作るのは日本人妻だけだって聞いたことあるよ。外国人は毎日代わり映えしないメニューだからね」

「外国人て、例えばどの国の？」

「ブラジル人なんかは豆料理ばかりだよ。身体にはいいんだろうけど」

そういえば、兄の住む地域にはブラジル人が多いから、ボランティアでサッカーを教えると言っていた。

「兄さん、日系ブラジル人の家庭にもお邪魔することがあるの？」

「……ああ、まあね」と言いながら、兄は戸惑ったような顔をしてこっちを見た。

「どうしたの？」と尋ねると、「いや、なんでもない」と素っ気なく答えた。でも、何か言いたそうにも見えて気になる。兄妹といえども、大人になってみると互いの暮らしぶりはわからない。そう思うと急に寂しくなり、お尻の下のアリゲータをそっと撫でた。

兄が帰ったあと、母と二人きりになった。

「優子、仕事でまたどっかの外国に行ったんじゃろ？　写真はあるの？」

母に見せるためにタブレットを持って帰っていた。

「カンボジアに行ったの。すごく暑かった。ほら、遠くに見えるのがアンコールワットよ」

「まるで昔の日本を見るようじゃ。懐かしいのう」

母はじっと見入っていた。「この犬ときたら、もう」

そう言って、母はフウッと息を吐いた。遺跡を見ているのではないらしい。「お乳が膨《ふく》れとる。昔はこの近所にも、お腹に子供がおる雌犬がウロウロしとったもんやけど」

――カンボジアノ犬ハ幸セデス。

ガイドのネサットが言った言葉をふと思い出した。

――イツモ鎖ニ繫《つな》ガレタ先進国ノ犬ハ、カワイソー。犬ダッテ自由ガ欲シイデス。

途端にあの夜のことが蘇ってきた。水野の熱い吐息。あれは現実だったのだろうか。幻を見ていたのではないか。いや……現に妊娠している。

次に母に見せたのは動画だ。原付バイクが風を切って走っていく。その荷台では、豚を仰向けに三頭並べて荷づくり紐でぐるぐる巻きにしている。豚は「荷台から下ろしてくれ」と言わんばかりに、ブーブー鳴きながら手足をバタつかせている。

「日本では、これはできんのう。交通ルールが細こうて、がんじがらめじゃもん」

「そうだよね、がんじがらめだよね」

子供を産むのも細かなルールに縛られている。正式に結婚している男女間にできた子供でなければ世間は認めない。肌の色にしても、日本人と同じか、そうでなければ日本人より白くなければならない。

「世の中にはいろんな規則があるけん、逆に不便なことが増えたのかもしれんなあ。若いときは父さんの自転車の後ろによう乗せてもらったもんじゃけど、今では二人乗りもいかんゆうのはどうなんじゃろ。田舎の道路なんか貸切みたいに誰も通っとらんから危のうないのに、おかしなことじゃ」

次の写真は、アンコールワットを背景に水野とネサットが並んで写っている。

「あら、かわいい顔した男の子じゃのう。タレントにしてもええくらいじゃわ」

「母さん、男の子なんていう言い方おかしいよ。この人もう二十八歳だよ」

「ほうか、若《わこ》う見える子じゃの。学生さんかと思った」

「その子は私の部下よ。そうか、水野くんて実年齢よりも、もっと若く見えるのか……気づかなかった」

次の写真は、ネサットに撮ってもらったものだった。同じ場所で自分と水野が並んで立っている。二人とも満面の笑みを浮かべ、カメラに向かってピースサインを送っている。

「姉と弟みたいに見えるかな？」

母に尋ねた途端に後悔した。どうしてそんなことを尋ねたのか、自分でもわからない。姉弟じゃなくて恋人同士みたいだと母に言ってほしかったのか。

「姉と弟には見えんじゃろ」

「そお？」

嬉しい気持ちが湧き上がってくる。

「だって年が離れすぎとるじゃろ」

「え？」

「この可愛い男の子と優子は十歳以上も離れとるじゃろ？」

「姉さんだって私と十歳も違うじゃないの」

「真知子は特別に若う見える。色白で別嬪《べっぴん》じゃからの。性格は地味でも外見は華やかじゃ」

悪気がないからこそ母の言葉は辛辣《しんらつ》に響いた。

――日本人の九割以上が自分のことを年齢の割には若く見えると思っている。

いつだったか、そういった記事を雑誌で読んだことがある。どうやら自分もその中の一人だったらしい。心の底の底では、水野が結婚してくれることを期待していたのだろうか。

自分の気持ちが自分でもわからなかった。

いや、本心を見極めるのが恐ろしいだけかもしれない。

その日の夕刻、高校時代の同級生が居酒屋に集まった。

同級生の田中美佳《たなかみか》からメールが届いたのは、昨夜蒲団に入ってからだった。美佳は地元の中学で音楽の教師をしているが、料亭「肥後屋」の長女でもある。法事で優子が帰省していることを、店の誰かから聞いたらしい。

「なんや合コンみたいで、恥ずかしいのう」と、坊主頭の近藤凡庸《こんどうぼんよう》が言った。彼は父親の跡を継いで、寺の住職をしている。高校時代は創立以来の秀才と言われ、どこの大学でも受かると教師に太鼓判を押されていたのに、京都の坊さん大学へ進んだ。既にそのとき父親が癌の末期だったというのは、ずいぶん後になって知った。いつも柔和な笑みを浮かべていて、ずんぐりむっくりした体型だったからか、高校時代からオヤジと呼ばれていた。顔の造作そのものは美しい母親にそっくりなのだが、いかんせん運動神経ゼロとその体型のために女生徒には全くモテなかった。

今日集まった同級生は六人だ。窓を背にして女性が三人、向かい側に男性三人が座った。

「合コンというのは冗談としても、独身ばかりだなんて、すごく珍しいよ」

高校で英語を教えている関口智雄《せきぐちともお》がそう言いながら、嬉しそうな笑みを浮かべた。大学時代を東京で過ごしたからか、地元で暮らしていても標準語が交じる。今でもときどき東京に研修を受けに行くことがあるらしい。

「今日は来てよかった。同級生と会ってもいつも子供の話ばっかりでつまらんもん」と言ったのは、県立病院で看護師をしている沢田《さわだ》桃子《ももこ》だ。「最初のうちは、さも興味ありげに相槌を特別サービスしちゃるけんど、三十分が限度じゃわ」

「年賀状じゃて子供の写真ばっかりだよね。他人の子供なんかかわいくもなんともないわ」

「おい、おい。中学の先生しとる美佳ちゃんがそんなこと言うたらアカンやろ」

「ちょっと住職、そういう、まるで子供を諭すような上から目線の言い方、やめてもらえん？　私だって、たまには言いたいこと言わせてもらいたいんよ。今日は桃子が気ぃ利かして個室を予約してくれたんやし」

「ごめん。上から目線やなんて……わし、そないなつもりはなかったんじゃが」と、凡庸は自分の坊主頭を撫でた。

「独身だとか既婚だとか子供がおるとかおらんとか、それぞれ環境が違ってくると、やっぱり話が合わなくなってくるよね」と、関口が寂しげに言う。

「優子は盆正月くらいは帰ってきとるの？　田舎もええもんじゃろ。懐かしいてたまらんじゃろ」と桃子が尋ねる。

「親戚にも『懐かしいじゃろ』ってしつこいくらい言われたよ。『はい、懐かしいです』って答えるまで納得しないんだもん、参ったよ」

ここでは本音が出せる。そう思うと寛《くつろ》いだ気分になれた。

「懐かしくないってこと?」と桃子が不思議そうに聞く。

「だって変わってしまったもん。なんもかんも」

昨日、実家の最寄り駅に降り立ったとき、よそよそしい風を感じたのだった。

——私には帰る場所がない。

そう思って、寂しい気分になったほどだ。最近では、ファストフードをもじってファスト田舎と呼ぶらしい。駅前にはヤマダ電機やユニクロがあり、ミスタードーナツとマクドナルドがある。その隣がauショップで、一軒置いてドトールがあり、そのまた隣はTSUTAYA大型店だ。

新宿にも池袋にも同じ店がある。いったいここはどこだろうと思う。自分の通った小学校は場所を移転してモダンな造りになり、中学校は場所こそ変わらないが建て替えられて、昔の面影はまるでない。高校だけは建物も制服も当時のままだが、雰囲気がまるで違う。聞けば近隣の私学の台頭で、母校の偏差値は落ちに落ち、県内でも最低レベルになったという。そのうえ、近所にも知り合いが少なくなった。同じ通りに住む小父さんや小母さんたちは高齢になり、亡くなった人も多い。どの家も世代交代が進み、見知らぬ土地から見知らぬ女性が嫁いできて、主婦として家を切り盛りしている。これだけ変わってしまうと、懐かしさを見つけることが難しい。郷愁を呼ぶのはトーテムポールとアリゲータだけだ。

「木戸《きど》、お前さっきから黙っとるけど、最近どうしよるんじゃ」と凡庸が呼びかけた。

柔道部の主将だった木戸光泰《みつやす》は、ウーロンハイをうまそうに飲んでいる。

「毎日毎日なんも変わらん。退屈でほんまにつまらん。俺みたいな整体師のとこに嫁いでもええっていう女がおったら紹介してくれ」

木戸は大阪にある新設私大の経営学部を出て、一旦は大阪で就職したものの、給料が安すぎるし長男でもあることから、Uターンした。今は特技を生かして整体院を開業している。老人に評判がよく、そこそこ儲かっているらしい。

「木戸がまだ結婚をあきらめとらんとは思わなんだな」と、高校教師の関口がからかい口調で言う。

「ほんだって、俺まだ三十代やし」

「ほんまか。羨ましいなあ。早生まれは得だよね。俺は四月早々に四十歳になってしまったよ」と、関口は悔しそうに言った。

「木戸くんは、どんな女性が好みなの？」と桃子が尋ねた。

「わしみたいなハゲのオッサンに女性の好みをあれこれ言う資格はないわ。まあ、ハゲ言うても凡庸ほどじゃないけどな」

「あほんだら。わしは坊主じゃから剃っとるだけじゃ。髪が多すぎて三日に一度は剃らんならんで難儀しよるんじゃぞ」

そのとき、ドアをノックする音とともに店員が入ってきた。トレーに焼き鳥や厚揚げなどを載せている。

「お待たせしました」

「あれ？　熊沢《くまざわ》くんやないの」と桃子が店員に言った。

よく見たら、同級生の熊沢だった。彼は、目を見開いて桃子を見つめたあと、ほかの人間にも素早く目を走らせた。

「なんやお前ら、今日はプチ同窓会ってやつか？」

熊沢は尋ねながら、料理を次々にテーブルに置いていく。

「熊沢、お前ここで働いとったんか？」

「夜だけバイトさせてもろうとるんじゃ。昼間は米と野菜を作っとる」

「よう働くね」

「嫁はんと三人の子供を食べさせてかんといけんからのう。今日は独身の集まりなんか？」

「いや、みんなが独身なんは偶然や、偶然」と、凡庸が答える。

「ええのう、みんな独身貴族で。気楽な身分が羨ましいわい」

言葉とは違い、熊沢はいきなりニヤリと笑い、勝ち誇ったような顔になった。

「なあ、熊沢、誰ぞハゲの整体師のとこに嫁に来てくれる女を知らんかの？」

「ここに三人もおるやないか」

熊沢は女性陣三人を指差した。「ちょうど三対三なんじゃから、今テーブルに向かい合《お》うとるもん同士で明日にでも籍入れたらよかろ」

「えろう簡単に言うてくれるね」

「そんなことができるなら苦労せんわ」

口々に言い返すと、熊沢はハハッと軽快に笑った。「そんな我儘《わがまま》気儘を一生言うとったらよかろ。嫁はんも子供もおらんで、人生の半分も知らんままこのまま死んだらよかろが」

そう言うと、ドアをバタンと閉めて出て行った。

「なんか、めちゃくちゃ感じ悪いのう」と木戸は口を尖らせた。

「僕ら全員、人生の半分も知らんらしい」と、関口はメガネをずり上げて苦笑する。

「独身貴族って言葉もえらい古いけどね」と、美佳が呆れたように言った。

「嫉妬されるほど、ええ生活しとらんぞ。この頃はお布施《ふせ》も少のうてかなわん。戒名《かいみょう》もそない高いんやったらいらんて言う檀家《だんか》さんもおるご時世やぞ」

「マジ頭きた。テーブルに向かい合ってる者同士が結婚すればいいなんて」と、優子は正直な気持ちを言った。

「優子、そうは言うけど、熊沢の言うことにも一理あるかもしれんで」

桃子が真面目な顔で言ったので、みんな一斉に桃子を見た。

「だってさ」と桃子は言い訳するように続ける。「そんな無茶苦茶なやり方でもせん限り、ここにおる六人は、たぶんもう一生涯、結婚できんと思う」

「だよね。昔の見合い結婚のことを考えると、それほどおかしなことではないかもね」と関口が同調する。

「ふむ、確かに一理ありますなあ」と凡庸もうなずいた。

「じゃあ、いっそのこと、そうしましょうか」と、美佳が噴き出しそうな顔を無理やり抑え込んだ変な顔で言った。

「お向かいというと……」と優子は、向かいに座った関口を見つめた。

関口が目に強い光をたたえて見つめ返してきた。なんとも言えない不快な気分になり、思わず目を逸らした。歳月を経て、彼もまた中年になってしまったらしい。高校時代はもっとシャイだった。彼が親の勧めに背いて東京の大学を選んだのは、優子が東京の大学へ行くからだと美佳から聞いたことがあった。大学時代には何度か連絡をくれて、上野動物園に二人で行ったこともある。

――彼氏、できた？

——うん、できたよ。テニスサークルの先輩なの。

そう答えると、彼は平気そうな顔で「へえ、そうなんだ。よかったね」と言った。その夏に帰省したとき、美佳にそのことを話したら、関口は交際を申し込もうとしていたんじゃないか、本当はものすごくショックを受けたのではないかと言われたことがあった。あのときは、まだ十九歳だった。

「関口くんと結婚したら、うちの母さん、喜ぶだろうな。県立高校の教師なら安心だもん」

優子は思ったままを口にした。

「親からしたら上等すぎるくらいやわ。うちの親なんて、『桃子が結婚するなら二十歳くらい年上のジジイしか見つからんぞ』って言うとるもんね。それやのに同い年の男と、それも学校の先生しとる公務員となったら、そらもう、あんた」

「涙流して喜ぶやろね」と美佳も明るく笑う。

「俺、そんなん嫌じゃ」と、いきなり整体師の木戸が言った。

「木戸くんて失礼な人じゃね。向かいに座っとるんが私で悪うございました」と桃子が頰を膨らませてみせる。

「桃子やから嫌じゃってわけやないがね。ここにおる三人とも俺はダメなんじゃ」

「つまり木戸くんは、美佳も優子も好みやないってことか。ああ良かった、私だけじゃのうて」と桃子がふざけた調子で言う。

「こん中で、木戸がいっちゃん結婚願望強いと見とったけどなあ」と凡庸が言いながら、ウーロンハイをゴクリと飲んだ。

「言いにくいんじゃけど……」と木戸が目を落とし、グラスについた水滴を人差し指で拭った。「いや、やっぱりなんでもない」

「なんじゃいな、はっきり言うてくれた方がええわ」と桃子が怒ったように言う。

「まっ、いいじゃないの。それより優子、東京暮らしはどう？　やっぱり楽しい？」

いきなり美佳が話題を変えた。美佳は、木戸の思いを察してしまったのだろう。

「東京は家賃が高くて大変だよ」と、自分も美佳の意を酌《く》んで、話題を結婚から逸らすことに協力した。

「ちょっと待ってえな。いま三対三の結婚の話をしとったんじゃ。まだ話は終わっとらんよ。で、木戸くんは、どういう女の人が好きなんじゃ？」と桃子が食い下がる。

「もうその話はええやないの」と美佳が言い、本当にあなたは鈍いわねといったように桃子を見て顔を顰めた。

「美佳、なんなの？」と、桃子が苛々したような声を出す。

「あのねえ」と美佳は、やっぱり説明してやらなければならないのかと、あきらめたように溜め息をひとつついた。「木戸くんは、熊沢くんみたいに子供が三人くらいは欲しいんじゃ」

「だから、なんじゃ」と桃子は、まだムッとした表情のままだ。

「だからね、私たちやなくて、もっと若い女と結婚したいわけよ」と美佳が言う。

桃子は、美佳の横顔をじっと見つめたあと、呼吸を忘れたみたいに口を閉じて、テーブルの一点を見つめた。

「気ぃ悪うせんとってな。だってほら、男と女とは生物学的に違うじゃろ。俺ら男は何歳になっても若い女の子と結婚できるわけで」

木戸に悪気はないことはわかっている。だが、同じ町で生まれ育ち、子供の頃から互いに知っている男性に言われた衝撃は、会社の同僚男性に言われるよりも大きかった。今まで一度だって木戸を好みの男性だと思ったことはないが、それでも気持ちが塞ぐ。懐かしい子供時代や温かな郷愁などの全てのものに、手痛く裏切られたような気持ちになった。

「あれ？　ごめん。言うたらいけんこと言うたみたい。気ぃ悪うしたらごめん」

「めちゃめちゃ気ぃ悪いわ。うち、もうこれ以上ここにようおらん」

桃子はそう言うと、財布から千円札を三枚取り出し、テーブルの上に叩きつけるように置くと、いきなり立ち上がった。

「うち、帰る」

冗談かと思ったら、引きとめる間もなく、素早くドアから出ていってしまった。

「マジ？」

「あいつ、ほんまに帰ったん？」

全員が、桃子が出ていったドアをぽかんと見つめた。

桃子は女性三人の真ん中に座っていたので、いなくなると、自分と美佳を隔てていた垣根がなくなってしまった。美佳と目が合った途端、思わずどちらも目を逸らしたのは、嗅覚の鋭い者同士だと感じているからかもしれない。互いの気持ちが手に取るようにわかってしまい、余計につらくなる。会社のセクハラ親父が言うのならまだしも、木戸は正直に言っただけで、まったく悪気がないだけに始末が悪い。

「おい、木戸、今の発言、すごくまずいよ」と関口が咎《とが》めた。

「ほんだって、あんなに怒るとは思わなんだ」と木戸はドアの方を見つめたままだ。

「桃子は怒ったんやない。傷ついたんじゃ」と美佳が言う。

「もしかして、桃子は木戸のことが好きやったんやないか？」と関口がとんでもないことを言い出した。

「気づかんかったわ。悪いこと言うてしもたな」と木戸が満更でもなさそうな顔をし、わざとらしく顔を顰めた。

「ばーか。好きなわけないじゃろ。桃子は日本の社会に辟易《へきえき》しとるんよ」と美佳はこれみよがしに大きな溜め息をついた。「優子も何か言うてやってよ」

「え？　えっと……堪忍袋の緒が切れたって感じなんだろうね。若いときは嫌なことでも無理してニコニコして聞き流そうと努力したけど、もうこの歳になると、腹が立つだけの相手と話すこと自体が、時間がもったいないと思うし、それに……」

「ストップ！」と美佳が遮り、いきなり噴き出した。「優子、なんぼなんでも言いすぎやで」

「あっ、ごめん」

見ると、木戸が恨めしげにじっとこちらを見ていた。

「だったら女のお前らに聞くけど、四十にもなってまだ結婚したいと本気で思っとるんか？」

木戸が尋ねるが、ふたりとも何も答えなかった。

「じゃろ？　やっぱり結婚なんてとうの昔にあきらめとるじゃねえか。子供を産みたいと思う女じゃったら、とっくに結婚しとるはずじゃろ。そもそも今日集まった三人はみんなキャリアウーマンじゃもん」

「次回からは、もう木戸は呼ばん」と、凡庸はきっぱり言った。

「なんでじゃ、俺、なんか悪いことしたか？　別に普通のことを普通に言うただけじゃろ」

「歳とると、どんどん友だちがおらんようになる」

しんみりした口調で凡庸は言った。「みんな結婚して子供ができて家庭のことだけで手いっぱいになるから、今日みたいに友だち同士で集まって酒を飲むことも、この頃はもうほとんどのうなった。ほんやから今日は久しぶりの飲み会で、それも同い年でしかもみんな独身やぞ。久しぶりに腹割って楽しい酒が飲めると思うとったのに、お前ってヤツは……」

「凡庸の言うとること、矛盾しとる。俺が正直に腹割って話したら、このありさまじゃ」

「何でもかんでも口に出してええわけやない。限度があるじゃろ」

「俺、限度を超えるひどいこと言うた覚えないぞ。世間一般の常識を言うたまでじゃ」

「まあ、まあ」と美佳がとりなすように口を挟んだ。「人はみんな自分の物差しでしか他人を測れんもんやわ」

「優子はどない考えとる？　俺の言うたこと、そないにひどかったか？」

木戸が助けを求めてくるとは思わなかった。

「ん……わかんない」

だって、まだ子供は産めるよ、現に私いま妊娠してるし……とは言えない。

「子供を産むのは年齢制限があるのはわかるよ」と美佳が言う。「人間だって動物だからね」

「なんじゃ、やっぱりわかってくれとるんじゃないか」と木戸がほっとした表情を見せた。

「だけど木戸くん、子供が産めるかどうかに関係なく、女は若い方が好きなんでしょ？」

美佳がそう尋ねると、木戸はハハハッと豪快に笑った。「そんなん当たり前じゃ。男ならみんなそう思っとるに決まっとる」

優子は木戸の屈託のない笑顔を見つめた。

「美佳ちゃんも優子ちゃんも、これに懲《こ》りずにまた飲み会やろうや」と凡庸が拝むようにして言った。

美佳はそれには答えず、呷《あお》るようにビールを飲み干した。

「もう木戸は呼ばないからさ、ねっ」と関口が、木戸の前で平然と言い添える。

不毛な会話はもうお終いにしたかった。だから、「昌代が子供を連れて帰省したって聞いたけど、誰か会った？」と話題を変えた。昨日の七回忌のとき、黒人と結婚した成瀬昌代のことが話題に上り、気になっていた。

「昌代さんが帰ってきたんか？　それ、ほんまか？」と凡庸が驚いたように尋ねる。

今もまだ昌代のことが好きなのだろうか。凡庸と昌代は高校時代につきあいを始めた。秀才同士だったからか、二人の交際は校内では有名で、担任教師だけでなく、校長までもが知っていた。高校を卒業後、二人は京都の大学に進んだ。学校は別々だったが半同棲状態で暮らしていたから、卒業後は結婚するものとばかり思っていた。だが、そう思う一方で、秀才の昌代が自分の才能を捨てて、お寺の奥さんに納まるのは、あまりにもったいないとも感じていた。大学を卒業後、凡庸は予定通り比叡山で修行してから実家の寺を継いだ。一方、昌代は大阪の広告代理店に就職したが、一年もしないうちに会社を辞めた。すぐにアメリカに渡り、語学学校に通いながら法律を勉強したあと、ニューヨークに本部を置く難民を救うＮＰＯの職員になった。昌代は大学の卒業旅行で訪れたバングラデシュやインドの貧困地帯の人々の生活に衝撃を受け、人生観が変わってしまったと聞いたのは、ずいぶん後になってからだ。昌代は凡庸に別れを告げた。平和な日本の、のんびりした田舎町で一生を終えるより、ひとりでも多くの子供の命を救いたいと言って。

「誰か、昌代さんに会ったんか？」と凡庸が尋ねる。

「会ったことは会った。商店街ですれ違ったんよ」と美佳の語尾が消えかかる。

「俺も噂だけはいろいろと聞いた」と木戸の声も小さい。

「噂って、なんなんじゃ、昌代さんになんかあったんか？」

凡庸が真剣な眼差しで美佳をじっと見る。木戸より美佳を信用しているのか、美佳から話を聞きたいらしい。

「いや、特になんもあれへんけど……ダンナさんは仕事で忙しいとかで、子供さんを一人連れて帰ってきてはったんよ。それで……昌代も子供さんらも元気そうじゃった」

美佳がとってつけたような笑顔を作る。

「ここら辺は田舎だし、一回も海外に行ったことのない年寄りが多いからね、偏見を持ってるのは仕方がないかもしれないね」と関口が凡庸を慰めるように言う。

「もう、ほんまに苛々する。偏見て何のことじゃ。はっきり言わんかえ！」

高校時代から温厚な人柄という印象の強い凡庸が大きな声を出したので、みんな一斉に凡庸から目を逸らし、あらぬ方を見つめた。

――まだ昌代のこと好きだったんだ。それも、かなり。

誰もがそう思ったのだろう。

「昌代のダンナさんがアメリカ人ちゅうのは知っとるんか？」

木戸が恐る恐るといった感じで尋ねる。

「知っとる」

凡庸は憮然とした表情で答え、木戸を睨んだ。「ほんで、それがどうしたんじゃ」

「ダンナさんが黒人だってことも知っとるの？」

美佳が尋ねると、凡庸はハッと息を呑んだ。一瞬にして全てを理解したといった顔をした。

「そういうことか。わしは勝手に白人やと思い込んどった。きっと背が高《たこ》うて手足が長《なご》うて目が青うて顔はトム・クルーズみたいで……」

言いかけて、凡庸は宙を睨んだ。「彫りの深さやったら、わしも負けんのやけど」とボソリと言う。

凡庸は高校時代からずんぐりむっくりした体型だったが、美人の母親似で目鼻立ちがはっきりしていて、まるでロシア人とのハーフかクオーターではないかと思うような顔立ちだ。とはいえ、顔まわりにもたっぷり肉がついていて、イケメンにはほど遠いのだが。

「昌代は一週間の予定で帰省してきとったらしい。それなんに、近所の人らに子供らを好奇の目で見られて耐えられんようになって、たった一日で帰っていったんよ」と美佳が沈痛な面持ちになる。

「帰ったって、アメリカにか？」

凡庸が、ただでさえ迫力のある大きな目をぎょろりと動かす。

「すぐその日にアメリカは無理やない？　一旦は大阪か東京のホテルやないやろか」

美佳は、自分が悪いことをしたかのように元気のない声で答えた。

「もう二度と帰省せんと言うとったらしいぞ」と木戸が言う。「ほんでも子供らがまだ小そうてよかったな。あれがもしもっと大きいなっとったら……」

「それは違う」と美佳が木戸の言葉を遮った。「子供らは、そういう視線がどういう意味を持つんか、アメリカの暮らしでもようわかっとるみたいやった」

「なんせ昌代の子供だもんね。頭も良くて敏感なのかも」

言いながら、優子は憂鬱《ゆううつ》な気持ちになった。

「そうだったのか」と関口は言うと、グラスに残っていたビールをゴクリと飲んだ。

みんな口々に言いながら、黙りこんでしまった凡庸の気配をそれとなく窺っていた。

「凡庸、お前、もしかして今も」

余計なことを言うなとばかりに凡庸は木戸の言葉を無視して「昌代さんは、わしの想像もつかん遠いところへ行ってしまわれましたわ」とつぶやくように言った。この中の誰一人としてアメリカで生活した経験などない。日本の地で、日本人に囲まれた日常を送っている。

「昌代さんは、いつだって地球規模で物事を考えておられますからのう」

そう言って、凡庸は遠くを見るような目つきをした。「それに比べて、わしなんか……」

凡庸は大きな溜め息をついた。「最近はお布施が少のうて困っとるなんて不満を言うとる。そんな自分が阿呆に思えてきましたわ」

「今度みんなでアメリカに旅行でもしようや」と、木戸が能天気な声で言った。

「それはいいね」と美佳が白けきった顔で木戸を見る。「木戸くんは、そこで若いお嫁さんでも見つけたらいいよ」

そのあとは会話が続かず、溜め息ばかりが聞こえた。

3

その日、会議が終わったあとに水野匠が声をかけてきた。

「宮村さん、なんだか顔色悪いっすね」

「えっ、そうかな。それは……たぶん父の七回忌で帰省してたから疲れが出ちゃったのよ」

「そうでしたね。それに、もうトシですもんね」

いつもの調子で言うが、笑い飛ばすのが一瞬遅れてしまった。

「冗談ですよ。そんなマジな顔しないでくださいよ」

「たまにはさ、傷ついたふりして困らせてやろうかと思ってね」

「またまた意地悪なんだから」

体の関係は一度だけだったし、互いになかったこととして振る舞ってはいるが、微妙に馴れ馴れしさが伴うようになった。だが、三十九歳の女と二十八歳の男の関係を疑う者など周りには一人もいない。漫才コンビか何かのように息が合っていると考えているようだった。

仮に男女の年齢が逆だったらどうだろう。それを考えると、複雑な気持ちになる。

最近は気弱になることが多くなった。誰かに相談してみたいが、適当な相談相手を思いつかない。これまで自分の進路は自分で決めてきた。進学も就職も誰にも相談せずにここまできた。だが、考えてみれば胸を張って言うほどのことでもない。進学には偏差値という物差しがあったし、就職は片っ端から当たって砕けろ方式だった。

先週土曜日に初めて産婦人科に行った。

——おめでとうございます。八週目に入ったところです。

女医は品のある笑みを浮かべて言った。

昼休みになり、社員食堂へ行った。楽陽トラベルの本社は、二十階建てのオフィスビルの七階から九階に入っている。最上階にある社員食堂は、このビルに入っている七つの会社のいずれかで働く者なら誰でも使えるようになっている。

社員カードをカードリーダーに読ませて支払いを済ませ、同期の佐々木奈美《ささきなみ》を目で探した。経理部の奈美とはフロアが違うのだが、同期の女性は転職や出産などで次々に会社を辞めたので、今や奈美と自分の二人しか残っていない。

「優子、今日はそれだけしか食べないの？」

いつもの席に向かい合って座ったとき、奈美が尋ねた。

「うん、最近ちょっと食欲がなくてね」

トレーには冷奴と煮物の小鉢だけを載せていた。

「いきなり暑くなったもんね。五月とは思えないよ。地球の温暖化ってなんだか恐い」

言葉とは反対に、奈美は「今日のランチ」を選んだうえに、五十円増しでライスを稲荷寿司に交換してもらっていた。

奈美は入社した年に大学時代の同級生と結婚したから、既に結婚十七年になる。十年に亘《わた》って不妊治療を続けていたが、四十歳を目前にして、あきらめることにしたと打ち明けてくれたのは今年の初めだった。その頃から奈美の表情は少しずつ明るくなってきていた。最近では、入社した頃の屈託のない笑顔を見せることもある。

――不妊治療に莫大なお金を使っちゃったけど、これからは夫婦で楽しむつもりなの。

そう言って、今年の正月休みは夫婦でドイツ旅行へ出かけた。夏にはニュージーランドへ行く計画があるらしい。

そんな奈美に、妊娠のことは相談しづらかった。不妊のことは既にふっきれているようにも見えるが、社内の人間には相談しない方がいいだろう。奈美は口が堅くて信頼の置ける女性ではあるが、ひょんなことから話が漏れることもある。となると、相談できるのは身内しかいないということか。

「添乗員の研修を受けようかと思うんだけど、どう思う?」と奈美が尋ねてきた。

「いいと思う。女性の方が心遣いが細やかで安心できるっていうお客さんが多いしね」

「お客さんは圧倒的に女性が多いもんね。でも、私にもできるかな」

「奈美なら大丈夫よ」

一見控えめだが、芯がしっかりしていて頼りになる。奈美の生き生きした表情から、不妊治療に振り回された十年間を取り戻そうとするかのような勢いが見えた。


昼食を終えて自席に戻り、姉にメールを送ってみた。

――相談があるんだけど、来週あたり会えない？

一分もしないうちに返信が届いた。

――何の相談？　知っての通りこっちは忙しいの。専業主婦っていうのは優子が考えているよりずっと大変なんだからね。

姉は常に「主婦だと思って馬鹿にするな」とバリアを張っている。今まで馬鹿にした覚えもないから、被害妄想だとしか思えない。姉は気難しい夫や舅姑《きゆうこ》に苦労しているから、馬鹿にするどころか同情しているのだが、何か言うたびにこうしてつっかかられると、正直言ってウンザリする。姉は、「いいご身分ね」と同級生から言われるのが最も頭にくるという。有名な女子大を出ている分、プライドも高い。

こちらからメールしておきながら、姉に返信するのが億劫《おつくう》になってきた。携帯を机に置いたとき、マナーモードにしておいた携帯が震えた。

——優子、まさか、借金じゃないよね？

急に心配になってきたらしい。平日の昼間に会社勤めの妹からメールが来るなんて初めてのことだからだろう。

——どうなの？　やっぱり借金なの？　そうなのね？

昔の姉は穏やかで優しかったが、最近はすぐにカーッとなる。メールではなく、電話できっぱり否定した方がよさそうだ。時計を見ると、あと五分で昼休みが終わるところだった。八割方の社員が昼食から戻って自席に着いていた。

携帯を持って廊下へ出ると、階段をかけ上がった。ひとつ上の階は営業部で、女性社員が少ないうえに外回りが多くて不在がちだ。だから化粧室には誰もいないことが多かった。それに比べて自分の階は女性が多いので、昼食後の歯磨きは洗面台に順番待ちができる。

化粧室のドアを開けてみると、予想通り、しんとしていて誰もいなかった。使用頻度が少ないからか、備品も新品同様で清潔感がある。三つ並んだ洗面台の一番奥へ行き、鏡に映った自分を見た。妊娠のせいなのか、目の辺りが少しむくんで見えた。

電話をかけると、姉は待ってましたとばかりに、すぐに出た。

——優子、正直に言いなさい。借金いくらあるの？

「姉さん、なんで私が借金するのよ。それどころか毎月きちんと貯金してるよ」

静まり返っているからか、声が壁や天井に反響して大きく聞こえた。

――何だ、よかった。優子が私に相談があるなんて言うの初めてだもの。驚いたのよ。で、何の相談だったの？

「……うん、それはまた今度ゆっくりしたときにでも。とにかくね、借金じゃないってことだけでも伝えておかなきゃと思ったの」

――気になるじゃないの。何の相談なの？　はっきり言いなさいよ。

「あっ、もうすぐ昼休みが終わる」

――だから、さっさと言っちゃいなさいってば。言いかけてやめられたら、私だって今日一日落ち着かないわよ。

姉が苛々している。こっちからメールしたのに話をはぐらかしたとなれば、誰だっておかしいと思う。簡単には言えないほど重大なことだと告白しているのも同然だ。

「えっと……あのね、妊娠しちゃったみたいでね」と声が小さくなる。

――よく聞こえない。もっと大きい声で言って。

「だからね」と息を吸い込む。「妊娠したの」

――妊娠？　誰が？

「誰がって……私が、よ」

――それ、確実なの？　病院には行ったの？

「うん、行った」

――相手は誰なの？

「相手は……」

どう説明すればいいのだろう。部下と言うべきか、会社の人と言った方がいいのか。

――わかった。ともかく今夜、優子のマンションに行くよ。

姉の言葉は予想外だった。平日の夕方に、それも急に家を空けて大丈夫なのだろうか。いつも家庭のことでいっぱいいっぱいの姉が、自分のために駆けつけてくれるという。

「ありがとう、姉さん」

――優子が帰ってなかったら、合い鍵で入るけど、いいわよね？

「うん、いいよ」

姉に鍵を預けていた。鍵を失くしてしまったときに備えてはもちろんだが、万が一病気か何かで動けなくなったときの用心のためでもあった。

「じゃあ、またね」

そう言って電話を切ったときだ。奥の個室からコトリと小さな物音が聞こえた。

誰かいる！

慌ててドアへ向かったとき、背後で水が流れる音とともに個室のドアが開く音がした。廊下へ飛び出し、階段室へ続くドアを開けて、かけ下りる。

自席に着いてからも、心臓がドクドク鳴りっぱなしだった。姉との会話を聞かれてしまったに違いない。化粧室の中は静まりかえっていて、自分の声はエコーがかかったように響いていたのではないか。

周りの席を素早く見渡してみた。企画部には女子社員が十五人いるが、既に全員が席に着いていた。あと三十秒で昼休みは終わる。端の席から順に確かめてみるが、背中を丸めてパソコンを睨んでいたり、ボールペンを片手に書類をチェックしたりしていて、とっくに仕事モードに入っている。

このフロアの向こう半分は総務部だ。だがフロアが広すぎて、向こうの隅の方まではっきりとは見えない。しかし、自分より遅れて入ってきた女性はいない。ということは、上階の営業部の女性三人のうちの誰かだ。タッチの差で自分の後ろ姿は見られていないとは思うが、声は聞かれてしまった。だが、営業部の女性はみんな二十代ということもあり、互いに声で判断できるほど親しくはない。それに、自分の声にそれほど特徴があるわけでもない。

うん、大丈夫だ。

さあ、そんなことより仕事、仕事。今日中に仕上げなければならない提案書がある。集中して仕上げてしまわねば。

パソコンに向き合ったそのとき、視界の隅に人影がすっと現われた。顔を上げて見てみると、水野の恋人である青木紗絵がドアから入ってきたところだった。


マンションを見上げると、自分の部屋に灯りがともっていた。

部屋に入ると、難しい顔をした姉が、ソファに座って腕組みをしていた。

「姉さん、紅茶でいい？」と尋ねると、「持ってきたから要らない」と、姉はテーブルの上のペットボトルを指差した。

「お腹の子の父親は誰なの？」と、姉は眉間に皺を寄せた。

「結婚できないんでしょう？　不倫なんでしょう？」と畳みかけてくる。

「不倫？　いや、そういう感じでもないいんだけど」

「何をのんびりしたこと言ってるのよ。相手の奥さんの気持ちになってみなさいよ。今まで築き上げてきた家庭を、あなたは壊すことになるのよ。そんな権利、あなたにあるの？」

すごい剣幕だった。姉は妻側の立場に立ってものを言っている。

「優子、はっきり言うわ。あなたのために言うの。子供は堕ろした方がいい」

驚いて姉を見つめると、姉は眉間に寄った皺をすっとほどいて、今度は憐れんだような顔をした。「優子は本当にかわいそうな子ね」

「あのね姉さん、相手は一応ね、独身なんだよね」

「えっ？」と姉は言ったきり、ポカンと口を開けてこっちを見つめた。拍子抜けしたのか、ピンと伸ばしていた背筋がぐにゃりと猫背になったかと思うと、ペットボトルの水をひと口飲んでから、ソファにドスンともたれかかった。

「バツイチか。つまり、結婚に反対している子供がいる。相手は資産家のジジイなのね」

妄想を逞《たくま》しくしている姉の横顔を呆然と見つめた。

「姉さん、相手は離婚歴もないし子供もいないよ。普通の独身だよ」

「は？　なんだ馬鹿馬鹿しい。だったらさっさと結婚すりゃあいいじゃないの」

「それが無理なんだってば」

「意味わかんない」と姉は溜め息をついたが、「あっ、わかった」と身を乗り出した。

「ヤクザもんなのね」と姉は思いきり眉根を寄せた。

「違うってば」

「じゃあ聞くけど、仕事は何をしてる人なのよ」

「うちの会社の人だよ。私の部下よ」

そう答えると、姉の顔がパアッと輝いた。「なんだ、いいじゃない。最高だわよ」

「最高って？」

「だってそうでしょ。優子はもうすぐ四十歳よ。男っていう動物はね、みんな若い娘が好きなの。だから四十にもなった女をかわいいと感じてくれる男っていうのはね、六十代以上ってことよ。それなのに同世代の男性と結婚できるなんて稀に見るラッキーよ。もうその人に決めちゃいなさい。このチャンスを逃したら寂しい老後が待ってるわよ」

姉は張り切った口調になる。「母さんも口には出さないけど心配してるのよ。それに、母さんは私たち子供を三人も産んだのに、孫はうちの政重ひとりよ。広伸にも子供はいるけど、離婚してからほとんど会えてないみたいだからいないも同然でしょう。母さん、きっと喜ぶわよ」

「ちょっと待ってよ。母さんには絶対に言わないで」

「どうして？」

「だから結婚はできないんだってば」

「だから、どうしてよ」

「それは……相手には彼女がいるし、そもそも彼はまだ二十八歳だし」

「ええっ、二十八歳？」

姉はソファにのけぞり、再びソファに背中を預けた。「それはずいぶん若いわね。で、その彼女は何歳なの？」

「二十五か六くらい。部署は違うけどフロアは同じなの。すごい美人」

さっきの勢いは消えてしまったのか、姉は足を組み直し、テーブルの一点を睨んだ。

「そんな彼とどうしてそうなるわけ？」

「それは、えっと、すごく月夜が幻想的だったし、気圧の関係もあって……」

カンボジアの夜のことなど口にするのも恥ずかしい。だが、姉は遠慮なく矢継ぎ早に質問してくる。それに仕方なく答えるうちに、姉はある程度は納得したようだった。

「なるほどねえ。原始時代みたいな所にいたら、人間の本能に訴えかけるんでしょうね」

空想好きで文学少女だった姉は、あの地の蒸し暑さや密林の風景を想像したようだった。

「で、優子」と姉がこちらを見た。「あんたの相談って、結局はなんなの？」

「えっ？」

「彼をどうやって振り向かせるかっていう相談なら、私にはアドバイスする能力はないわ」

「振り向かせる？　そんなこと考えてもいないよ」

若くて美しい紗絵と自分を比べようとも思わない。

「だったら、なんの相談なの？」

「アドバイスが欲しかったの。産前産後をどう乗り越えるか、産んだあと勤めを続けるためには、どう工夫すればいいか」

「それ、まさか結婚はしない前提で言ってるの?」

「そうだけど?」

「あんた馬鹿じゃないの。結婚しないで子供を産んでどうすんのよ」

そう言いながら大きく息を吐くと、腕時計をチラリと見た。愚かな妹にこれ以上つきあっている暇はないとでも言いたげだった。

「優子、よく聞きなさい。私の友だちでね、ひと回りも歳下の男性と結婚した人がいるの」

「知ってるよ。陽子《ようこ》さんでしょう?」

陽子は姉の大学時代の友人だ。会ったことはないが、姉の話によく出てくるので顔見知りのような気がしていた。

「陽子は妊娠したとき三十五歳でね、飛び上がって喜んだのよ。『これでもう彼は私から逃れられない』って」

「そういう女の人、恐いよ」

嫌な気分になった。ふとそのとき、いつだったかテレビで見たことのある映像が頭の中に浮かんだ。蜘蛛の巣にかかった虫を蜘蛛が食べてしまう場面だ。

「陽子は、子供が二歳のとき離婚したわ。彼に若い彼女ができちゃってね」

つまり姉が言いたいのは、若い男とは結婚しない方がいいということなのか。遅かれ早かれ破綻《はたん》すると言いたいらしい。

「離婚したっていいのよ」

姉は意外なことを言った。「子供が生まれる時点で入籍していることが大切なの」

姉の言いたいことはわかる。

「だけど姉さん、結婚は無理なんだってば」

「責任取れって彼に迫ればいいのよ。まったく田舎モンっていうのは、どいつもこいつも」

姉は苛々を隠さない表情で言った。

「姉さん、私の結婚と田舎モンと、なんの関係があるの？」

「母さんからまた宅配便が届いたのよ。送らないでって、あんなに何度も言ったのに」

いきなり話題が変わった。

「たまたま姑がうちにいてね。『あら、ご実家からなの？　何が入っているのかしら。楽しみね』なあんて皮肉たっぷりに言うの」

鼻にかかった声を出して姑の物真似をするのはいつものことだ。姉は夫の両親と二世帯住宅で暮らしている。玄関も違えば台所も浴室も別々だが、姑は用もないのに毎日のように顔を出すらしい。裏庭を通って行き来できる構造になっている。

「興味津々って感じで言われたら、姑の目の前で開けなきゃならない雰囲気になるわけよ」

姉は、さも忌々しげに顔を歪める。

「お姑さんは何しに来てたの？」

「用なんかあるわけないじゃない。孫の顔を毎日見たいんだってさ」

「政重くんはもう高校生でしょう？」

「政重が向こうの家に遊びに行ってくれればいいのに、私の言うことなんて聞きゃしない」

「人に見られたらまずい物でも入ってたわけ？　例えば覚醒剤とか？」

冗談めかして言ってみたが、姉はにこりともしなかった。「いつものように、畑で採れた野菜がぎっしり入ってた。卯月《うづき》屋のお饅頭もね」

「卯月屋の？　ふうん」

羨ましいという言葉を呑み込んだ。

母が送ってくれる宅配便を、何年か前にきっぱり断わった。母がそれを納得するまで、なんと一年以上もかかったのだった。それまで母は頻繁に宅配便を送ってくれていた。独り暮らしでは到底食べきれない量の野菜――たけのこ三本、きゅうり十本、白菜二玉、大根二本など――を送ってきた。残業も多く、休日は疲れて寝てばかりいる自分にとって、どう考えてもたまの自炊で食べきれる量ではなかった。母が丹誠込めて作った野菜だと思うと、腐らせてしまうのが心の負担になる。結局は腐るまで置いておくことになるのだが、ドロドロになってから処分するのも正直言って面倒だった。老舗の和菓子もほんの少しなら嬉しいが、賞味期限の短いものを箱ごと送ってくる。甘い物を大量に食べると身体に悪いからと何度言っても送ってくる。佃煮もそうだ。アツアツのご飯に載せて食べたらおいしいことは、もちろんよく知っている。だけど、成人病にならないよう普段から食生活に気をつけている自分にとって、炭水化物と塩分だけの組み合わせは、最も避けたいものだ。宅配便が届く時間帯に帰宅していないので郵便受けに不在通知が入っている。再配達を頼もうにも、残業は突発的だから、希望時間帯をはっきりとは決められない。日持ちする物ばかりではないのに、休日を指定するしかない。だが、そうなると、休日もおちおち眠っていられないし、どこにも出かけられない。そんな訴えを母は「大げさすぎる」とことごとく撥《は》ね付けた。

——近所の人にあげたらええやないの。

近所づきあいなどまったくないと何度言っても、母は意味がわからないという顔をした。

——それほど親しくなくても、野菜やお饅頭もろたら誰かって嬉しいに決まっとるがな。

この賃貸マンションの中で、顔見知りはひとりもいない。だからこそ気楽に暮らせている。

その快適さを壊したくなかった。ほんの少しのお裾《すそ》分《わ》けで顔見知りになり、関係性に変化が生じる。そもそも見知らぬ人から食品をもらって嬉しいだろうか。この物騒な世の中、自分なら食べるのが恐い。

――ほんなら野菜だけでも会社の人にあげたらどない？

満員電車で野菜なんて持っていけないってば。もらった方だって持って帰るのが大変だから迷惑だよ。

帰省するたび、電話で話すたびに、毎回同じ内容の押し問答が続いた。そこに助け船を出してくれたのは兄の広伸だった。兄は母が納得するまで説明してくれたらしい。自慢の秀才の息子が言うことに、母は素直に耳を傾けた。それ以来、一度も送ってこなくなった。

「優子にもお裾分けを持ってきてあげたわよ」

姉は紙袋から大量の靴下を出した。田舎のおばあちゃんが履くような渋い色柄だった。

――一回はいたら、かかとツルツル！

靴下に巻かれた紙テープに、そう書かれている。

「村田堂のソックスよ。数えてみたら二十足も入ってた。それと、これもあげる」

姉が次に取り出したのは特大サイズの歯磨き粉だった。

「二本も入ってたの。優子も一本なんとか協力してよ。うちの旦那が歯磨き粉なんて何でもいいって言うような人だったらよかったんだけどね。あの人、神経質で何に対してもこだわりがあるから」

「この歯磨き粉、一生使えそうなほど大きいね」

「優子、卯月屋のお饅頭、久しぶりに食べたいでしょう」

「いや……別に」

「持ってきてあげたわよ」

「本当？」

思わず顔がほころんだ。箱ごとなら要らないが、ひとつかふたつなら欲しい。

姉は大きな紙袋の中をガサゴソ言わせ、饅頭以外にも、デパートで買ってきたらしいタラモサラダとタコライスをテーブルに置いた。

「夕飯、まだなんでしょう？　ほら、食べなさい。私は家で食べてきたから」

こういうとき、十歳も違うこともあって姉に母のような温かみを感じる。今は対等に話しているが、以前は大人と子供だった。

「姉さんのところは大家族だから、野菜を送ってきてもらったら助かるんじゃないの？」

姉が買ってきてくれたサラダを食べながら尋ねた。有名デパートの総菜は、高級感と清潔感があるうえに、上品な薄味で美味しかった。

「キャベツから虫が出てきたことがあるのよ」

「無農薬だから虫くらいいるでしょ」

「優子と違って私は虫がダメなんだってば。それにね、今回はこれが入ってたのよ」

姉がバッグから取り出したのは、フェルトでできた十センチくらいの人参《にんじん》だった。頭のところにつけてある紐を左右に振ってみせる。

「手紙も入ってたわ。読んでみる？」

そう言って封筒から便箋を取り出すと、テーブルの上を滑らせてこちらへ寄越した。

母の達筆の文字が並んでいる。

――真知子へ。

元気にしていますか？　お父さんの七回忌のときは、遠いところ帰省してくれてありがとう。畑で採れた野菜を送ります。無農薬ですから政重ちゃんにも食べさせてください。それと、向かいの山岸さんの奥さんが、フェルトの生地をくれました。オレンジ色と緑色を見た途端、人参クンだと思いました。携帯のストラップにするもよし、キーホルダーにするもよし。五個作ったので、政重ちゃんと和重さんと和重さんのお母さんにもあげてください。それと、和重さんが出張で外国に行かれるときは、デボラ感染に気をつけてね。

「この、デボラ感染てなんなの？」

尋ねても、姉はぶすっとしたまま返事をしなかった。

「あっ、もしかして、エボラ出血熱のこと？」

思わず噴き出したが、姉は一層不機嫌な顔になった。「その手紙、ダンナのお母さんも読んじゃったのよ。きっと政重が勉強できないのは、うちの家系のせいだって思ってるわ」

「姉さん、それは考え過ぎだよ。これほどの達筆はなかなか書けないよ」

「字のうまさと頭の良さは関係ないわよ」と言う姉は字が下手で、いまだに小学生みたいな四角い字を書く。

――人生の半分も知らんくせに。

不意に、プチ同窓会での言葉が思い出された。自分は姉のように、家族を持つ苦労を何ひとつ経験していない。

「やっぱり結婚しないで子供を産むのは甘いのかな」

「甘いに決まってるじゃない。北欧やフランスなんかだと政府の手厚い保護があるらしいけどね。世間の偏見もなさそうだし」

「でも、日本でも桐山曜子や千石ルリなんかは堂々と未婚の母として暮らしてるじゃない」

「優子、それ本気で言ってる？　女優や評論家と比べてどうすんのよ。それに、あの人たちは八十代だよ。当時は未婚の母をウリにできたのよ。私は新しい女なんですよって」

「なるほど。でもさ、私もこのまま定年まで働けば、なんとかなると思うんだよね」

すとか」

「未婚の女性は産休は取れませんって言われたらどうするの？」

「労働基準監督署に相談に行けば助けてくれるんじゃないかな。それでダメなら訴訟を起こすとか」

「そんなことしたら大ごとになって、結局は会社に居づらくなるじゃないの」

「それは……」

居づらくなるとは、どういうことなのか。きちんと仕事をしていれば、それでいいはずだ。私生活のことまでとやかく言われたくない。

「百歩譲って、優子の言う通り定年まで働けたとしてもよ、子供が大きくなったとき『ボクのお父さんは誰なの？』って聞かれたらどう答えるの？」

いつものことだが、姉は他人の言葉を言うとき、声音を変える。甲高い声で小さな男の子の声を真似たので、妙に現実味を帯びてきた。

「人間誰しも、親がどういった人なのかを知りたいものよ」

仮に自分の父親が誰だかわからないとしたら……。それを想像しただけで、落ち着かない気分になった。

「幼い頃は口先でごまかせても、小学校高学年くらいになったらもう無理よ。そのときは打ち明けるしかないわね。父親が誰だかわかったら、じゃあどうして結婚しなかったのかって、きっと尋ねるわよ」

「……うん、そうかも」

「どう説明するの？　『ちょっと事情があってね』とか答えれば、敏感な子供ならもうそれ以上は尋ねないでしょうよ。大好きなお母さんの困った顔を見るのがつらいもの。でも心の中はきっとモヤモヤしたままよ」

「父親には既に恋人がいたって正直に言えばどうなるかな」

「だったらきっとこう思うわね。『恋人がいるのにどうしてママと深い仲になるわけ？』って。その子の潔癖さ加減にもよるけど、父親のことはもちろん、優子のことだって不潔に感じるかもしれないわ。思春期なら特にね」

「そうか……親子の仲がぎくしゃくするね」

「子供もいつかは中年になるから、そのときには大人の事情ってことで仕方ないと思えるようになるかもしれないけど、ずっと先のことよ」

「そうだね」

「それだけじゃないわ。父親に会いに行きたくなるのが人情でしょう。いきなり『お父さん』て呼ばれたら、その男性はどう思うかしら」

きっと戸惑い、怒りが爆発する。そして、勝手に子供を産んでしまった女を恨むだろう。

「万が一、手放しで喜んでくれるとしたら……」と姉は言いながら宙を見つめた。

「手放しで喜ぶ？　そんなこともあるの？」

「あるとしたら、彼が孤独のどん底で誰かの助けを求めている場合よ。職も失って人間関係も壊れて、汚部屋と化したアパートの一室で希望を失って壁を睨んで暮らしている老人よ」

姉の妄想はどこまでも広がる。

「姉さん、テレビの見過ぎじゃない？」

「まあ聞きなさい。そのとき彼が幸せな家庭を築いていたら、絶対に歓迎されないわね。彼の奥さんがものすごいショックを受けるはずよ。私だったら、『長い間、よくも私を騙《だま》してたわね』って怒りまくるわ」

産むとたくさんの人に迷惑をかける。それどころか、他人の人生をめちゃくちゃに壊してしまう。そんなことは言われなくてもわかっていた。だけど、自分にとってはたったひとつの大切な命なのだ。

「まずは妊娠したことを彼に言うことね」

「それは……」とても言えそうになかった。

「話はそれからよ」

「さっき堕ろせって言ったじゃない」

「堕ろすにしたって、彼に話してからよ」

「どうして？」

「だって彼がお腹の子の父親だからよ。心の痛みを半分は引き受けるべきよ」

「だけど彼は、別にそういうつもりで……」

「彼がどういう態度に出るかを見極めるの。結婚はダメでも認知してくれるかもしれない」

「認知してくれたら産んでもいいと思う？」

「そうなると話はガラリと変わるわ。子供にも堂々と父親のことを話せるし」

ひと筋の光が見えた気がした。

「でも、たぶん認知はしないわね。だって前途洋々たる青年なんでしょう？」

「どうせ認知してくれないんなら言わない方がマシだよ」

「それは違う。優子だけが苦しむのはフェアじゃない。彼も同じように苦しむべきよ」

「それは……」

単に憎しみから来るものではないか。姉は、妹を苦しめている男が憎いのだろう。

「彼とは同じチームで働いているから、打ち明けた時点で仕事がしづらくなるよ」

「もしかして優子は妊娠したことを彼に対して後ろめたく思ってるの？　申し訳ないとでも？　あなたは何か悪いことをしたわけ？」

ハッとして姉の顔を見た。姉の言葉で、自分に加害者意識があることに気づかされた。中年男性が世間知らずの若い娘を騙した結果、孕《はら》ませてしまう。そんな卑怯な中年オヤジと自分を重ね合わせて考えていたのかもしれない。

「優子って古臭い。昭和の女って感じ。年上だってことに引け目を感じてるなんて」

十歳も年上の姉にそんなふうに言われるとは思わなかった。

「何度も言うようだけど、男には責任を取ってもらわないとダメよ」

「でも男の責任といったって……彼に責任なんてあるのかな」

「まったく呆れて物が言えないわ」

ふとカンボジアでの灼熱の夜を思い出した。いきなりのスコール、全身にまとわりつく湿気、見渡す限り椰子の木が広がる大地……。あの中で男に責任なんてあるのだろうか。あの夜のことは成り行きだった。食欲を満たすのと同じレベルの快楽でしかなかった。

「とにかくこれだけは覚えておいてちょうだい。堕ろすときは私が病院についてってあげる。ひとりではいかないでね。必ず連絡すること」

「……ありがとう」

「彼と結婚できれば一番いいんだけどね」

あきらめきれないらしく、姉はなおも言った。

「姉さん、しつこいようだけど、このこと母さんには絶対に言わないでね」

「言うわけないじゃないの。母さんに心配かけるなんてもってのほかよ」

姉が力強く言いきったので安心した。普段はどちらかと言うと口が軽い方だが、さすがにこういう話は口外しないらしい。

「何か進展があったら、すぐに教えるのよ。とにかく彼に打ち明けること。そして、できれば認知だけじゃなくて結婚話に持っていくようにしなさいね」

姉はそう言い置いて帰っていった。

水野と結婚する……そんなことがありうるのだろうか。

自分を卑下しすぎていたのかもしれない。年齢を重ねたというだけで、若い女性に臆すること自体がおかしいではないか。二十代の頃に比べたら今は仕事もできるようになったし、給料も上がったし、常識も身についたし、社内での人間関係のあしらいも少しは上手になった。つまり、総じて賢くなったのだ。自分の物差しで測れば、二十代の頃よりずっと価値ある人間になった。それなのに、もう歳だからと、いったい誰に遠慮することがあるだろうか。思いきって水野に打ち明けてみようか。もしかして、あっさりと結婚することになるかもしれない。

だが、都会的でオシャレな水野と、地味で真面目な自分との間には、愛情どころか友情もないし、仕事以外に共通の話題もない。二人の間にあるのは「思ってもみなかった妊娠」という事実だけだ。オメデタ婚は離婚率が高いと聞いた。やはり無理があるのだ。自分と水野の結婚も荒唐無稽ではないか。

4

悪阻《つわり》が始まっていた。

昼休みになり、ひとつ上の階の化粧室へ行った。洗面台は全部で三つあり、入ってすぐの洗面台は営業部の若い女性が使っていた。奥へ進み、歯ブラシを口に入れた途端に吐きそうになった。あきらめて口をゆすいでいると、営業部の女性が口紅を丁寧に塗り終えてからドアを出て行った。

やっぱりもう一度挑戦しようと、歯ブラシをケースから取り出したときだ。ドアから水野の恋人の青木紗絵が入ってきた。

「宮村さん、大丈夫ですか？」

心配そうな顔で覗き込むようにしてこちらを見た。

「顔色が悪いですよ」

そう言って、紗絵は隣に並んで歯を磨き始めた。

「最近ちょっと疲れが溜まっちゃってね」

「そうなんですか。お忙しそうですもんね」

息を止めたまま歯ブラシを口の中に入れてみた。今度はなんとか我慢できそうだ。ソロソロと歯を磨きながら顔を上げたとき、鏡を通して紗絵の鋭い視線が自分の腹部に注がれているのに気がついた。次の瞬間、目を上げた紗絵と鏡を通して視線がぶつかった。紗絵は慌てたように愛想笑いを返してきた。

紗絵は妊娠のことを知っているに違いない。この化粧室で姉に電話したとき、聞かれてしまったのだろう。

紗絵が腕まくりをすると、紫色の大きな痣《あざ》が見えた。

「彼氏に力任せにツネられたとか？」

冗談で尋ねたのに、紗絵は慌てたように袖を下ろし、鏡を通した優子の視線から目を逸らした。そのとき吐き気が込み上げてきたので、歯ブラシをケースにしまい、「お先に」と言って化粧室を出た。

自席に戻ると、パソコンに「社内メールが届いています」と出ていた。クリックしてみると、水野からだった。

——今日の夜、カラオケに行きませんか？

斜め前の席を見ると、パーテーション越しに水野と目が合った。濃い眉のすぐ下にある大きな瞳でじっとこちらを見つめている。目が合ってもにこりともしない。常に愛想のいい水野が、強張った表情のまま見つめ返すなんて、今までになかったことだ。

——今日は遠慮しとく。みんなで楽しんできてください。

——他には誰も誘っていません。宮村さんと俺の二人だけです。お話があります。

二人でカラオケ？　どうして？

——話なら会議室でいいんじゃない？

——プライベートなことですから会議室はまずいです。飲み屋も喫茶店もどこに耳があるかわかりませんから。カラオケルームみたいな密室でないとダメです。

人に聞かれてまずい話ってなんなの？　気軽にそう尋ねてみたかったが、聞く勇気はなかった。妊娠のことに決まってるじゃないですか。そう言われたら咄嗟にどんな表情を作っていいかわからない。さっきからずっとパーテーションの向こう側から水野の視線を感じていて目を上げられなかった。

考えすぎではないか。全く違う話かもしれない。他の部署に異動したいとか、一身上の都合で会社を辞めたいとか、そういった相談の可能性もある。決心が固まるまでは他人には知られたくないだろうから、カラオケルームで相談という選択は特段おかしいことではない。会社界隈はもちろんのこと、数駅離れた飲食店にも楽陽トラベルの人間がいる可能性はある。派遣社員やアルバイトや取引先の人間も含めると、かなりの人数にのぼる。勤続年数が長い自分は社内では顔を知られている方だし、水野は女性に人気があるから目立つことこのうえない。こちらは顔を知らなくても、向こうは知っていることも多かった。

――八時に渋谷のカラオケ大王で待ってます。

断わると変に思われるかもしれない。

――了解。

返信してから、パソコン画面をツアーの企画表に切り替えた。だが、なかなか仕事に集中できなかった。水野に問い詰められたら、どう答えればいいのだろう。

「宮村さん、ちょっと時間ある？」

そのとき突然、背後から話しかけられたので、飛び上がるほど驚いた。

「何をそんなに驚いてんの？」

振り返ると、鳥山部長が立っていた。

「すみません、集中して仕事してたもんですから」

「さすがだね。ちょっと話しておきたいことがあってね、喫茶ルームに来てくれる？」

「今、ですか?」

「そう、今」

急ぐ必要がない場合でも、いつも唐突だ。

部長は先に立って歩き出した。こちらにも仕事の段取りというものがある。話があるなら前もってひとこと連絡してほしい。会議の始まりを平気で夜に設定するし、ひどいときは休日のこともある。上司の気分に振り回される部署で、乳飲み子を抱えて働き続けることなど果たしてできるのだろうか。

社員食堂の片隅に設けられている喫茶ルームへ行った。

「コーヒーふたつね」と、部長はこちらの希望も聞かずに注文した。

社員カードで決済できるので、ポケットから出そうとすると、「いいよ、俺がおごってやるよ。自腹でね」と恩着せがましく言う。ここのコーヒーは百二十円だ。

「そうですか。じゃあ……御馳走になります。すみません」

「いいんだよ、これくらい」と部長は鷹揚《おうよう》に構えている。

テーブルに向き合うと、「実はね」と部長は前のめりになった。「噂で聞いているかもしれないけど、我が社では二〇二一年プロジェクトというのが立ち上がるんだよ」

そのことなら聞いていた。東京オリンピックを見据えて、日本を観光立国にしようとする政府の試みに乗じて、訪日ツアーを大々的に立ちあげるというものだ。日本の名所や料理を始めとする様々な文化を外国人に紹介するツアーを企画する。他の会社ではとっくにやっているいることだが、まだまだ隙間はあった。富士山や京都や奈良などに観光客が集中しているが、他にもいい場所が日本にはたくさんある。

「でね、そのリーダーに宮村さんを推薦しようかと思ってるんだ」

「えっ、私を、ですか？」

「そうだよ。やはり女性の方が細かなことに気づくし、女性がリーダーという方がイメージ戦略の面でも効果的だしね」

「ですが、女性の先輩方が何人もいらっしゃいますよ」

「誰のこと？　まさか横田《よこた》のことを言ってるの？」

部長は小馬鹿にしたように笑った。「横田は子供がいるからダメだよ。ガキが熱を出したと言ってはすぐに休むし、この前なんか風疹《ふうしん》にかかったとかで一週間も休んだんだぜ。あんな繁忙期に信じらんないよ」

「でも……」

「あのさ宮村さん、今の、ここだけの話にしといてね」と部長は目配せを送ってきた。

もしも今ここで、妊娠していることを打ち明けたら、部長はどんな顔をするのだろう。

——君まで俺を裏切るのか、見損なったよ。

そんなことを言うのだろうか。それとも引きつった愛想笑いを浮かべつつ「おめでとう」と皮肉っぽく言うのか。

「だったら栗山《くりやま》さんはどうですか？　お子さんはもう大きいですよね」

「栗山はもっとダメだね。だってね」と声を落とす。「息子が高校受験前だからって早く帰るんだぜ。俺もうちょっとでふざけんなって怒鳴りそうになったよ」

栗山が残業しているのをちょくちょく目にする。こんな夜遅くまで子供を放っておいていいのだろうかとこっちが心配になるほどだ。姉の息子のことを考えてみても、思春期は目を離せない時期のはずだ。

「栗山さんもかなり遅くまで残業されてることもあるようですけど」

「ダメだよ、あんな程度じゃ。夜中まで頑張ってる男はいっぱいいるんだから。そこへいくと、君は独身だ。身軽だから頼りになる。男性並みに徹夜も休日出勤もできるだろ？」

「あのう、ちょっと聞いていいですか？　部長は奥さんに文句は言われないんですか？」

「あんなヤツに何を言われようが構やしないさ。専業主婦で離婚したら食っていけないから、どんな亭主だろうが我慢するしかないよ」

そう言って、勝ち誇ったように高らかに笑った。部長はまだ四十代半ばのはずだ。それなのに、こんな化石みたいな男がいる。

　自分がこの会社に勤めて十七年の間に、子供を産んで会社を辞めていった女性の先輩は、いったい何人いただろうか。今では横田と栗山しか残っていない。この先自分はどうなるのだろう。勤め続けられるのだろうか。

「なんなら二〇二一年プロジェクトに水野匠も一緒に連れてきていいよ」

「え？」

　思わず部長の顔を探るように見てしまっていた。

「君たち息がぴったり合っているようだからさ」

　部長の表情からは、皮肉も詮索も読みとれなかった。

「あいつ、若い割には気が利くし、部下としては重宝するだろ」

「ええ、まあ」

　水野は体育会系でもともと体力もある。妊娠中も出産後も便利に使える部下ではある。だから、今後も……。

　ハッとした。自分は神経が図太くなっている。お腹の子のためには誰かれ構わず、水野でさえ、利用できるものはしようと思っているのか。

「そのプロジェクトには是非とも参加させていただきたいとは思いますが……」

それが叶えば、国内で仕事ができる。子供ができたら海外出張のある部署は無理だ。

「そうこなくっちゃ」

「やりがいもありますし、日本人としての誇りを持てる仕事ですしね」

「いいこと言うなあ。日本人としての誇りかあ、その言葉、もらったぞ。来週の幹部会議で使わせもらうよ。理想主義の瀬島《せじま》さんが喜びそうだ」

不意を突かれた。部長の口から瀬島葉介《ようすけ》の名が出るとは思わなかった。何かの巡り合わせなのか、それとも神様の悪戯《いたずら》なのか。

「ん？　どうした？　宮村さん、妙な顔して」

「いえ……」

「ここだけの話だけどね、次期社長は瀬島さんじゃないかって話だよ」

単なる噂好きの顔つきだった。自分と瀬島との長年に亘った不倫関係を知っているわけではなさそうだ。今は役員室にいて、企画部に顔を出すことはないので、社内で出くわすことはほとんどない。そのうえ重役出勤なのか、出勤時のエレベーターで鉢合わせすることもないし、社員食堂で見かけることもなかった。社内報でときどき顔写真を見る程度だ。

「あの人、ロマンスグレーで背が高くてかっこいいよね。服のセンスもいいし、見るからにジェントルマンだもんな。聞くところによると、やっぱり育ちもいいらしいよ」

「へえ、そうなんですか」とうなずき、初めて知った風を装った。

「あの人が会社の看板になってくれたら企業イメージが上がるよね。今の社長は品のなさが顔に出ちゃってるもんなあ。あっ、これもここだけの話だよ」

「わかってますよ」と言って朗らかに笑ってみせた。「それより部長、リーダーが私というのはどうなんでしょうか。それはしばらく考えさせてもらえませんか」

「あれ、どうして？　宮村さんなら適任だと思うよ」

「責任が重そうなんで、私がそんな器かどうか、じっくり考えてみたいんです」

「おっ、やっぱり慎重だね。宮村さんは根が真面目だもんな。わかったよ。プロジェクトもまだ細かいことまで決まっていないから、ゆっくりでいいよ。いい返事、待ってるよ」

部長はコーヒーを飲み干すと立ち上がった。


カラオケ大王に着いたときには、約束の八時を二十分ほど過ぎていた。

どの部屋からも音楽が漏れ聞こえてくる。防音されていることを思えば、きっと大音量なのだろう。

ノックして中に入ると、水野は静かにビールを飲んでいた。

「水野くん、遅くなってごめん」

「いえ、とんでもないです。お忙しいのにすみません」

戸口で狭い部屋を見渡しているとき、水野が素早くこちらの下腹部に目を走らせた。そういった露骨なところが子供だなと思う。女という生き物は視界の隅で様々なものを捉えているのを知らないらしい。

L字形のソファの一辺に腰をおろした。水野とは直角の位置だ。

「宮村さんもビールでいいですよね」

返事も待たずに、水野は部屋の壁に設置された受話器に手を伸ばす。

「ちょっと待って」

テーブルの上にあったメニューを広げた。「黒豆茶のホットにするわ」

そう言うと、水野の動きが一瞬止まった。「お茶ですか？　どうしてですか？」

妊娠中だから酒を控えているんですかと、どうしてはっきり尋ねないのだ。

「私に相談があるから呼び出したんじゃないの？　お酒なんか飲んでる場合？」

「あっ、そうだった。すみません。俺なんでビールなんか飲んでんだろ」

独り言のように呟《つぶや》きながら、水野はメニューを広げた。「腹減りませんか？　何か注文しましょうか？」

ひどく空腹だったが、メニューの写真を見ると、揚げものばかりで吐き気がしそうだった。

サラダもあるにはあるが、油っぽいドレッシングがたっぷりかかっている。

「あっさりしたものがないわね」

「コンビニのおにぎりなら持ってますけど」

水野がレジ袋をこちらへ寄越した。覗いてみると、鮭と昆布のおにぎりがひとつずつ入っていた。

「食べていいの？」

「どうぞ。俺はさっき食べたんです」

黒豆茶を運んできた店員が部屋を出ていってから、おにぎりにかぶりついた。

「宮村さん、単刀直入にお尋ねしますけど」

水野の顔を見るのが恐かった。うつむいておにぎりを食べながら、「なあに？」ととぼけた声を出した。

「妊娠してるって本当なんですか？」

「どうして知ってるの？」

妊娠しているのを隠すのはよそうと決めた。お腹が大きくなればどうせバレる。

「宮村さんが誰かに電話しているのをたまたま聞いた人がいまして」

「へえ、誰なの？」

「それは……ええっと、総務部の女性で青木さんていう人なんですけど」

「どうしてその青木さんが水野くんに報告するわけ？」

「それは、やっぱり、俺と宮村さんがコンビ組んで仕事してるからじゃないですかね」

彼女と交際していることを知られたくないらしい。社内恋愛は結婚まで漕ぎつければいいが、別れると色んな噂が流れる。それを考えると内緒にしておくのは賢明だ。それとも、恋人がいるにもかかわらず、カンボジアの夜にああいった行為に及んだことを後ろめたく思っているからなのか。

「私が妊娠したなんてことを、青木さんは誰にでもしゃべってるのかしら」

心底心配になって尋ねた。

「私、そんなこと言い触らされると困るんだよね」

「大丈夫ですって。俺以外には言ってないし、今後も口外しないよう、きつく言っておきましたから」

きつく言っておいた？

まるで大人が子供を諭すような言い方だ。水野が歳下の女性に見せるのはどんな顔なのだろう。上司である自分に向けるのとは別人のように違うのだろうか。

そのとき、紗絵の腕にあった紫色の痣をふと思い出した。

「水野くんて、自分の命令に従わない女の腕を力いっぱいつねったりする？」

冗談めかして笑いながら尋ねたが、水野はさっと顔色を変え、小さく呟いた。

「あの女、ふざけやがって」

聞いたことのない凄《すご》みのある声だった。優子には聞こえていないと思っているらしく、平然とビールを一口飲んだ。

「俺、この際はっきり聞いておきたいんです」

「何を？」

「ですから」と言いかけて、水野はビールをゴクリと飲んだ。「まさか俺の子じゃないですよね？」

殺気だった目をして、まるで脅迫するような声音だった。今ここで、あなたの子だと告げたら、力いっぱい腹を蹴られるような気がした。考えすぎかもしれないが、密室に二人きりでいるのが怖くなってきた。

「違うよ」

「じゃあ、誰の子なの？」と、いきなりタメ口になった。

「誰の子って……同級生の」

「大学時代の？」

「ううん、高校のときの」

「その人、なんていう名前？」

「は？　名前を知ってどうすんの」

実在する人物かどうかを調査するつもりなのか。いや、調査まではしないだろう。ただ、具体的であればあるほど信用できると考えたのではないか。だが、そこまで気が回る男がいるだろうか。紗絵の入れ知恵かもしれない。

「名前ぐらい教えてくれたっていいじゃん」

「……近藤っていうの」

適当に答えた。帰省したときのプチ同窓会のメンバーを思い出していた。男性は関口、木戸、近藤の三人だった。

「下の名前は？」

「どうしてそこまで知りたがるのよ」

「別に聞いたっていいじゃん。なんで隠すんです？」

「隠してなんかないよ。近藤凡庸っていうの」

変わった名前だから、調べたら簡単に特定されてしまうかもしれない。だが、いくらなんでもそこまではしないだろう。

「ボンヨー？　変わった名前ですね。日本人ですか？」

「お寺の住職だから」

「ああ、凡庸ですか。ふうん、含蓄のあるいい名前ですね」

「そうかな」

「うちの祖父がいつも言ってたんです。目立つより平凡に生きて人生を全うすることの方が何倍も難しくて価値のあることなんだって」

水野の祖父はどこかの大学の教授だったと聞いたことがある。

「で、結婚はいつ頃の予定ですか？」

「籍はもう入れたのよ」

「えっ、本当に？」

途端に水野の表情が和らいだ。「なんだ、それを早く言ってくださいよ。そうだよね、俺の子のわけないよね」

どうして、水野の子のわけがないのか。男の思考回路が理解できない。

次の瞬間、強烈な不安に襲われた。水野が安心しきった表情を浮かべたからだ。今、自分は嘘をつくべきではなかったのではないか。これで、生涯に亘り誰の子かを口に出すことができなくなってしまったのではないか。子供が大きくなって、「お父さんは誰なの？」と尋ねたら、なんと答えればいいのか。やはり、今ここで正直に言うべきではないのか。この場を逃したらまずいのでは？　あとになって、やっぱりあなたの子供だったのよと言ったら、どうなる？　ＤＮＡ鑑定で判明したら、「あのとき俺を騙したのか」と死ぬまで恨まれるかもしれない。そしてそのとき水野に家庭があったら？　姉が言ったように、水野の妻がどう思うか。自分は水野が将来築くであろう家庭を壊す気なんかさらさらないし、その妻を自分のせいで不幸にするのも望むところではない。

違う。だってあの青痣は？　嘘をつき通さなきゃ、お腹の子が危うくなる。

頭の中で危険信号が点滅したので口を噤《つぐ》んだ。

「あれ？　籍を入れたのに、宮村さんの名字はどうして変わってないんですか？」

水野は不安そうな表情に戻った。

「総務に届けは出してあるのよ。だから、私はもう宮村優子じゃなくて近藤優子なんだけどね、でも私もいい歳だし、大っぴらにすることもないと思って。それに、仕事上は今まで通り宮村で通すつもりだし。ほら、栗山さんも横田さんも旧姓で通しているでしょ」

「なるほど。そういうことですか。で、鳥山部長はこのこと知ってるんですか？」

「まだ言ってないの。だってあの部長のことだから大げさに言い触らしそうで嫌なのよね」

「フロア中に聞こえる大声で、『やっと片づいたか』とか言いそうですね」

「でしょう。『君に貰《もら》い手があったなんて奇跡だな』とかきっと言うよ。私は何を言われてもいいけど、周りの独身女性に対して失礼でしょう」

「そういうのがセクハラだってこと、わかっていないんですよね、あの部長」

水野には笑顔を向けていたが、身体の芯がどんどん冷えていく感覚があった。

これでよかったのだろうか。今日のことを姉に話したら、きっと烈火のごとく怒るだろう。男にも責任を取らせろと。

「だけど、お寺の奥さんになったのに東京にいていいんですか？」

「当分は別居結婚なの」

「どうしてですか？」

「私はこの仕事が好きだからやめたくないのよ。そもそもお寺の奥さんてガラじゃないし」

「てことはデキ婚ですね。同窓会で恋心が再燃したってヤツですか」

水野が勝手にストーリーを作り上げていく。

「まあそんなところかな」

「まったくもう」

水野はビールをうまそうに飲み干した。自分の子ではないと言われて安心したのか、壁の受話器を取り、ビールを大声で追加注文した。緊張から解放されたのか、少し酔いが回ったようにも見える。

「ひとつ質問していい？　もしも水野くんの子だったら、どうした？」

あくまでも例えばの話だということを表わすために、悪戯っぽい目をして笑ってみせるのに苦労した。

「もう真っ青ですよ。そんなことになったら、お先真っ暗ですもん」

そのとき、店員がドアをノックして新しいビールを持ってきた。水野はまるで砂漠の中で何日も水を飲んでいなかったみたいな勢いで、ごくごくと一気にジョッキの半分ほどを飲んだ。そしてフワーッと大きく息を吐いた。

「だって男はみんなそうでしょう。私妊娠しましたなんていきなり言われたら、もう恐怖以外の何物でもないですよ」

「なるほど、わかる、わかる」

そう言って、声を出して笑ってみせた。水野も釣られてハハハと楽しそうに笑う。

「で、どうするの？　もしも妊娠したって言われたら」

「土下座は避けられませんね。堕ろしてもらうためには何でもします。そもそも俺は誰とも結婚する気ありませんから」

「一生独身でいるの？」

「違いますよ。四十歳までは人生楽しみたいじゃないですか。結婚はそのあとでいいです」

「あら、そうなの。水野くんが四十歳になったとして、相手は何歳くらいの女性なの？」

「あんまり若すぎるのもどうかと思うから、二十七、八くらいですかね」

「話戻すけどさ、もしもよ、相手が絶対に産むって言い張ったら、どうする？」

「女って恐いですよねえ」

どんな状況を想像しているのか知る由もないが、水野は自分の両腕を抱きしめてブルッと身震いした。「実際にそういうので殺人事件が起きてますよね。産むと言い張る愛人を妻子ある男が殺すって事件、昔からニュースでよく聞くじゃないですか。奥さんにバレたらどうしようって思いあまって」

「でも水野くんは独身なんだから、そこまで思い詰めることはないでしょう？」

「そりゃそうです。それに俺は殺人犯にはなりたくないですもん」

「だったら認知だけしてあとは知らんぷりするとか？」

「認知なんて絶対嫌です。流産させます」

「えっ？」

水野の残忍そうな横顔を、息を呑んで見つめた。

「冗談ですよ。階段から妊婦を突き落とすのを昔の映画で見たのを思い出しただけです」

――姉さん、あなたならどうしますか。

心の中で姉に問いかけていた。

――こんな状況でも、相手にあなたの子供だと言えますか？　水野は口では冗談だと言ったけど、ニコリともしてないんですよ。姉さん、どうなんです？

「せっかくカラオケに来たんだから、結婚祝いに『愛をこめて花束を』でも歌いますか」

水野の熱唱を聞いているうち、漠然とした不安が恐怖に変わっていった。

絶対に知られないようにしなければ。

5

また今日も、残業で遅くなってしまった。

疲れてしまい、もうこれ以上は頭が回らない。まだ仕事は途中だが、家に持ち帰ろう。さっきからそう思ってはいるが、身体がだるくて、立ち上がるのも億劫だった。妊娠してから極端に体力がなくなった。

企画部で残っているのは自分を入れて四人だけだった。ヨーロッパ担当の三人が忙しそうにフロアを行ったり来たりしている。数日前にトルコでテロ事件が起き、ツアーのキャンセルが相次いでいるせいだ。

ノー残業デーとは名ばかりで、定時で帰れたためしがない。のろのろと机の上を片づけ、「お先に」とヨーロッパ担当三人に声をかけてから部屋を出た。

七時以降は正面玄関が閉まっているので、裏の通用門を通り抜けた。雨は降っていなかったが、じっとりと湿った空気が顔や首や半袖から出た腕にまとわりついてくる。それでも昼間と比べたら少しは気温は下がったようだ。

大通りへ出ると、足早に駅へ向かうサラリーマンがたくさんいた。つい五年ほど前までは、この時間帯に帰りを急ぐサラリーマンは今ほど多くなかったように思う。人手不足で人使いがますます荒くなったのか、どこの会社も残業が多いらしい。

空腹と悪阻で気分は最悪だった。途中にある自動販売機の前で足を止めた。冷たいお汁粉が目当てだ。以前は、こんなものを買う人がいるのだろうかと思っていたが、悪阻がひどくなってからは、会社帰りにこれを買うのが楽しみになった。よく振ってからプルタブを引き、その場で一気に三分の一ほど喉に流しこんだ。

ああ、美味しい。

この世にこれほど美味なるものがあったのかと思うほどだ。残りの三分の二を、名残りを惜しみながらゆっくり飲み干した。缶をゴミ箱に捨てると駅へ向かった。その途中、街灯が途切れる場所が数十メートルある。人通りは多いのだが、薄暗いのをいいことに、鞄に手を突っ込んでソイジョイを手探りで取り出すと、すぐさま包装を破いてかぶりついた。悪阻が始まってからというもの、空腹に我慢できなくなっている。空腹になると吐き気がひどくなり、胃の中が空っぽなのにもかかわらず、吐いてしまう。真っ黄色の胃液ばかりが洗面台を汚す。

歩きながら貪り食う自分を、餓鬼《がき》のようだと思う。実家近くの神社の奉納額に描いてあった餓鬼の絵が、自分自身と重なる。そんな自分がふと惨めになり、涙ぐみそうになった。

もうすぐ駅に着くというとき、「宮村さん」と背後から声をかけられた。振り向くと、青木紗絵が立っていた。

「どうしたの？　こんな時間に。残業だったの？」

部署は違うがフロアは同じだから、彼女が残業していなかったのは知っている。待ち伏せしていたのだろうか。

「少しお話しできたらと思いまして」

思わず腕時計を見る。十一時前だった。

「もう遅いから、また今度にしてくれる？」

部署も違うのに、わざわざこの時間まで待っていたのか。となれば、話はひとつしかない。

「ほんの十分でいいですから。静かな喫茶店を知ってるんです。こっちです」

まだオーケーの返事もしていないのに、紗絵は勝手に歩き出した。ついて来ると確信しているのか振り返りもしない。

駅裏にある喫茶店の奥の席で向かい合った。

「私は紅茶をストレートで」

水を運んできた店員にすぐさま注文した。早く帰りたかった。だが紗絵は、写真入りのメニューをじっくり眺めてなかなか決めない。夕飯を食べ損なったのか、散々迷った末に、生クリームがたっぷり載ったアイスロイヤルショコラを注文した。

「実は先日、企画部の水野匠さんから、あることを頼まれたんです」

水野と交際していることがバレていないと思っているらしい。

「あることって、何？」

「宮村さんの名字の変更届が出されているかどうか調べてほしいって」

本当だろうか。カラオケ大王で、同級生と入籍済みだと言ったとき、水野は途端に安心しきった顔をしたではないか。そして、結婚祝いだと言って「愛をこめて花束を」を熱唱した。

「水野くんは、どうしてそんなことを知りたいのかしら」

嘘ついたら許さないわよという思いを込めて、紗絵を真正面からじっと見つめると、紗絵はっと目を逸らした。

「総務部は管理が厳重なんです。ですからパスワードがないと社員のプライベートは検索できないんですよ」

質問の答えになっていない。

「そうじゃなくて、なぜ水野くんは」

優子が言いかけた言葉を紗絵は遮った。「誰が検索したのか特定できるようになってるんです」と、さも困ったように顔を顰める。「ずいぶんとセキュリティが厳しいんですよ」

まるで、営業レディの話術のようだった。いつの間にか、話を自分の都合のいい方向に持って行ってしまう。

「厳しいのはいいことね。顧客だけじゃなくて社員も個人情報保護法で守られて当然だもの」

話を合わせると、紗絵は満足したように大きくうなずいた。たぶん彼女の策略にハマる方向に会話が進んでいるのだろう。わかってはいたが、面倒臭くてたまらなかった。低レベルの心理合戦が昔から苦手なのだ。

「それで結局、青木さんの用はなんなの？　水野くんが調べてくれって言ってきたから困っているってこと？　どうしたらいいかっていう相談なのね」

「いえ、違います。なんと言いますか……」

紗絵は言い淀んだ。その迷っているふりも、前々から準備していた演技のひとつなのか。わざわざ待ち伏せしていたくらいだから、何度も会話のシミュレーションをしたに違いない。

「一日は断わったんですよ。本当です」

今度は縋《すが》るような目を向けてくる。こんな目で見つめられたら、中年男やモテない男はイチコロだろうと思う。水野のようにモテる男がどう思うかは、自分には見当もつかないが。

「一旦は断わった？　というと、まさか、もう調べてしまったってこと？」

「……申し訳ありません」

深々と頭を下げてみせるが、悪びれた様子はなかった。ドロドロした何かが、その顔つきに表われている。それまで紗絵に抱いていた清潔感のある美人というイメージがどんどん崩れていく。

「水野さんがあまりにしつこかったもんですから、つい……」

「それで、調べたらどうだった？」

「え？」

今度は本当に戸惑っているようだった。「どうって……」

「どうだったのよ」

「変更届は出されていませんでした。それで、そのことを水野さんに教えてあげました」

「それ、いつのこと？」

「昨日です。そしたら水野さん、すごく不機嫌になって、近寄るのも怖いくらいでした。ですから私としても気になりまして、どうしてそこまでして知りたいのかを尋ねたんです」

いったい水野はなんと言ってごまかしたのだろう。例えば、上司である宮村さんに結婚祝いくらいは贈ろうと思ったんだよ、とか？

「私、実はそのう……水野さんとお付き合いさせていただいておりまして」

紗絵は、いかにも重大なことを打ち明けるといった面持ちで言った。

「それで？」

「私としては結婚を前提にお付き合いさせていただいているつもりなんです」

水野くんは、あなたとは結婚しないと思うよ。四十歳になってから二十七、八歳くらいの女と結婚する計画らしいから。それを言ってあげた方が親切なのだろうとは思う。だが、人ははっきり教えてくれた人間に対して恨みを持つものだ。

「えっと、それで結局のところ、青木さんの話ってなんなの？」と尋ねながら、腕を高く上げてわざとらしく腕時計を見た。実際に疲れてもいた。早く家に帰って横になりたかった。

「すみません、お疲れのところ」

「ううん、大丈夫よ。明日は土曜日だもの。ゆっくり休むわ。とはいっても持ち帰りの仕事があるけどね」

苦笑しながら書類の入った分厚い茶封筒をポンと叩いてみせた。

「私、実は妊娠のこと、トイレの中で聞いちゃったんです」

「ああやっぱり青木さんだったのね。そのこと、水野くん以外の誰かに話した？」

「いえ、話していません」

嘘をついている。顔つきから、そう直感した。

「今後も誰にも言わないでもらいたいの。今しばらく仕事が忙しいし、周りの人に気を遣わせるのも悪いし、言うときは自分から部長に直接言おうと思ってるから」

「……わかりました」

神妙な顔を取り繕《つくろ》っている。

「あのう、それで……」

紗絵は言いにくそうに目を伏せた。

「なあに？」

何でも聞いてちょうだいとは言えない。早くこの場を去りたかった。

「もう話は終わり？　だったらもう遅いから」と言いながら、紅茶を飲み干した。

「いえ、まだお話があります」

上目遣いだが目の光だけは鋭かった。今にも爆発しそうな何かが感じ取れた。

「実は水野さんから聞いてしまったんです。宮村さんとカンボジアに出張した夜、関係があったたってこと」

「えっ？　何それ、まったく……」信じられない。水野は馬鹿ではないのか。正直にもほどがある。そんなことを恋人にどうしてわざわざ話す必要がある？

「彼はそこまで酔っぱらっていたんですか？　べろんべろんだったんですか？」

本当は、あの夜のことはいまだに何度も思い出すことがある。あれが人生最後の煌《きら》めきだったのかなと、遠い昔の美しい思い出のように感じられることもあった。

黙っていると、紗絵は尚も尋ねてきた。「部屋の中は真っ暗だったんですか？」

「いったい何の話？」

「前後不覚に陥るほど酔っぱらっていて真っ暗闇だったたって水野さんからは聞いてます」

だったら、何なの？

「実際にそうだったんですか？」

しつこい。

いったい何が言いたいの、といった感じで首を傾げてみせると、彼女は平然と言った。

「だっていくらなんでも、お母さんみたいな人とそんな関係になるなんておかしいでしょ」

「お母さんて？」

それ、もしかして……私のこと？

「私の母だったらと想像したら、あり得ないですもん」

隠しているつもりかもしれないが、紗絵の顔には怒りが滲み出ていた。

「青木さんのお母さんって、おいくつなの？」

あまりのショックで声が震えた。急いで笑顔を取り繕う。

「四十七歳です。でも歳より若く見えますし、歳の割にはきれいな方だと思います」

紗絵は間違っていない。自分だって若いときは紗絵のように残酷だった。自分が二十五歳だったとき、三十九歳の女なんて単なるオバサンだった。四十七歳だろうが三十九歳だろうが若い娘からしたら同じようにオバサンだ。美人だろうが頭脳明晰だろうがグラマーだろうが、女としては論外だった。先輩女性たちを見るときは、女性としての魅力ではなく、人間として尊敬できる人かどうかが重要だった。自分には持ちえない、長い人生経験からくる寛容さや生きるヒントを求めたものだ。もちろん、若くてもデキた女なら、紗絵のようなもの言いはしないだろう。だが、二十代の若さでデキた女より、思ったことをずばりと言ってしまう失礼極まる紗絵の方が年齢相応ではないだろうか。そう思ってはみるものの、心臓にグサリと刺さった言葉のナイフは鋭利だった。

「でも、うちの母は美魔女ってヤツではないですよ」

何を思ったか、今度は苦笑を浮かべた。「あの人たちって本当に気味が悪いですよね。往生際が悪いっていうのか、ああいうふうにはなりたくないなあって、ほんと思います」

屈託のない笑顔を見せたところを見ると、美魔女でないだけお前はマシだと褒めているつもりなのかもしれない。

「もう一度はっきりお聞きしますけど、お腹の子は水野さんの子供ではないんですよね？」

「当たり前でしょう。水野くんとそんな関係になるわけないじゃない。悪趣味な冗談に騙されないでよ」

「本当に何もなかったんですか？」

「本当よ。決まってるでしょ」

「すみません、しつこく聞いてしまって……そうですか、そうですよね、あり得ないですよね。それで、お相手の方は高校時代の同級生って聞いてますけど、本当なんですか？」

「青木さん、悪く思わないでね。そこまであなたに言う必要はないと思うの」

ぴしゃりと言うと、紗絵は一瞬にして顔を強張らせたが、「おっしゃる通りです。申し訳ありません」と素直に謝った。

「水野くんとの結婚はいつなの？」

意地悪で聞いたのではない。水野は四十歳まで結婚しないと言っていたが、少し酔っていたし、本当のところはわからない。この子の父親の行く末は知っておいた方がいい。そう思いながら、テーブルの下で腹部にそっと手を当てた。

なぜだか急に悲しくなってきたので、グラスの水をひと口飲んだ。最近は情緒不安定になることが多いから、感情が爆発しないよう要注意だ。

「結婚はもう少し先だと思います。プロポーズもまだですし」

紗絵の語尾が消え入りそうになる。首を長くしてプロポーズを待っているのに、水野はなかなか口にしてくれないと告白しているも同然だった。そのことに気づいていないのか。見かけによらず、鈍感な一面があるようだ。

「二人が交際していることは、社内の人は誰も知らないの？」

「そうなんです。私は知られたって構わないのに、水野さんが絶対に嫌だって言うんです」

「へえ、どうしてだろう」

「きっと男性陣から一斉に嫉妬されて、仕事がしにくくなるからじゃないですか？」

自惚《うぬぼ》れの言葉を、いけしゃあしゃあと口に出してしまうところも子供っぽさの表われかもしれない。水野はこういったレベルの女が好きなのか。これほどの美人ならば、中身なんて二の次というのは男性には共通のことなのだろうか。

「結婚を前提にお付き合いしてるんなら、バレてもいいんじゃないの？」

そのとき、紗絵がつらそうに顔を歪めているのに気がついた。

次の瞬間、「まだ若いもんね。焦る必要はないよね」と慰めていた。

「私はすぐにでも結婚したいんです。仕事も面白くないですし……」

言ってから、紗絵はしまったという表情でこちらを見た。部は違えど、向かいに座っているのが上司だと今さら認識したのか、慌てたようにつけ加える。「仕事は頑張ってやってるんですよ。手抜きはしていないつもりです」

「青木さん、ひとつ聞きたいんだけど」

「何でしょうか」

「水野くんに暴力を振るわれてるでしょ」

「暴力だなんて大げさな。たまにつねられるだけですよ。愛しているからこそ、いじめたくなるらしいです」

そう言うと、紗絵は照れたような顔をした。

それは間違っているよ、殴る蹴るの激しい暴力じゃなくても、痣ができるほどつねるのは既に尋常じゃないよ。そう教えてあげたかった。だが自らが気づくまでは、きっとどうしようもないのだろう。だが私は水野のような男とはかかわりたくない。お腹の子の父親だと悟られるのは危険だ。

「今日はお疲れのところ、ありがとうございました。なんだかスッキリしました」と紗絵は笑顔で言うと、伝票を持たずに立ち上がった。上司がおごって当然と思っているらしい。

「青木さんのアイスロイヤルショコラは六百八十円ね」

伝票を手に取り、読み上げた。自分の紅茶代は四百円だ。いつもはこれくらいなら自分がおごる。紗絵のように派遣社員の場合は給料が少ないから尚更だ。だが、今回は一円たりとも出したくない気分だった。紗絵はチラリとこちらを見たが、のろのろとバッグから財布を取り出した。

駅までほぼ無言で歩き、駅で左右に別れた。

地下鉄に乗り、吊り革につかまって窓に映る自分を見つめた。紗絵くらいの美人ならモテるだろうに、どうしてそこまで水野に執着するのだろう。暴力を振るうような男など捨ててもよさそうなものだ。

いつしか紗絵が水野と結婚したとする。そして二十年後にＤＮＡ鑑定で親子関係がわかったとしたら、そのとき紗絵はどれほど怒り狂うだろう。それを考えると、産むのは自分の我儘以外の何ものでもない気がしてくる。結局は、たくさんの人の人生を壊してしまう。

それを思うと、気分が落ち込んだ。

6

今週から、早朝の空いた電車に乗って通勤することにした。

それというのも先週、満員電車の中で気分が悪くなり、途中で下車して洗面所まで急いだのだが間に合わず、ホームで吐いてしまったのだった。

――やだなあ、朝まで飲んでたんでしょう。全くもう、掃除する身にもなってみてよ。

駆け寄ってきた初老の駅員は、そうまくしたて、悪阻なのだと言い訳する隙を与えてくれなかった。何度思い出しても嫌な気持ちになる。

フロアにはまだ誰も来ていなかった。営業部のフロアならば、外国との時差があるために昼夜問わず交代で勤務している。だが、ここは企画部と総務部の階なので、海外ツアー先でテロ事件でも起きない限りシンとしていた。

静かで仕事が捗った。駅ナカで買ってきたベーコンチーズパンをかじりながらパソコンに向かい、企画書を作る。集中したので、あっという間に下書きができあがった。紙にプリントし、間違いがないかをチェックしていたときだ。

「嘘ついただろ」

頭上から降ってきた声に驚いて顔を上げると、水野がパーテーションの向こう側に立っていた。思わず壁の時計を見る。出社して既に一時間以上が経過していたが、それでも始業時刻までにはまだ四十分もあり、水野の他には誰もいなかった。

「嘘って、何のこと？」

「俺には籍を入れたって言ったじゃない」

問い詰めるような言い方だった。決して目を逸らさない。彼は恐れている。勝手に自分の子供を産んでしまわれることを。

――好きでもない女との一晩の過ちのせいで、俺の人生真っ暗だ。

そう考えているのだろう。彼の強張った表情を見ているうちに、不思議な気持ちになってきた。子供が生まれるというのは、本来はおめでたいことではなかったか。それ以上の祝いごとがこの世にあるだろうか。それなのに、よってたかって妊婦を責める。

負けるな、自分。お腹の子を守るために、うまくこの場を切り抜けろ。

「向こうは由緒あるお寺なのよ。だから檀家の中で反対してる人がいるの。私は婚姻届にハンコを押して彼に渡したの。あとは彼が市役所に出してくれる約束だったんだけどね」

「何ていうお寺？」

彼は目を逸らさない。

「お寺の名前なんて聞いてどうすんの？」

「名前くらい聞いたっていいだろ。どうして隠すんだよ？」

「別に隠してなんかいないよ。鹿隠寺っていうのよ」

「ロクオンジ？　どんな字？」

しつこい。まさか凡庸に連絡を取ることまではしないと思うが……。もしも凡庸に口裏合わせを頼むとなると、こちらの事情を話さなければならなくなる。どうしよう。いったん嘘をつくと、それがバレないようにまた嘘を塗り重ねなければならない。そのうち辻褄《つじつま》が合わなくなり、綻《ほころ》びが出る。

知らない間に大きな溜め息をついていた。ふと目を上げると、水野がじっとこちらを見ていた。いつもの明るくて爽やかな雰囲気は微塵もなかった。まるで刑事みたいな目つきをしている。

「鹿隠寺はね、こういう字を書くのよ」

メモ用紙に寺の名前を漢字で書いた。

水野はパーテーション越しにメモを受け取ると、すぐさま自席でパソコンに向かった。もしかしてネットで検索しているのか？　何件かはヒットするかもしれない。大きな寺で檀家も多いから、墓参りに行ったときのことをブログに書いている人がいてもおかしくない。実在の寺だとわかれば、水野は安心するのだろうか。

自分も画面を切り替えて「鹿隠寺」で検索してみた。

――鹿隠寺へようこそ。

ホームページがあるとは知らなかった。それも、素人の手作りではなく、プロの手による凝ったものだ。四季の花々が画面に次々と浮かんでは消えていく。胡蝶花《しやが》、燕子花《かきつばた》、紫陽花《あじさい》、桔梗《ききよう》、彼岸花《ひがんばな》、白菊《しらぎく》……鹿隠寺の庭に咲いているものだろう。その背景には見覚えのある本堂や庫裏《くり》が見える。住職のプロフィールのページを見ると、袈裟を着た凡庸がカメラ目線でにこやかに微笑んでいた。「今日の出来事」というページもあり、ほぼ毎日更新されている。始業までまだ時間があったので、急いで目を走らせた。凡庸と結婚すると言った手前、彼のことを詳しく知っていないとまずい。

水野の方をチラリと見ると、彼はパソコン画面を食い入るように見つめていた。同じホームページを見ているのだろうか。

――タイの奥地を旅行したときに撮った写真です。

写真が載っていた。見渡す限り山しかない。そんな中、赤ん坊を抱いた少女がポツンと立っている。「ここは早婚の習慣の残る村です」と説明書きがある。

――仏様にお経を上げるだけでは、世界の貧困は救えません。

僧侶がそんなことを言っていいの？　いかにも凡庸らしくて、思わず苦笑が漏れる。だが次の瞬間、難民を救うＮＰＯで活動している成瀬昌代を思い出した。彼は今も昌代のことが好きなのだ。そして、彼女が活動する世界を少しでも知りたいと思っているのではないか。

次々にページを繰《く》っていくと、凡庸が「寺子屋」を開いているのがわかった。貧困家庭の子供たちを本堂に集めて勉強を見てやっている。みんなでカレーライスを作って食べている写真もあった。髪を金色に染めた高校生も交じっている。

――居場所がないヤツ集まれ。

タイトルにはそう書かれていた。だけど……。

――この頃はお布施も少のうてかなわん。戒名もそない高いんやったらいらんて言う檀家さんもおるご時世やぞ。

凡庸は確かそう言っていたはずだ。子供たちの面倒を見る費用はどうやって工面しているのだろう。宗派の中で偉くなると、理事だとか支部長だとかの名目で、たくさんお金が入ってくるのだろうか。

「立派な人なんだね」

水野が感心したように呟いた。

顔を上げると、微笑みをこちらへ向けていた。鹿隠寺も凡庸も実在することがわかって安心したらしい。きっと、今夜にでも早速、紗絵に報告するだろう。

――ホームページに載ってたよ。実在の人だった。プロフィールを見たら、宮村さんと同い年で高校も同じだってこともわかったよ。

紗絵はなんと答えるだろうか。夜遅く喫茶店で向きあったときは、どうやっても水野を手に入れてやるという執念に近いものが見えた。あれほどの美人なら男性にモテるだろうにと思うと不思議でならない。

この先、会社勤めを続けるのが難しい状態に陥ったらどうする?

そしたら田舎に帰ろう。ふとそう思った。実家に転がり込み、どんな仕事でもいいから一生懸命働く。狭い町だからあっという間に噂になるだろう。父《てて》なし子を抱えて帰ってきたと。

そんなことはどうだっていい。とにかく食べていかなければならない。塾に行かせるお金がなかったり、子供が不登校になったりしたら、凡庸の「寺子屋」に通わせよう。

うん、なんとかなる。心配を数え上げたらきりがない。

でも母や親戚に迷惑をかけることは確実だ。

やっぱり……実家には帰れない。

7

東海地方の気温は三十度あった。

二〇二一年プロジェクトを引き受けるべきかどうか迷っていた。部長はリーダーとして推挙してくれたが、出産を控えている身では周りに迷惑をかけるのが目に見えている。だが、その一方で、国内業務に就《つ》けるチャンスでもあった。子供が生まれたら海外出張は難しくなる。国内であれば、場所によっては日帰りできるし、一泊なら姉に預けたり、お泊まり保育を利用することもできる。

その日、急遽焼津《やいづ》に行くことになったのは、国内旅行を担当している女性が風邪で休んだからだ。国内チームで手の空いたメンバーがいなかったので、部長が優子を指名した。二〇二一年プロジェクトを見据えての下見も兼ねているという。

腹部は少しずつ膨らみ始めていた。だが初産だからか、それほど目立たなかった。今のところは、長めのジャケットを着ることでごまかせている。

静岡駅に降り立った途端、目まいを起こしそうになり、ホームのベンチに腰を下ろした。気象庁が「今年の秋は平年より暑い」と発表するようになって久しい。じゃあ平年とは、いったいいつのことなのかと問い質《ただ》したくなる。妊娠のせいで、いつもよりさらに暑さが身に応えた。

風通しのよいベンチで休憩したら少し気分がよくなったので、タクシーに乗った。車内は冷房が利いていて気持ちがいい。現金なもので、さっきまで暑苦しく感じていた海も晴れ渡る青空も、涼しい車内から眺めれば、爽やかに感じられた。

ふとそのとき、問い詰めるような水野の目を思い出した。

──ひとりで行くんですか？

会議室でスケジュールについて話をしていたとき、彼は驚いたように尋ねた。

──そうよ。今回はピンチヒッターだからね。焼津の旅館は私ひとりで大丈夫。

それまで出張といえばいつも水野と一緒だった。だから彼が不思議に思うのは無理もない。彼以外のメンバーは気にもならなかったようで、資料から顔も上げなかった。水野だけが複雑な顔をしていた。

楽陽トラベルでは、焼津市内で契約している旅館がまだ一軒もなかった。今回、新規開拓をするのだ。なんといっても魚が美味しいし、富士山もすぐそこに見えるし、有名な黒潮温泉もある。北京から富士山静岡空港への直行便も就航し、年々富士山目当ての観光客は増えている。開拓し甲斐のある地方都市だった。

地方では、いまだに封建色の濃いところがあり、交渉する際に女性が表に立つと軽く見られることがある。そういうこともあって、男女でコンビを組む方がやりやすかった。そんな事情を考えれば、女の自分がひとりで乗り込むことに、水野が納得できないのも無理はない。だが、彼の顔には別の不安が浮かんでいるようにも見えた。自分の将来に薄《うっす》らと翳《かげ》が差したと感じたのではないか。一度の過ちで、女性上司に避けられるようになり、昇進の道が閉ざされた。取り返しのつかないことをしてしまった。そう思ったのかもしれない。

「あそこですよ」

海沿いから道路を一本入ったところで、タクシーの運転手が言った。

前方を見ると、長々と続く塀から、立派な枝振りの松が顔を覗かせていた。

「まあ、すてき。どっしりとしていて、いかにも老舗という感じですね」

「ガキの頃は一度でいいから泊まってみたいと憧れてたもんですが、今じゃあんなに寂れてしまって閑古鳥が鳴いてます。そろそろ畳むんじゃないかって噂もありますよ」

最近はビジネスマンだけでなく、家族旅行客でさえ旅館よりホテルを好むようになった。宿泊とセットになっている夕食も、旅館で出すものは日本人にとっては見飽きたものばかりだ。そんな料理よりも、ガイドブックに載っているラーメン屋やイタリアンレストランに行ってみたいと思う客は多い。旅館の夕食は割高に感じられる。節約しながら旅行を楽しむ若者の中には、コンビニで買ってきたもので済ませる自由度も欲しいところだ。主婦仲間の旅行であれば、地元のスーパーや総菜屋で、珍しい果物やパック入りの郷土料理を買ってきて部屋で食べる楽しみもあるだろう。

バブルが弾けて以降、温泉旅館は経営が厳しくなり、廃業に追い込まれるところが増えた。世の風潮も変わり、社員旅行を取り止める企業が続出したのも痛手だった。だが、超一流と目される旅館だけは安泰のように見えた。金持ち客が利用してくれるし、庶民でも生涯に数度の贅沢を味わうために奮発する。徹底して建物や施設に贅を尽くせる資金力のある旅館しか生き残れない時代になった。それ以外の旅館は、このまま潰れていくしかないのか。

「いい旅館なのに、もったいないですねえ。外国人観光客は来ないんですか？」

そのことは既に調査済みだったが、念のために聞いてみた。

「ここまでは足を延ばさないようですね。景色もいいし、魚が美味しい所なんですけどね」

塀の前にタクシーが停まり、領収証をもらって車を降りた。

出迎えてくれたのは四十歳前後と見える女将《おかみ》だった。浅黄色の着物がよく似合っている。透き通るような白い肌に大きな目が魅力的で、うなじに色香があった。

「ようこそお越しくださいました」

首を傾げながら三つ指をつく所作がきれいだった。

笑顔ひとつとっても、心の底から出た自然なものと錯覚させるに十分な演技力だ。ひと目惚れしてしまう男性客もいることだろう。自分と同じオンナという生き物とは思えない。

磨き抜かれた廊下に、天井の照明が反射している。女将は先に立って部屋へと案内してくれた。噂の通り、客が少ないのか、館内はしんと静まり返っている。

奥まったところにある部屋に通された。六畳の和室に三畳の次の間付きの部屋で、坪庭に面していた。たぶん、いちばんいい部屋なのだろう。網代《あじろ》の天井や桜の床柱が美しい。円窓《まるまど》や木連格子《きつれごうし》もあり、ホテルにはない和の雰囲気が味わえる。こういった趣ある旅館なら外国人に受けること間違いない。二〇二一年プロジェクトでも使える。

旅館側からしてもメリットは大きい。ツアーに組み込まれたら、宿泊料の取りっぱぐれはないし、何十人もの団体旅行となれば、同じメニューを大量に作ればいいので、食材が効率的に使えて経費節減に繋がる。

縁側の籐椅子に腰を下ろした途端、夕陽に照らされた雄大な富士山に圧倒された。カンボジアとは気候も景色もまるで違うが、自分が小さな存在に思えてくるのは同じだった。人類が誕生して何十万年も経つ。その間、この地でいったい何人の人間が生まれ、この堂々たる富士を見て、そして死んでいったのだろう。気が遠くなるほど長い歴史の中で、自分の人生などほんの一瞬の煌めきにすぎないのだ。そんな中で、自分は子供を一人産むだけのことに、四六時中先々のことを心配してばかりいる。悠久の歴史から見ると、なんとちっぽけな、なんと取るに足らない悩みなのだろう。

「お夕食をお持ちしました」

襖の向こうから声がして、ハッと我に返った。

仲居さんに引き続き、女将も入ってきた。豪華な料理だった。

「これがツアー客に出す予定の懐石料理ですか？」

「そうです。お野菜もお魚も旬のものばかりですのでお値段もぐっと抑えられるんです」

総菜の量が多すぎると感じた。量もしくは品数を少なくすれば、もっと経費を抑えられる。だが、若い男性や、ゆっくり時間をかけて酒を楽しみたい人にとっては、逆に少ないと感じるかもしれない。こういうのは、複数の人間で吟味した方がいい。できれば世代も性別も違う方がいい。水野の意見が知りたくなった。

宿泊にかかる料金を少しでも安く抑える交渉をするのが、旅行会社の企画部の腕の見せ所だ。だが、つい先日、値切りすぎて旅館の主人を激怒させてしまった同僚がいる。怒りがなかなか収まらなかったのは、それまでの不満が溜まっていたかららしい。旅行会社の人間は威張っているだとか、俺を馬鹿にしているだとか、説教は二時間にも及んだという。あの控えめな物言いをする同僚でさえ誤解されるときがあると思えば要注意だ。ここの女将が感情的な人間でなく、ビジネスライクに割り切った女であることを望むばかりだった。

「外国人旅行客はマナーの問題がありますが、大丈夫でしょうか？」

「背に腹は替えられませんもの。日本人だけだと休みが集中してしまいますでしょう」

外国人観光客の最大のメリットは、観光シーズンがバラけることにあった。日本人の休暇は盆正月とゴールデンウィークに集中する。だが、中国の休みは二月の春節と十月の国慶節だし、タイの旧正月は四月だ。欧米人のクリスマス休暇もある。そのうえ、彼らは日本人のように一泊や二泊の短い宿泊ではなく、長く滞在してくれる。

「実は、手前どもは地元の旅館組合に入っていないんですよ」

女将はゆったりと話すが、内容は唐突だった。

「この界隈《かいわい》では、私がこの旅館を乗っ取ったってことになってるんです」

「……はあ」

「私は亡くなった先代の後妻なんです」

「そう、なんですか」

おしゃべり好きには見えないので違和感があった。

「若い頃、ここで住み込みの仲居をしてたんですが、旦那さんに惚れてしまいましてね、子供ができました。世間で言う不倫です。当時は女将さんも健在で、嫉妬に狂って罵詈雑言《ばりぞうごん》を浴びせかけられて叩き出されました。そのあと女将さんが癌で亡くなったんで、旦那さんに請《こ》われて戻って参ったんでございます」

「それは……」

ご苦労様でした、と言うのも変だし、こういう場合はどう返事をするべきなのかと戸惑っていると、女将はフフッと笑った。「突然、こんな話をして驚かれましたでしょう？」

「ええ、まあ」

もしかして、こちらの妊娠に気づいているのだろうか。そして未婚だってことも？　まさか、それはいくらなんでも考え過ぎだ。とにかく今は商談を成立させることが先決だ。それには良い印象を持ってもらうに越したことはない。となると、女将を褒める以外に手はない。

「つまり今となっては丸く収まったということですね。お子さんにとってもお父さんができたわけですし、良かったですね」

「それが……そうでもないんです。追い出された直後は、惚れた男との間にできた子供だから産んで育てようと決めてましたけどね」

当初は経済的な不安もあったのではないか。住み込みで働いていたなら、住む家さえなかっただろう。

「子供を産んでも旦那からは音沙汰なしでした。金銭的な援助もなくてギリギリの生活でした。同じ市内に住んでいるから噂も耳に入っているだろうに完全無視ですよ。あんな男をよくも好きだったもんだと、男を見る目のなさに自分でも呆れました。旦那はこの世で一番憎い人になってしまいましたよ」

「それでも、本妻さんが亡くなったあとは後妻に入られたんでしょう？」

「息子のためです。まともな暮らしをさせてやりたい一心でした。でも旦那とは寝室を別にして私には指一本触れさせませんでした。せめてもの復讐《ふくしゅう》です」

どうしてそんなプライベートなことを初対面の自分に話したりするのだろう。

「なんでこんな打ち明け話をするか、不思議にお思いでしょう？」

「……はい」

「こんな込み入った話をすれば、私のことをお忘れにはならないだろうと思ったからです」

そう言ったあと、いたずらっぽい目をして笑った。「同情を買おうと思ったわけじゃないんですよ。ただ、これだけ同じような規模の旅館がひしめいていますから、必死に生きている女がいるってことを印象深く覚えておいてもらえば、仕事の縁に繋がるかもしれないと思いまして」

どうやら思っていた以上に経営が行き詰まっているらしい。こういった打ち明け話に嫌悪感を持つ人間もいるだろう。それをわかっていて一か八かの勝負に出たのか。それとも優子を見て直感的に気持ちが通じる人間だと判断したのか。男を操《あやつ》るのもうまいのかもしれないが、同性の心をつかむのもうまいらしい。

お見事です。そう認めた途端に、優子にも笑みがこぼれた。それを見た女将はホッと安心したような表情になった。その瞬間、張り詰めていたものが途切れたのか、彼女の華やかな顔立ちに老いが見えた。

「どうでしょうか、この料理、お口に合いましたでしょうか？」

心配そうに優子の顔を覗き込む。

「とってもおいしいです。でも、経費節減のためには、茶碗蒸しがあるなら吸い物はなくてもいいかなと思いますが」

優子の提案に、女将はすばやくメモを取った。

「お刺身は今日のように旬の物があればいいのですが、冬は高価な刺身は量を減らして、その代わり野菜の天ぷらを増やすことで豪華に見えるようにしてください」

「承知いたしました」

旅館の女将は、うなずきながらボールペンを走らせ、少しなら値引いてもいいと交渉に応じてくれた。

「今、お子さんは？」

「東京の大学へ行ってます。卒業後は都内で板前修業をして、ここに帰ってくるようです」

「親孝行ですね」

「母親が苦労しているのを見て育ったからでしょうか。私のことはいいから好きな道に進めと言ったんですが」

「いいお母さんですね。お子さんを産んで今まで後悔したことはありませんか？」

その質問に、女将は本当に驚いたようだった。そんなことは考えたこともないといった感じで、目を見開いて優子を見た。

「後悔したことなんてありませんよ。それどころか、あの子が生き甲斐でしたもの」

自分も子を産めばそうなるのだろうか。

「でも、私のことを女狐《めぎつね》だとか魔性の女だとか、尾鰭《おひれ》がついてとんでもない噂話が回り回って私の耳に入ってくることもありました。息子が学校でイジメに遭うんじゃないかって本当に心配でした」

東京ではどうなのだろう。最近はハーフはもちろん外国人の子供も大幅に増えた。均一化された昔の村社会とは大きく異なっている。未婚ということでいじめられる可能性は否定できない。だが、未婚をカッコいいなどと感じてくれる若い世代もいる。

「ラッキーなことに、うちの息子は心配無用でした」

　そこで言葉を区切り、何を思い出したのか、おかしそうに笑った。作り笑いでない笑いは、まるで女学生のように無邪気だった。

「というのも、身体が大きかったんです。たぶん小学校から高校まで学年で一番背が高かったと思います。私の家系がみんな大きいんです。男の子は単純ですよ。見上げるほど背の高い子をいじめたりしないようでした」

「そうですか、それは良かった」

「子供を育てることで、人生がぐっと豊かになったと思います。実り多い人生でした。日々闘ってきましたもの。『普通でない』とレッテルを貼られた者には、目には見えないバリアが張られてしまうんですよ。息子はイジメは受けませんでしたが、私自身が親同士の交流の輪には入れてもらえませんでした。最初は噂の的として目立っていましたが、そのうち忘れ去られていくんです。今では私のことを『主婦の敵』と陰口を言う人さえいなくなりました。まるで存在しないも同然なんです」

　女将は寂しそうに笑った。

　自分も世間から排除されてしまうのだろうか。だが女将のときとは風潮が変わり、シングルマザーは急増している。未婚の母も少しは増えているのではないか。

　その夜は露天風呂に入ったあと、パソコンを広げて評価書の作成に取りかかった。写真も添付し、作り慣れた報告書を次々と作成していく。

ここの女将とは今後もつき合い続けたいと思った。どうしようもなく不安に陥ったときや、人生に行き詰まったときに、アドバイスをもらいたい。もしかして女将の作戦にまんまと引っ掛かったのか、知らない間に高い評価をつけていた。

明日は土曜日だから、駅周辺を散策してから帰京するとしよう。デパートのマタニティ用品売り場に行ってみるのもいい。そのあとは、書店に入って妊婦が読む雑誌をめくってみようか。良さそうな一冊を買って、帰りの新幹線の中で読もう。都心の駅前の書店では、どこに誰の目があるかわからないから、マタニティ雑誌をじっくり選ぶことさえできないのだから。

8

新幹線に乗る前に、どこかで昼食を取ろうと思い、女性ひとりでも入りやすそうな店はないかと探していた。土曜日だからか、街は家族連れで賑わっている。

そのとき、誰かが急に立ち止まったのが視界の隅に入った。何気なくそちらに目を向けてみると、兄の広伸がこちらを見て立ち尽くしていた。

「兄さんじゃないのっ」

そう言って兄に近づこうとすると、兄の背後に外国人女性と少年がいるのに気がついた。女性は精一杯おしゃれをしてきたのか、安っぽいアクセサリーを首にも腕にもジャラジャラと音が鳴りそうなほどつけている。細身のパンツとセーターが、身体の線を強調している。

目が合うと、その女性はスッと兄の横に並んで腕を絡《から》ませた。少年はと見ると、相変わらず後ろに突っ立ったままこちらをじっと見ている。目が大きいので、離れた所からでも目の動きがよくわかる。誰に対してもそんな目を向けるのか、不審者を見るような目つきだった。

「優子、どうしたんだ、こんな所で会うなんて」

兄はバツの悪そうな顔で尋ねた。

「出張で来たの。旅館の下見よ」と答えながらも、突き刺さるような女性の視線が気になって落ち着かない。

「ひとりで来たのか？」

「うん、今回はひとりよ。兄さん、そちらの方たちは、どなた？」

そう尋ねると、女性は更に兄にぴったりと身を寄せた。

「コノ女、誰？　広伸ノ恋人カ？」

敵意剝き出しといってもいいほどの厳しい目を向けてくる。

「マリア、これは僕の妹なんだ」

「妹の優子と申します。初めまして」と、無理に微笑みを頬に載せて頭を下げた。

「イモート？　ホントカ？」

疑わしげな目で穴の開くほど見つめてくる。

「本当です。妹です」

恋人ではありませんから安心してください、と心の中で言った。

「アッ、本当ダ。チョット似テル」

やっと信じてくれたのか、途端に人懐こい笑顔に変わり、両手を広げて近づいてきたと思ったら、次の瞬間、しっかり抱きしめられていた。お腹の膨らみがバレてしまうのではないかと、咄嗟に腰を引く。

「この人はマリアさん、こっちは息子のリカルドくん」

「私、マリア。ヨロシク。リカルド、挨拶シナサイ」

「……コンニチハ。リカルド、デス」

マリアとは違い、かなりたどたどしい日本語だった。

「こんにちは。よろしくね」

「今から食事に行くんだけど、優子も一緒にどうだ？」

「えっ、でもお邪魔じゃない？」

気になって、マリアをチラリと見た。

「妹ニ会エテ嬉シーヨ。オ話シシマショー」とマリアは満面の笑みだ。

「どんな店がいいかなあ。リカルドくんは何か食べたいものはあるか？」と兄が尋ねた。

「何デモイイ」と、リカルドという少年は遠慮がちに答えた。

「嫌いなものはないのか？」

兄はリカルドの食べ物の好みを知らないらしい。つき合いはまだ浅いのだろうか。

「アル……イッパイ」とリカルドが呟くように答える。

「リカルド小学校ニ入ッタトキ、給食ヲ食ベルコトデキナカッタ。和食ノ匂イ我慢デキナイ。今モダメ」と、マリアは早口でまくしたてた。

「だったらファミレスにしようか。それならそれぞれに好きな物を注文できるから」

ぞろぞろと歩いて、ファミリーレストランへ向かった。店に入って四人掛けの席に座る。

兄とマリアが並んで座り、その向かいに優子とリカルドが座った。

「リカルドくん、好きな物を注文しろよ。遠慮しなくていいからな」

「アリガトゴザイマス」

そう言って微かに頭を下げる。マリアとは違い、リカルドは他人行儀だった。

「私はステーキセットにするわ。兄さん、おごってくれるんでしょう？」

写真入りのメニューを指差した。メニューの中では最も高価な物だった。兄は苦笑しながら「もちろんだよ」と答えてくれた。

「僕モ、ソレ食ベタイ」と、リカルドが言った。思いきって言ってみたといった感じで顔が赤くなっている。

「そうか、リカルドくんもステーキが好きか」と、兄が顔を綻ばせた。リカルドが初めて自分に甘えてくれたといったように。マリアはグラタンセット、兄はヒレカツ定食に決めた。

「どちらの国の方々なの？」と尋ねてみた。

「日系ブラジル人だよ」

「やっぱりそうか。ニュースなんかで見るリオのカーニバルの雰囲気があるもんね」

「えっ、そうかな。マリアが？」

「うん、そう。美人でスタイル抜群だし」

マリアは美人と聞いた途端に嬉しそうに笑顔を見せた。

「リカルドくんは何歳なの？」

「……十歳デス」

怯《おび》えたような目つきだった。大人を信用していないのか。まさか、大人にひどい目に遭わされたことでもあるのか。

「十歳には見えなかったわ。私より背が高いんだもの」

この母子は、いったい兄とどういう関係なのだろう。腕を絡ませるくらいだから男女の仲なのだろうけど、マリアはキャバレーのホステスには見えない。アクセサリーを除けば、凛々《りり》しく貧しい女闘牛士といった感じなのだ。

「今日は土曜日だよな。優子は休日なのに出張なのか？」

「仕事は昨日で終わりよ。これから東京へ帰るところ」

「金土じゃなくて、木金で出張すればいいじゃないか。貴重な土曜日が潰れるだろ」

「兄さんの口から出た言葉とは思えないわね」

兄の離婚は、家庭を顧みる余裕もないほど仕事一筋だったことも一因ではなかったか。

「どいつもこいつも働きすぎなんだよ。マリアも土曜日だっていうのに休日出勤しようとするんだぜ。金が要るのはわかるけど、いきすぎだよ」

「日本デノ生活ギリギリ、キツイ」とマリアが顔を顰めた。ということは、兄は金銭的援助をしていないということか。

「マリアは、リカルドの将来のためにって貯金ばかりしてるからだよ。少しは楽しまなきゃ。たくさん稼いでいるんだから」

「無駄遣イデキナイネ」

「どうして？」

「将来ガ不安ネ」

「ねえ、兄さん、この二人とはどこで知り合ったの？」

「マリアは僕の取引先の工場で働いているんだよ。商談で初めて行ったとき、マリアが工場長と大喧嘩してて、たまたま僕が仲裁に入ったんだ」

「契約ヨリ給料安カッタ。許セナカッタ。日本人ズルイ思ッタ。デモ広伸ガ助ケテクレタ」

当時のことを思い出したのか、憤慨した面持ちになった。思ったことがすぐに顔に出る質《たち》のようだ。

「飲ミ物、取ッテクル」

マリアとリカルドが、フリードリンクコーナーへ向かって歩いていく。その後ろ姿を眺めながら尋ねた。「兄さん、マリアさんとはどういう関係なの？」

「どういうって……」

「まさか、真剣に交際しているわけじゃないよね？」

「どうして、まさかなんだ」

穏やかな兄にしては珍しく険しい表情になった。

「お前も差別するのか。国籍や肌の色で」

驚いて兄を見つめた。そのときふと、父の七回忌のことを思い出した。伯父たちが表具屋の嫁がフィリピン人だとか、同級生だった成瀬昌代が黒人と結婚したことなどを揶揄《やゆ》していた。あのとき兄が声を荒らげたのは、ニューヨーク支社時代に、兄自身がアジア人だという理由で差別を受けたからだと言ったが、それだけではなくて、きっとマリアのこととも関係があったのだろう。

「兄さん、そういう意味じゃないよ。ただ……びっくりしただけ」

そのとき初めて伯父たちの気持ちがわかった気がした。驚くのは仕方がないことだ。田舎に住んでいると、外国人を滅多に見かけないから、肌の色の違う人間がいれば、本能的とも言える好奇心で誰でも立ち止まってジロジロと見てしまう。なんて目が大きいんだろう、なんて睫《まつげ》毛が長いんだろう、手足の長さといったら……自分と違うところがあれば観察したくなる。自分もフランスの片田舎を下見に行ったとき、アジア人を初めて見る驚きなのか、村人たちに穴の開くほど見つめられたものだ。珍しい動物がいれば誰だって見たくなるのと同じだ。身近な人間が異邦人と結婚するとなると、漠然と不安に駆られる。それは差別ではなくて素朴な反応だ。

「日系人という割には、マリアさんもリカルドくんも、日本人の血が入っているようには見えないね」

「マリアは日系三世の夫についてきただけだ。夫のギャンブルが原因で離婚して、そのあと元夫は交通事故で亡くなった。ブラジルに帰っても住む所がないから日本で頑張ってる。永住権は取得しているから」

「リカルドくんは日本の公立小学校へ通っているの？」

「それが……不登校なんだ」

「どうして？」

「市立の小学校に入ったんだけど、すぐに行かなくなってしまった。それというのも、『トイレ』だとか『おしっこ』という単語さえ知らなくて、誰にも聞けなくて漏らしてしまったらしい。それが原因でバイキンと呼ばれるようになったんだ」

「それはかわいそうね。それで今はどうしてるの？」

「ずっと家にいる」

「フリースクールには行ってないの？」

「あそこはお金がかかるし、外国人の子供にまで配慮してくれる余裕はないらしい」

「そんな……」

胸が塞《ふさ》がる思いだった。まだ十歳なのに暗い目をしていた理由がわかった気がした。

「別に珍しいことじゃないんだよ」と、兄が言い訳するかのように早口でしゃべる。「だって、日本語がわからない子供が入ってくるっていうのに、その対処法やプログラムが学校側にないんだよ。それに、日本では外国籍の子供に就学義務がないから、不登校になっても教師の責任の範囲外のことだ」

「それはひどいわね」

「学校の先生も忙しいらしい。日本人の不登校児も多いし、問題を起こす子も増えているし、モンスターペアレンツもいる。だから外国人の子供に構っている時間はないっていうのもわからないでもないんだ。もっと教員や相談員が増えればいいんだが……」

「通訳を雇ったり日本語の特別授業を組んだりすればいいのにね。どうしてそういった予算が出せないいんだろうね。いったい日本て国は金持ちなのか貧乏なのか、よくわからない」

「リカルドの将来が心配でたまらないよ。子供の頃に最低限の教育を受けておかないと、この先、日本だろうがブラジルだろうが社会の中に居場所を見つけられなくなるよ」

「十歳ってことは、翔太くんと同い年なのね」

「実はそうなんだ」

「翔太くんは元気なの？」

「たぶんね。取りあえず心配はないと思っている。あの人は小学校の教員を続けているし、実家近くのマンションに暮らしてる。それに実家はもともと金持ちだから、同じシングルマザーとはいっても、マリアとは雲泥の差だよ」

「浩美さんはしっかりした人だし、ご両親もインテリで優しそうだものね」

自分の席から、リカルドがグラスにジュースを注いでいる後ろ姿が見える。背は高いが痩せていて、華奢《きゃしゃ》な背中が頼りなげに見えた。

「リカルドくんて、なんだか怯《おび》えているみたいに見える」

「そうかもしれない。マリアは離婚後に何人かの男とつき合ったみたいなんだが……」

兄は言いにくそうに宙を見た。

「それで？」

きちんと知っておいた方がいいような気がした。兄が真剣な気持ちでつき合っているのなら、自分にとってもあの母子が近い将来他人でなくなる可能性もある。

「マリアが知らないところで、男たちはリカルドに暴力を振るっていたらしい。それが判明するたびに男とは大喧嘩の末に別れた。そういうこともあって、僕はリカルドといるときは笑顔で優しくするようにしてるんだ。それでもなかなか心を開かないってことは、男たちも最初の頃はニコニコしてたのかもしれないなあ」

想像しているのか、兄は苦しそうに顔を歪めた。

マリアとリカルドが飲み物を持ってテーブルに戻ってきた。兄と自分の分も持ってきてくれたので、「ありがとう」と礼を言うと、リカルドはニコリともせずに頭を軽く下げた。

「ドウイタシマシテ、言イナサイ」とマリアがピシリと言う。

「リカルドくんは、あんまり日本語が得意じゃないの？」

そう尋ねると、兄が悲しそうな顔でうなずいた。

「ということは、ポルトガル語しか話せないのね」

「だったらまだいいんだけど」と兄は、溜め息交じりに言った。

「どういう意味？　ブラジルってポルトガル語じゃなかったっけ？」

「コノ子、ポルトガル語モ日本語モ、アンマリ話セナイヨ」

「ということは英語を話すの？」

だったら少しは話ができる。そう思い、期待を込めてリカルドを見つめた。

「違ウ」とマリアは言うと、顔をくしゃっと歪めて泣きそうな顔で息子を見つめた。「ドコノ言葉モアンマリシャベレナイ」

「どういうこと？　耳が聞こえにくいの？」

「ソージャナイ。ヨク聞コエテル」

そのとき料理が運ばれてきた。リカルドが目を輝かせている。普段あまりいい物を食べていないのだろうか。

「私、忙シイ。リカルド構ッテヤレナカッタ。私悪イ。デモ働カナイト、オ金ナイ。ドーシタライイカ、ワカラナイ。悲シイ」

マリアは早口でまくしたてた。文法も発音もお構いなしだ。自分が仕事で英語を使うときは、頭の中で文法を組み立てて単語を思い出し、発音がおかしくないか、初歩的な文法を間違えていないか、そういった緊張とプライドと劣等感がないまぜになった気持ちで顔が強張ってしまうのが常だった。それに比べてマリアは、そんなケチなプライドなどないからか機関銃のようにしゃべる。知らない国で生き抜いていくために、必死で日本語を覚えたのだろう。

マリアの話によると、マリアは朝早くから夜遅くまで工場で働いていて、その間リカルドは家でひとりぼっちでいるらしい。ずっとそんなだから、誰とも話すことがなく、母国語のポルトガル語さえまともに話せないという。

「なんなの、それって……」

思わず両手で口を押さえていた。それを見た兄は、慌てたように言った。

「リカルドだけじゃないよ。話し言葉さえ覚束《おぼつか》ない外国人の子供はたくさんいるよ」

兄の顔に必死さが見えた。リカルドだけが不幸だとか不出来な子供だと思われるのが悔しいようだった。

「マリア、何語でもいいから話しかけてやらないとダメだよ」

兄がそう言うと、マリアは大きな目でじっと兄を見つめた。睨んでいるようにも見える。

「私、時間ナイ。朝カラ晩マデ働イテル」

「うん、それはわかってる。本当によく頑張ってるね。偉いと思うよ」

兄は微笑みながらマリアを褒めた。「だけどね、短い時間でもいいから話をした方がいいんだよ」

優しく諭すように言う。

「無理。私、一生懸命働イテル。コノ子学校行カナイ間違ッテル。私イライラスル」

リカルドは自分のことが話題になっていることがわかっていないのか、黙々と食べている。

「マリアは必死なんだよ」と、またもや兄は言い訳するように言って、こちらを見た。「マリアはね、リカルドにいい生活をさせてやりたいんだ。絶対に大学に行かせるんだって頑張ってる。肘《ひじ》に痛みが出ても仕事を休もうとしないで、一日十二時間も働いてるんだ」

「一生懸命働クノ悪クナイ。イイコト」と、マリアはムッとした表情を晒《さら》した。

「そうだね。本当によく頑張っているとは思うけど……あ、そうだ、優子、ちょうど良かった。優子は子供の頃から本好きだったろ。今日はリカルドに本を買ってやろうと思ってるんだ。日本語の勉強に役立つようなものがいいと思うんだが、どういうのがいいかな」

「そうねえ」

どんなレベルの本がいいのだろう。「あいうえお」も危ういとしたら、絵本がいいかもしれない。だが、四年生にもなってそんな悠長なことを言っていていいのか。

「兄さんはリカルドくんに勉強を教えてあげないの？」

「少しずつ教えてはいるんだけど、休日だけではなかなか小学校四年生レベルまで追いつくのは難しいよ。四年生ともなれば漢字もたくさん知ってなきゃならないし、算数や理科や音楽もとなるとね」

「近所に住んでいれば、私も分担して教えてあげられるんだけどね」

「近所かあ……」

「この頃ときどき思うの。東京に実家がある人が羨ましいなあって」

もしも母が近所に住んでいれば、リカルドに漢字や算数はもとより、礼儀や挨拶なども教えるだろう。いや、肌の色が違うから、母は嫌がって近寄らないかもしれない。なんせ親戚の伯父たちと同年代だから、皮膚感覚が似通っている可能性は高い。

「例えば、姉さんや兄さんが私のマンションから徒歩三分くらいのところに住んでいればって考えることがあるの。そしたらお互いに助け合えるのにって。そのうえ母さんも近所だったら、ちょくちょく顔を見られて安心でしょう？」

「そんなこと今まで考えたこともなかったよ。でも、そういう暮らしをしている人はいっぱいいるよね。あの人だって離婚後は実家近くのマンションに住んでるし、近所には親戚や幼なじみがたくさんいるらしい。そもそも故郷に住み続けている同級生は、みんなそういった暮らしをしているもんな」

親きょうだいが近所に住んでいれば、子供を産んでもやっていけるのではないか。実際に手伝ってもらうかどうかは別にしても、少なくとも心強いことは確かだ。

「小学校一年生のドリルからコツコツ始めるのが王道だよな。でも、子供が家で一人で根気よく続けるのは難しいと思うんだよ」

「兄さん、マンガはどうかな？　日本語を覚えるには早いかもよ」

マンガと聞こえた途端、リカルドが顔を上げた。

「ねえリカルドくん、何かリクエストない？」と尋ねてみた。

リカルドは言葉が通じているのかどうか、ステーキを頬張った口をもごもごさせながら宙を見つめた。ひらがなも危ういのに漫画の知識などないだろうと思っていたら、「ドラゴン……ボール」と消え入りそうな声で答えた。

「それはいいわね。あれは何十巻もあるもの」

「続きが気になってどんどん読み進めるってことか」

「わからない字や意味があれば、兄さんか誰かに聞きながら読むのよ。そしたら、全巻読み終える頃にはかなり日本語がわかるようになってるはずよ」

「スーパーサイヤ人だとか、変な言葉ばかり覚えてしまいそうだけど、まっ、いいか。食事が終わったら買いに行こう。なっ、リカルドくん」

「アリガト」とリカルドは初めて微かな笑みを見せた。

「広伸、イモート、アリガトネ」

マリアの目が潤んでいた。


食事を終えると、みんなで大型書店に入った。

兄は「取り敢えず」と言いながらコミック本を一巻から三巻まで買った。本当に夢中になれるかどうか様子を見てから全巻を揃えるという。

そのあと買い物があるというマリア母子と別れ、兄が駅まで送ってくれた。「少し話さないか」と兄は駅構内のベンチを指差した。自分ももう少し話がしたいと思っていたところだった。兄妹といえども顔を合わせるのは帰省したときくらいで、母に心配をかけまいと当たり障りのないことしか話さなくなって何年も経つ。

「マリアさんはどんな仕事をしているの？」

さっきファミレスで、マリアは稼ぎがいいと言っていたのが気になっていた。工場で働いている外国人の給料がそれほど良いとは思えなかった。もしかして風俗で働いているのではないか。自分には経験がないが、同性として、そのおぞましさや苦労を想像するだけで、身体の芯が凍りつきそうになる。

「マリアはマルナカ水産加工会社に勤めているんだ。僕はフランスに輸出する鰹節《かつおぶし》の買い付けで訪れたんだよ」

兄の話によると、そこは従業員五十人ほどの会社で、そのうち三十二名の正社員はすべて日本人男性で、残りは派遣会社経由で働く日系ブラジル人労働者だという。品質管理のため室温が十五度に保たれた工場内で、ビニール製のカッパとズボンを身につけて大きな機械を相手に奮闘する男たちに交じって、女性はマリアひとりだけだったらしい。他の女性たちは袋に詰める軽作業をしていた。

「マリアはゴーグルをしてキャップを被っていたから顔も年齢もわからなかったけど、真剣に向き合う姿が、なんか、こう、神々しい感じがしてね。そのとき専務が言ったよ。『マリアの技術はピカイチなんですよ』ってね。鰹節は削り方の上手下手で品質が決まるんだそうだ。どこの工場でも彼女の腕を欲しがってるらしい」

「なんでフランス人が鰹節を買うの？」

さっきから疑問に思っていたことを尋ねてみた。

「和食が無形文化遺産になっただろう。あれ以来、世界各地で日本食ブームが湧き起こっていることは知ってると思うけど、鰹節はお好み焼きやたこ焼きに振りかけるだけじゃなくて、出汁《だし》を取るためにも使われてるらしい」

「ずいぶんと本格的な和食を作るのね」

「マリアは、削りの中でもハラスリと呼ばれる作業を担当してるんだ。高速で回転する六枚刃のグラインダーに、凍った鰹の腹の部分を当てて内臓と骨を削り取るんだよ」

そんな危ない機械に近づくことを想像しただけでゾッとした。

「浅く当てると完全に取り去ることができないんだ。かといって深すぎると身が削れて無駄が出るだけでなく、皮が反り返ってしまって商品にならなくなる。絶妙なバランスとスピードが求められる工程なんだ」

「マリアさんてすごいのね」

規則では、危険防止のために薄手のゴム手袋をつけた上に、ステンレスでできた手袋をするよう決められているらしい。しかし、そんな手袋は重くて能率が落ちるから、外して作業することが日常化しているという。

「ときどき指を切断する事故が起きると言って専務は嘆いてたけど、能率のために見て見ぬふりをしてるよ」

緊張を強いられる作業を、マリアは朝八時から夜八時までやっているという。昼休み以外の休憩時間は午前と午後に十分ずつしかない。衛生上、室外に出る度に作業着を脱がなければならないから、自動販売機で缶コーヒーを買って飲むか、トイレに行くか、どちらかしかできないらしい。

「私なら耐えられないわ」

「専務はマリアの真面目さを高く買ってたよ。無遅刻無欠勤だから信頼できるって。用事で休むときも、何日も前から申請してくれるって」

マリアの収入は月に三十万円あるという。この辺りのブラジル人労働者で三十万円も稼ぐ者は十五パーセントくらいらしい。それを思えば、女性としては破格の収入だ。

「マリアの仕事は女性の力でできるぎりぎりの肉体労働で、女性としては最もカネになる仕事なんだ」

「頑張り屋さんなのね」

「でも、マリアはそれだけでは満足しないで、同じ職場に派遣されるブラジル人の送迎の運転も引き受けてるんだ」

「マリアさんは運転免許も持ってるの？」

「普通ならブラジルで取った免許を申請して切り替えるんだけど、マリアは日本で免許を取ったんだよ」

筆記試験に受かったのは、なんと十二回目だったという。落ちる度に、人目をはばからず大声で泣くので、教習所では有名人だったらしい。凄まじい努力家だ。

「兄さんも何だか変わったわね。東京本社にいるときは自分の話なんかほとんどしてくれなかったのに。東海支社に転勤になってよかったわ」

「実は、母さんにも言ってないんだけど、自分から異動願を出したんだ。本社での忙しい毎日に嫌気が差してね。それに、『カミサンに逃げられたくせに』ってからかう上司がいるのも嫌だった。本当はいい人で、悪気がないことも酒の席での冗談だということもわかってはいるんだけど、あんまり頻繁だと、ちょっとね」

「それは嫌ね。でも兄さん……」

聞きにくいことだったが思いきって尋ねてみた。「浩美さんはどうして離婚したいと思ったんだろうね。マリアさんに対する兄さんの態度を見ていると、とっても優しいのに」

「人に優しくできるようになったのは、時間的余裕ができたからだよ。最近は家族関係の心理学の本なんかを片っ端から読んで、いかに自分が思いやりのない夫だったかを痛感したよ。

四十歳を過ぎて、この頃やっと少し大人になれたのかもしれない」

「そこまで卑下しなくても……」

「以前は、子供にどう接していいかもわからなかった。笑顔で積極的に話しかけて、話をよく聞いてやることが大切だってことが、皮肉なことに今頃になってわかったよ。それというのも、東京本社と違って、こっちでは家族参加のソフトボール大会なんかの余興があって、父子の関係を観察する機会が増えたからね。いや、そんな機会なんか、この世に掃いて捨てるほど転がってる。今まで見ようともしていなかっただけだな」

そう言って、また自嘲するように口を歪めて笑った。

9

まだ午前中なのに、太陽がギラギラと輝いていた。

そんな中、洗濯機を回してからスーパーへ向かった。ふんわりした木綿のワンピースは風通しがいいはずなのに、数分で汗びっしょりになり、ふとカンボジアの猛暑を思い出した。

買い物を終えてマンションに帰り、シャワーを浴びると、どっと疲れを感じた。ベッドに寝転び、天井をぼうっと見つめる。体力が日に日に落ちてきていた。身体の中で胎児を成長させるという大仕事をしているからか、横になっているだけでも疲れが溜まる。こんな状態で、果たして会社勤めを続けられるのか。

関口智雄から電話がかかってきたのはそんな暑い日の午後だった。

「関口くんが電話くれるなんて珍しいね。何かあったの？」

同級生の誰かが事件か事故に巻き込まれたのかと、ベッドから起き上がった。

——今からちょっと会えないかな。

「え？　関口くん、いま東京にいるの？」

——うん、東京駅に着いたところなんだ。

「研修か何かで？」

——いや……今回はそういうのじゃないんだけどね。

じゃあなんなのだ。大学時代を東京で過ごしたから、懐かしくてたまには遊びにくることもあるのか。それとも知り合いの冠婚葬祭なのか。何にせよ、向こうが言おうとしないことを、こちらから根掘り葉掘り尋ねるのは好きじゃないし、そもそも関口にそれほど興味があるわけでもなかったので、「お疲れ様。遠かったでしょう」と流した。

どこのホテルに泊まるのだろう。地方から出てきたのだから、こちらからホテルの最寄り駅まで出向くのが親切だとは思ったが、そんな気力も体力も残っていなかった。

「関口くん、悪いけど高円寺まで来てくれない？　雰囲気のいい喫茶店ができたのよ」

以前なら相手の都合に合わせて、自分の方が無理をする傾向があった。だが産むと決めてからは変わった。自分のためではなく、お腹の子のために無理はしたくなかった。

――じゃあ今から向かうよ。

一時間後に駅前の喫茶店で落ち合うことにした。服装はこのままでいいとしよう。ウエストがゴムのパンツの上に、ゆったりしたサマーニットを着ていた。

緩慢な動作でベッドから降り、簡単に薄化粧をして髪を梳《と》かした。

喉が渇いていたので、白湯《さゆ》を少し飲んだ。


五分前に喫茶店に着いたのだが、関口は既に来ていた。

向かいに座ると、彼は「久しぶり」と微笑んだ。父の七回忌の際に居酒屋に集まったが、そのときとは雰囲気が違って見えた。あのときはTシャツ姿だったが、今日は細身のスーツでキメている。

「実は、君のお母さんから僕に電話があったんだよ」

関口はそう言うと、コーヒーカップに口をつけた。

「うちの母から？　何の用で？」

関口が勤める高校は母の母校でもある。同窓会名簿か何かで問い合わせをしたのだろうか。

「うちの母が高校の代表電話にかけて、たまたま関口くんが電話に出たってことね」

「違うよ。自宅にかかってきたんだ。そのとき両親が留守だったから僕が出た。ほんと良かったよ、僕が電話に出て」

どういう意味だろう。「もしかして、母さんが何か迷惑かけたの？」

母は決して非常識な人間ではない。それどころか礼儀正しい方だ。だが、都会で暮らした経験もないし世事にも疎《うと》い田舎のおばあちゃんだ。だから関口のように日々若い生徒と接している高校教師からすれば、とんでもなく常識外れに思える何かがあったのかもしれない。

それとも……まさかとは思うが、認知症が始まったとか？　母は独り暮らしだから、身内が症状に気づくことが難しい。だが、この前帰省したときは相変わらず快活でシャキシャキと立ち働いていた。あれほど手際よく料理を作れる人間が認知症であるはずがないと思うのだが……。

「君の母上が、誰にも聞かれたくないって言うんで、君の家まで行ったんだ」

「信じられない。関口くんを家に呼びつけるなんて。ごめんね。忙しいのに」

担任を持っていると言っていたし、英語クラブの顧問でもあるし、年齢的にも他にいろいろな役に就いていてもおかしくない。

「そんなことは気にしなくていいよ。ケーキとコーヒーを御馳走になったし」

母が関口を自宅に呼びつけた理由を考えてみるが、見当もつかなかった。関口とは中学高校は同じだが小学校区は別だ。つまりそれほど近所ではないから、母が関口を幼い頃から知っているわけでもない。

「それで、うちの母の用は何だったの？」

「えっ、宮村さん、お母さんから聞いてないの？」

「聞いてないよ」

「ほんとに？」

関口は疑っているようだった。

「てっきり宮村さんがお母さんに頼んだと思ってたよ」

なかなか本題に入らないので苛々してきた。

「あのさ関口くん、はっきり言ってくれると助かるんだけどね」

「君のお母さんに頼まれたんだよ。『優子のお腹の子の父親になってくれへんか』って」

「ええっ！」

思わず大声を出していた。周りの客が一斉にこちらを見る。

「それ、いつのこと？」と慌てて声を落とした。

「土曜日だったかな。ちょうど一週間前の」

「どうしてそのときすぐに電話くれなかったのよっ」と、知らない間にまた声が大きくなっていた。この一週間、自分がそのことを知らなかったことが嫌でたまらなかった。

「すぐには結論が出せなくてさ」と関口は言い、ゆったりした動作でコーヒーカップを口に運んだ。

「結論って、何の？」

「だから、君のお腹の子の父親になってやれるかどうかの結論だよ」

なってやれるかどうか？

それが人を見下す言い方だと、気づいていないらしい。黙っていると、関口はなおも言った。「宮村さんは今まで十分頑張ってきたんじゃないかな。大学を出てもうずいぶん経つよね。そのまま東京に残って就職するなんて偉いと思う。故郷を遠く離れて会社で頑張るなんて、男でも大変なのに、女の君がよくやってきたって実は感心してたんだよ」

関口にこんなに慈悲深い目で見つめられたことがあっただろうか。どうやら高校時代とは立場が逆転したらしい。関口から見たら、自分は弱い立場にある。かわいそうな女なんだそうだ。

「もうほんと、悩みに悩んじゃってさ」

お腹の子の父親になろうかどうか関口は迷っている。つまり、こちらが断わるわけがないという前提に立っている。

「まったく、うちの母ったら何を考えてるんだか。関口くん、この話は忘れてちょうだい」

「え？　どうして？」

「だって、私が妊娠してるわけないじゃん。彼氏もいないのにさ」

いつかはバレる、だろうか？　赤ん坊を抱いて実家へ帰れば町の噂になるかもしれないが、帰らなければわからない。でもそうなると、あの町へはもう二度と帰れないってことだ。いや、そんなことはない。子供が高校生くらいになってから自分ひとりで帰ればいい。でも、そのとき母は健在だろうか。

「そうなんか？　妊娠してへんのか？」と関口はいきなり方言になった。そして、こちらの腹の辺りをじろじろ見た。ゆったりしたニットで、お腹をすっぽりと覆っているから、膨らみは隠れている。

「君のお母さん、ボケてるようには見えなかったけどなあ」

「なんだか不安だわ。うちは兄も姉も都会に出ちゃってるから、母は独り暮らしなのよ。やっぱりきょうだいのうち誰かひとり田舎に帰るか、母をこちらに引き取るか、どうにかしなくちゃダメだね。老人ひとり置いておいたんじゃあ火の元だって心配だし」

「ふうん」

がっかりしたのか、関口の顔つきが変わり、対等な関係になったことを表わした。これで単なる同級生に戻ったと思ったら、ふっと力が抜けた。

「あれから桃子と会った？　プチ同窓会で木戸くんの発言に怒って帰っちゃったでしょう」

同級生らしい話題に戻したかった。

「会ってないよ。町で偶然すれ違うってこと、ほとんどないからね」

「桃子はあんまり出歩かないのかな」

「そんなことないと思うよ。人口の割に面積が広すぎるから出会わないだけだよ」

「なるほど、そうかもね」と、笑顔で相槌を打ちながら紅茶を飲み干した。「あーあ、明日は休日出勤なのよ。嫌になっちゃうわ」

「えっ、そうなの？」

案の定、関口は残念そうな顔をした。明日も会おうと言われる前に阻止したかった。悪阻もあるし、今すぐにでも家のベッドで横になりたい。

「ほかに何か用があって上京したんでしょう？　研修か何か」

「いや、特には……」

このためだけに上京したのか。それも、普段着ではなく、わざわざ上質なスーツでキメて来たとは。

「せっかく上京したんだから、あちこち行ってみれば？　関口くんは大学がこっちだったんだから慣れてるでしょ」

「うん、まあね」

関口がわざわざ上京したのは実家の母のせいだ。本当に申し訳ないと思う。その一方で、今後は帰省しても関口には会いたくないとも思うのだった。


駅前で関口と別れて、自宅マンションへ戻ると、すぐに姉に電話をした。

――もしもし、優子、元気にしてる？

のんびりした声が癇に障った。

「姉さん、私が妊娠したこと、母さんにしゃべったでしょう。なんてことしてくれるのよ」

たったいま関口と会ってきたことを話した。

「姉さんが口が軽いことは知ってたけど、まさかここまでとは思わなかった。性格疑うよ。もしもし、ちょっと姉さん、聞いてるのっ？」

――母さんて、思った以上の変人ね。母さんにとって世間ていうのは、あの小さな田舎町だけで、異様に視野が狭くて非常識だとは思ってたけど、そこまでやるとはね。我が子のためにはなりふりかまわず必死なのね。原始的というか、動物的というのか。

姉は平然と言った。平謝りで詫びるだろうと思っていたので、一層怒りに火がついた。

「いい加減にしてよっ」

――あのねえ優子、どうせバレることなのよ。いったいいつまで隠しておくつもりなの？そろそろ七ヶ月に入るでしょう。もう今さら堕ろせないんだからジタバタしたってしょうがないわよ。

あれから姉は何度かマンションに訪ねてきた。堕ろすのなら早くしなさい、産むなら籍を入れなさいと、言うことは毎回同じだった。未婚のまま産むと言う妹の馬鹿げた考えを何とか正してやろうと必死の形相だったが、何度目かであきらめたようだった。いや、あきらめたというより呆れてモノが言えなくなったといった感じだった。

「帰省しなけりゃバレないよ」

――優子、あんた一生、帰省しないつもり？　この先もずっと母さんに黙っているつもりだったの？　そんなの不可能でしょ。どうせ知られるのなら早い方がいいのよ。何年も経ってから知ったら、母さんどれだけショックを受けるか。

確かに姉の言う通りだ。そう思うと、姉に対する怒りは少しずつ収まってきた。だが今度は再び母の軽薄さにむくむくと怒りが湧いてきた。

「どうして母さんはあんなに非常識なの？　まったく信じらんない」

――しかし母さんも考えたものねえ。生まれる前に誰かと籍を入れてしまえば確かにノープロブレムよね。グッドアイデアじゃない。

「なに言ってんのよ。余計なことをされた私の身にもなってよ」

――そりゃ私だって、とんでもない方法だとは思うわよ。でも、それ以外にお腹の子を私生児にしない方法がある？

私生児……ジメジメと湿気を感じる言葉だった。それも不快指数の高い湿気。誰がこんな言葉を考え出したのだろう。戸籍に父親の名前が記載されないというだけのことで、どうして一生後ろ暗い思いで生きていかなきゃならないのか。

――ところで予定日はいつなの？

「十二月二十三日よ」

――真冬ね。マントみたいにゆったりしたコート持ってるから優子にあげる。

「ありがと」

――とにかくさ、関口くんと結婚したくないんなら、お腹の子の父親に早く打ち明けなさいよ。そして籍だけでも早めに入れなさい。結婚式はあとでもいいのよ。なんならやらなくてもいいわ。あっ、ごめん。バカ息子が帰ってきたみたい。じゃあ、またね。

突然、電話が切れた。

お茶を一杯飲んだ。気分を落ちつけてから母に電話しようと思ったのだが、時間が経てば経つほど怒りが噴き出してくる。

「もしもし、母さんっ」

――優子か、体調はどうじゃ。

「母さん、余計なことしないでよ。もう金輪際、私の同級生に頼みにいったりしないでっ」

冷静になろうと思っていたのに、金切り声で叫んでいた。

――ほれでもなあ、関口さんは満更でもないようじゃったよ。

「そういう問題じゃないんだってば」

――ほんだって、あん人は若い頃、優子を気に入っとったじゃろ？　今も独身じゃいうし、高校の先生しとられるんじゃやし文句のつけようがないがな。

「馬鹿なこと言わないでよ。十代の頃のことなんて関係ないよっ」

――人の好みっちゅうもんは歳取っても変わらんゆうけどねえ。

これ以上話していても埒《らち》が明かない。苛々が増すだけだ。

「母さん、とにかくね、今後一切、私のことには構わないでちょうだい」

――ほんだって、生まれてくる子のことを考えたら……。

「もう放っといてよっ」

一方的に電話を切った。その途端、独り暮らしの母を冷たくあしらってしまった後味の悪さも加わって、一層胸がムカムカした。

母や姉の考え方が世間では一般的なのだろうか。時代錯誤も甚だしいと感じる自分の考えが新しすぎるのか。世の中の人々は出自に関してはまだ寛容ではないらしい。そういえば、若い人の間でさえも、おめでた婚をよしとしない風潮があると、つい最近聞いたことがある。きちんと籍を入れた男女だけが、子供を産むのを許されるのか。

ふと、打算が頭の隅を掠《かす》めた。関口が籍を入れてくれるなら……助かる。誰とでもいいから取りあえず籍を入れておけば四方八方が丸く収まる。ただでさえ妊婦や子持ちの女性が働きにくい世の中だ。そのうえ未婚となれば、どんな目に遭うかわからない。会社で働き続けるためには、籍を入れることは必要かもしれない。それに、生まれてくる子供が世間の偏見の目に晒されることもなくなる。婚姻届という、たった一枚の紙切れが大きな役割を果たす。

生まれてすぐ離婚すればいい。世間は未婚より離婚の方が納得する。バツイチという軽い言い方があるくらいだ。そうだ、その方法しかないのでは？　つまり、婚姻届を出して出生届を出し、そしてすぐに離婚届を出す。紙切れ数枚の操作で世間に対する体裁を整えることができる。それを叶えてくれる便利な男が、関口以外にいるだろうか。生まれるまで、あと数ヶ月。その間に彼のような人の好い男を見つけるのは至難の業だ。いや、不可能だ。関口は幸運を運んできてくれる最初で最後の男だったのではないか。それをおめおめと見逃してしまった。籍を入れることだけでも頼んでみた方がよかったのではないか。明日、関口が帰郷してしまう前に、もう一度会って話してみようか。

おいおい、本気でそんなこと思っているのか、自分。籍だけ借りるなんて、いくらなんでも関口に失礼じゃないの。関口の人格を無視してるよ。他人を便利に使って、そのあとポイと捨てるのか。でも、もしも……それでもいいと関口が言ってくれたら？　そしたら……。お腹の子にとって最善の策は何かということが、考えの中心となってしまった。そのためには他人がどうなろうが知ったことじゃない。これが親心というものなのか。単なる自己中心主義ではないのか。頭の中で様々な考えがぐるぐるとまわり続ける。

次の瞬間、すっくと立ち上がっていた。

関口に会わなくちゃ。このチャンスを逃したら、もうあとはない。

慌ててジャケットを羽織り、関口の携帯に電話をかけながら玄関を出た。

日が短くなった。

関口の泊まっているホテルに出向いたときは、外は真っ暗だった。ロビーのティーラウンジのソファに席を見つけ、そこから関口の携帯に再び電話をすると、関口はエレベーターで降りてきた。

「電話、びっくりしたよ。やっぱり妊娠してたんだね」

怒っているかと思ったら、関口は嬉しさを隠しきれないような顔をしていた。

「僕はね、別居結婚でもいいと思ってるんだ」

「本当？　それでもいいの？」

案ずるより産むが易しとはこのことか。やはり母は正しかった。年の功とはこういうことを言うのかもしれない。

「私はこのまま東京で仕事を続けられるってことね」

「うん、そういうこと」と彼は真剣な表情でこちらを見る。

「だけど、関口くんのご両親はどう思うかな？　戸籍が汚れることを反対するんじゃない？」

「汚れるなんて考えはないよ。僕の子供だって言いきってしまえばいいんだし」

「ご両親を騙すってこと？」

「うん、そうなるね」

無理がある。実家の母の口から真実が漏れないわけがない。現にこうやって関口に話してしまっている。学生時代に娘を気に入っていたらしいという一点に一縷の望みをかけたのだろうが、軽率であることには違いない。関口の親にバレるのは時間の問題だ。

もしも子供が水野匠に似ていたらどうなる？　彼の彫りの深いアイドル系の顔立ちと、関口のあっさり醬油顔とは似ても似つかない。水野の濃い眉と大きな瞳を持った子供が生まれてきたら、誰だっておかしいと思うのではないか。

「僕は夏休みや春休みにまとまった休みが取れるんだ。生徒みたいに一ヶ月まるまる休みを取れるわけじゃないけどね」

「美佳も言ってたよ。夏休み中もほとんど出勤してるって。吹奏楽部の顧問だしね」

「でも、調整すれば年に何回かは上京できると思うんだ」

「夏休みや春休みに関口くんが東京に来るってこと？　それは、えっと、何しに？」

「やっぱり夫婦だからね、一緒に過ごすことが大切だと思うし」

彼のはにかむ表情を見て、思わず鳥肌が立った。単に戸籍を貸してくれるだけではなかったのか。実質的に夫婦になろうとしているらしい。当たり前じゃないか。馬鹿じゃないのか、自分。そんな自分にばかり都合のいい話がこの世のどこに転がってる？

「ああ、そういうことね、だったら……」この話はやっぱりなかったことにしてよ。そのことを、関口を傷つけないようにどう言えばいいのか。そして、関口を便利に使おうとしていたことを見破られない言い方とは。

「宮村さんが引け目に感じることはないんだよ」

「え？」引け目って何のこと？　結婚の条件として最悪のハンデを持つ女を、嫁にもらってやるんだぞ、感謝しろよ、ってことなのか。

「安心していいからね」

ああ、この目だ。故郷の居酒屋で会ったときも感じたが、あのときより更に中年男スケベ度が増した。「中年男スケベ度」というのは、同期の奈美が、まだ二十代前半の頃に作った言葉だ。年を取ると、繊細だった少年がこうも変わるのかと衝撃を受けるほど、女を見下し厚顔無恥になる男がいる。奈美の説によると、五人に一人の割合だそうだ。奈美は優しい雰囲気を持つ女性だが、観察力が鋭くて辛辣な面もある。男性上司を奈美の物差しで測っては二人で笑い転げた二十代の頃を思い出した。

関口の視線が、いつの間にか唇へ流れ、そこから首を辿って鎖骨へ行き、そして胸に移動した。奈美がここにいたらきっと言うだろう。中年男スケベ度が八十を超えてるよ、要注意だねと。

「僕もね、最初は迷ったんだよ。でも考えようによってはチャンスかなとも思ったんだ。だって僕は君のことを高校時代から好きだったんだからね」

この男、自分に酔っている。きっと奈美ならそういった言い回しをするだろう。

「やっぱり好きな人と結婚するのが一番の幸せだと思うんだよね」

さっきとは打って変わって、少年のように顔を赤らめる。「でもさ、誰の子供かはやっぱりきちんと教えてもらわなくちゃならないよ。それはわかってるよね」と今度は威圧的な表情に変わる。

この男と結婚するなんて無理だ。ちゃっかり籍だけ入れてもらって、産んだらすぐに離婚する。そんな都合の良いことばかり考えていた自分がそもそも悪い。

すぐにでもこの場を去りたくなった。

そのとき、携帯に着信音が鳴り響いた。見ると、どうでもいい通販のメルマガだった。

「やだ。土曜日なのに仕事の連絡だわ。ごめん、ちょっと席を外させてもらうね」

そう言ってラウンジから出て真っ直ぐ歩き、関口の視線を遮《さえぎ》る巨大な柱の陰に隠れた。ふと思いついて、そのまま化粧室へ向かう。豪華な洗面台の前に立ち、曇りひとつない大きな鏡に映った自分を見つめた。嫌な顔をしていた。もっと幸せそうな顔つきでいたい。心身ともに健やかでいたい。それなのに不安でたまらなかった。ともかく今は嘘をついてでも、この場を切り抜けなければならない。

「関口くん、ごめんね。急に仕事が入っちゃって」

ラウンジに戻り、ソファには座らず立ったまま言った。いかにも急いでいるふうに。

「土曜日は休みじゃなかったの？」と関口が責め口調で尋ねる。

「客商売だから土日の窓口はかきいれどきなのよ。企画部にいるとはいってもね、客からややこしい個人旅行を注文されて窓口で手に負えないときは私が呼び出されるの」

「……大変だね」

関口は残念そうな顔をした。「明日は休日出勤だったよね。じゃあ今夜は？　仕事が終わってからホテルの部屋にくれば？　遅くても構わないよ。なんなら僕が宮村さんのマンションで待っててもいいし」

「今日はかなり遅くなりそう。だから、やめておく」

「もしかして……お腹の子の父親とは切れてないの？」

「え？　まさか。そもそも切れるも何も最初から……」

「どういうこと？　もっとじっくり聞きたいんだけど」

「今日は無理よ」

「わかった。じゃあまた連絡してくれるかな」

「そうね、そうする」

「それよりさ、ちょくちょく田舎に帰ってあげた方がいいよ。お母さん大変そうだったよ」

「大変って、何が？」

「居間の蛍光灯が切れてて、部屋の中が真っ暗だった。炬燵の上に乗って新しい蛍光灯に替えようとしたらしいけど、ふらついて転がり落ちて、おでこをひどく打ったみたいで、それ以来、替えるのをあきらめたんだって」

「そんな……」

母が暗い部屋で不自由な生活をしている。それを思うと切なくなった。誰しも容赦なく年を取る。そんなことは当たり前のことなのに、自分の親だけはいつまでも元気でいてくれると、都合よく考えていなかったか。

「だから僕が替えてあげた」

「ありがとう」

ついさっき、関口には二度と会いたくないと思った。そんな自分が嫌になる。

「それじゃあ、またね」

足早にラウンジを出て、正面玄関へ向かった。

あとでメールを送ろう。その後は二度と連絡しない。軽薄でいい加減な女だと恨んでくれてかまわない。昨日まで他人だった関口が、いまやこちらのプライベートをすべて知る権利があると思っている。もちろんそれは無理もないことで、彼が悪いわけじゃない。沸々と、母の軽率な行動に怒りが湧いてくる。そして、姉に対しても。

叫び出しそうになるほど苛々していた。

姉に言われなくとも、いつまでも妊娠を隠しているわけにはいかないのはわかっている。だけど、自分にも気持ちの準備というものがある。妊娠したのは自分なのに、母も姉もこちらに何の相談もなく勝手に動く。「優子のためを思って」と言うが、お節介にもほどがある。もうすぐ四十歳になるのだ。世間知らずの小娘ではない。

幹線道路に出て人混みに紛れると、やっとゆっくり息が吸えた。

ふと夜の空を仰ぐ。

今後は、身内であっても軽々に相談するのはやめようと心に決めた。

10

会社からの帰り道だった。

通用門を出た所で、すぐ前方を同期の奈美が歩いているのに気がついた。

「奈美」と呼びかけると、彼女はまるでスローモーションのようにゆっくりと振り返った。

常ににこやかな彼女には珍しく、表情が強張っているように見える。今日の昼も一緒に社員食堂で昼食を取った。そのとき、来週から休みを取って夫婦で台湾旅行をすると言っていた。優子にもお土産買ってくるからねと言い、旅行のための洋服も奮発したのだと嬉しそうに話していた。だが、昼休みとは表情が一変している。

歩み寄ると、奈美は「実はね、変な噂を聞いたのよ」と言った。「噂ってものは本人の耳には入らないものでしょう。だから言ってあげるのが本当の親切だと思うの」

「噂って、私の？　どんな？」と尋ねながら並んで駅へ向かう。

「優子が妊娠しているなんていう、妙な噂よ」

奈美が眉根を寄せてこちらを見る。ありもしない噂を立てられてかわいそうに、といった表情だった。

「いったい誰がそんなこと言い出したんだろう。私、許せない」と、奈美は自分のことのように怒っている。「独身の女性に対してそんな噂を流すなんて、まともな神経じゃないよ」

どう答えようか迷っていた。

お腹がどんどん大きくなってくる。もうすぐバレる。ジャケットでごまかせなくなるのは時間の問題だ。だから、ここで嘘をつくのはマズい。あとで嘘だとわかったら奈美との信頼関係が壊れてしまう。同期入社が少なくなった中、奈美は大切な会社の仲間だ。

正直に答えるしかなかった。

「実は、妊娠しちゃったのよ」

「え？」

奈美はいきなり立ち止まった。そして何も言わず、こちらの顔を穴の開くほど見つめた。

「嘘でしょう？」と、不気味なほどゆっくりした調子で聞いてくる。

「本当なの」

「優子、いつの間に結婚したの？」

「結婚はまだしてないの。だけど……そのうち籍を入れるつもり」

「相手はどんな人？」

咄嗟に関口と凡庸の二人が思い浮かんだ。

「高校時代の同級生よ。久しぶりに再会しちゃってね」

心の中で設定をひとりに絞らないと、あとで矛盾が出てくる。今後は凡庸を思い浮かべることにしよう。人畜無害の凡庸を。

「相手も独身なの？」

「もちろんよ」

思わず語気が強くなった。姉が真っ先に不倫を疑ったのを思い出したからだ。

「どんな人なの？　何歳？　相手の人は再婚なの？」

奈美の口から次々に質問が飛び出してくる。

「だから同い年よ。高校時代の同級生だもの。相手も初婚よ」

だったらどうしてすぐに結婚しないのかと奈美はきっと尋ねるだろう。そのときは由緒ある寺だから色々と難しい問題があるのだと言えばいい。深く息を吸い込み、何を聞かれても上手に嘘がつけるよう、心の準備をしたときだった。

「何回ヤったの？」と、奈美はこちらの目をじっと見た。

「やったって、何を？」

「だから、毎月ヤってたの？」

「えっと……何を？」

「排卵日を計算してヤったの？」

思わず息を呑んで奈美の顔を見つめた。

「ねえ優子、ちゃんと教えてよ。基礎体温を毎日測ってたの？」

奈美の表情がだんだん険しくなる。

「そんなの測ったことないよ。そもそも婦人体温計なんて持ってないし……」

「なんなのよ、それ」

奈美に叱られているような気分になる。

「作る気はなかったんだけど、偶然できちゃったのよ」と、つい言い訳がましくなった。

「そんなの、ずるいじゃないのよっ」

奈美はいきなり叫んだ。街灯の光が、奈美の目に涙が溜まっていることを教えてくれた。

「あのね私はね十年も不妊治療をしてきたの。それがどんなにつらかったか優子にわかる？　気持ちの問題だけじゃないのよ。時間もお金もいったいいくら使ってきたと思ってるの。それなのに私ったら馬鹿みたいじゃないのっ」

息もつかずに一気に話したせいで、奈美は息苦しそうに咳をした。なんと答えていいかわからなかった。思ってもみなかった反応にただただ驚いていた。本当は私だってつらいのよ、結婚の予定なんかないの、これから先のことを考えると不安で頭がおかしくなりそうなのよ。そう正直に言ってしまえたらどんなに楽だろう。

「私、帰る」

奈美はそう言い置いて、足早に駅に向かった。自分も同じ駅に向かっているのだが、並んで歩くのは許されないらしい。ヒールを履いた小柄な奈美がスタスタと歩いても、速さはたかが知れている。追いつかないようにするには、不自然なほどゆっくり歩くしかなかった。

そのとき、バッグの中の携帯が振動した。見ると兄からだった。ちょうど陸橋の上に差しかかったので立ち止まり、欄干から下の道路を見下ろした。奈美と距離を空けるのにも好都合だった。都会のど真ん中なのに、どこからか虫の音が聞こえてくる。残暑が厳しく、夜になっても気温が下がらないが、季節は刻々と秋に近づいているらしい。

「兄さん、珍しいわね。電話くれるなんて」

——どうした？　声が暗いぞ。元気ないじゃないか。

「そんなことないよ。元気よ。兄さんこそ、どうしたの？」

——実は俺、東京本社に呼び戻されることになってしまったんだ。

「転勤なの？」

——ああそうだよ。それで、どの辺りにマンションを借りようか考えているところなんだけど、優子の近所はどうかなと思って。治安はどうだ？

「うちは新宿に出るのには便利だし、静かでいい所よ。だけど兄さんの会社は大企業なんだから、社宅くらい用意してくれるんじゃないの？」

——うん、あるにはある。でも、プライベートな時間まで会社の連中と顔を合わせるのもなんだかなあと思ってさ。

兄は独り身だから、家族が住む借り上げマンションではなく、独身寮を割り当てられるのだろうか。四十代の独り身となれば居心地は良くないのかもしれない。

「ワンルームか1DKなら、うちの最寄りの駅前にいくつもあるよ」

兄が近くにいてくれたら心強い。多忙な兄に、出産後の生活を手伝ってもらえるとは思っていないが、近くに身内がいると思うだけで、このどうしようもない不安感が半減する気がした。

——ワンルームじゃなくて、2LDKか3LDKを探してるんだ。

どうしてそんな広いところに住むのと尋ねようとしたとき、ふとマリアとリカルドのエキゾチックな顔が思い浮かんだ。

「まさか、あの日系ブラジル人たちと一緒に住むの？」

——どうしてそれが、「まさか」なんだよ。

兄は問い詰めるように言った。人種で差別していると取られたかもしれない。焼津に出張に行ったときにばったり会ったが、マリアとリカルドが兄にとって、どういう存在なのかが今ひとつよくわからなかった。マリアが兄に惚れているのは一目瞭然だったが、リカルドが兄を慕っているそぶりは見られなかった。リカルドに対する兄の同情心を感じただけだった。

「ごめん、兄さん、まさかっていうのは変な意味じゃないよ。ただ、一緒に東京に住むってことは、マリアさんは鰹節の工場を辞めるってことでしょう？」

——そうだよ。だから？

常に穏やかな兄が、冷たい調子で聞き返したのがショックだった。社会の偏見からマリアとリカルドを守ろうとしているのかもしれないが、妹の自分まで敵側の人間と思われている。

「私が口出しすべきことじゃないかもしれないけど。マリアさんに仕事を辞めさせるってことは、兄さんが今後もずっと責任を持たなきゃならないってことだよね」

――わかってる。

「いい加減な気持ちじゃないとは思うけど……」

――もちろんいい加減な気持ちじゃないよ。

だけど、それって、いっときの同情じゃないの？　本当はそう尋ねたかった。日々の生活の中で、いつか同情心が薄らいだとき、兄さんはどうするの？　そのあともずっと責任を持って二人の面倒を見られるの？

「兄さん、気を悪くしないでね。ずっと先々のことまで考えると、なんだか心配よ」

――実はもう籍を入れたんだ。

「えっ、本当に？　そのこと、母さんにも話した？」

もしも母や姉が知っているのなら、間髪を容《い》れずに自分にも電話がかかってくるはずだ。

――母さんにはまだ言ってない。

やっぱりそうなのか。

――言う必要、あるかな？

「え？」

思わず耳を疑った。

「結婚したことを親に知らせないなんて……」考えられないことだ。

――僕は親不孝かな。

兄の沈んだ声が耳に残る。

「そんなこと……ないと思うよ。そうだね、わざわざ知らせる必要はないかもね」

言わなければわからないかもしれない。母が突然上京して子供たちの家を見て回るということはあり得ない。ずっと田舎で暮らしてきたから、ひとりで在来線や新幹線を乗り継ぐ勇気はないだろう。

故郷の町には、人種差別的なことを平然と言ってのける雰囲気がまだある。あんな田舎町でマリアやリカルドのことが噂になれば母も暮らしづらくなる。だったら言わない方がいい。親戚の伯父たちにしても、悪い人たちではない。ただ、視野が狭くて道徳心や教養がそこまで追いついていないだけだ。だからこそ……タチが悪いのだが。

――優子も引越しの手伝いに来てくれないかな。

「兄さん、ごめん。私は無理なの」

――どうしてだ。忙しいのか？

「重い物を運べないのよ」

——どこか悪いのか？　病気なのか？

「違うの。妊娠しているのよ。もうすぐ七ヶ月になるの」

沈黙が流れた。電話の向こうで絶句しているらしい。

——そのこと、母さんや姉さんは知ってるのか？

「うん、知ってる」

——相手は会社の人なのか？　結婚はいつするんだ。

どう説明すればいいか、口ごもってしまった。

——妻子ある男なのか？

溜め息交じりに兄は尋ねた。質問の形を取っているが、心の中で決めつけているようだった。

「相手も独身よ。でも事情があって結婚できないの。詳しいことはまた今度話すよ」

——わかった。引越しは業者任せのパックを予約したんだ。優子には、マリアやリカルドが生活しやすいよう手助けしてやってもらえないかと思って。もちろん僕が精いっぱい面倒見るつもりだけど、男だと気づかないことがあるかもしれないから。

「わかったわ。できる限りのことはする。力になれれば私も嬉しいから」

――優子がそう言ってくれると心強いよ。じゃあまたな。

兄は無理に明るい声を出し、電話を切った。

11

午後になって部長に呼び出された。

いつもは社員食堂の片隅にある喫茶ルームなのに、今日はわざわざ会議室を指定してきた。

「お呼びでしょうか」

ノックして入ると、部長は返事もせずに冷たい視線を寄越した。

「何で呼ばれたか、わかってんだろ？」

威圧的な物言いに、驚いて部長を見つめた。

「妊娠してるって聞いたけどね」

そう言いながら、部長は品定めするかのように遠慮なく全身を眺める。

「はい、妊娠は……してますけど？」

「だから女はダメなんだよっ」と、いきなり怒鳴りつけられた。

ここに化石みたいな男がいる。まるで自分がひと昔前のテレビドラマの中にいるような気がした。顔を真っ赤にして怒りに任せている部長は、兄と同じ四十代だ。それなのに、兄とはまるで違う。

「女っていうのはずるい生き物だよな、まったく」

「どうしてですか？」

「だってそうだろ。二〇二一年プロジェクトのリーダーにならないかって話をしたときは、既に妊娠してるのがわかってたわけだろ？」

そうです。わかっていました。だけど、子持ちの横田さんや栗山さんなどの先輩女性社員の悪口をあれだけ聞かされたら、とてもじゃないけど言い出せませんでした。本当はそう言いたかった。

「そんな腹ボテじゃあ、もともとリーダーなんて無理だったんじゃねえかよ。何が『そんな器かどうか考えさせてください』だよ。恥かかせんなよ」

「すみませんでした」

「部長会議で君を推薦した俺の身にもなってみろよ。『やっぱり取り下げます。宮村優子は妊娠しておりました』なんて次の会議で頭下げなきゃなんねえんだぜ」

「申し訳ありませんでした」

恥をかかせるつもりなど毛頭なかったが、浅慮だったとは思う。だが、あのとき咄嗟にどう返事をすればよかったのかは今考えてみてもわからない。妊娠出産が決してめでたいことではなく、ハンデとなってしまう会社員生活の中で、正直に打ち明けた途端に一人前とはみなされなくなる。それが恐かった。既婚女性とは違い、自分にとっては死活問題なのだ。

「取締役会にかけるけど、たぶんみんないい顔しないよ。辞めてもらうしかないと思う」

「そうですか。わかりました。残念ですが、二〇二一年プロジェクトはあきらめます」

だが、なんとしてでも海外出張のない部署に異動しなくてはならない。

「君は冗談を言ってるのか？」

「は？」

「君には会社そのものを辞めてもらうって言ってんだよ」

「どうしてですか？　そんなのおかしいじゃないですか。意味がわかりません」

「頭を冷やして考えてみろよ」

「妊娠したら会社を辞めろってことなら立派なマタハラですよ」

「悪いことは言わないからさ」

部長はいきなりしんみりした声を出した。「国内ツアー担当だった杉浦《すぎうら》のこと、覚えてるだろ？」

杉浦秋子《あきこ》とは同期だった。妊娠して遅刻や早退が目立って増えた。悪阻が治まってくると、今度は仕事の遅れを取り戻そうと無理をして切迫早産しそうになって入院した。すると、彼女が担当していた仕事の穴を埋めるのに、同じチームのメンバーは更に四苦八苦した。それでもしばらくすると退院して出社してきたが、あまり無理はできず、他のメンバー全員が終電ギリギリまで働く中、秋子ひとりが定時で帰宅する日々が続いた。

そのことは、当時企画部にいて同じグループだった奈美から詳しく聞いていた。フルに仕事ができない人間がひとりでもいると、周りの人間が翻弄される。その後、秋子は無事に出産し育児休暇を取った。そのことを奈美が快く思っていないのは明らかだった。奈美は不妊治療中だったから、秋子のことを悪く言うと、子供ができないゆえの嫉妬だと思われかねないから誰にも言えないと打ち明けた。

いったい誰が悪いのか。なぜ毎回こうなってしまうのか。メンバーたちに鬱憤《うっぷん》が溜まり、円滑だったチームワークがぎくしゃくし、嫌気が差して転職していく者が出た。それでも、秋子が育休明けにきちんと復帰してくれれば、まだよかった。保育園に空きがなかったので、秋子は復帰できずに会社を辞めた。そうなると、今まで我慢して秋子の分まで仕事をしてきたメンバーに徒労感が生まれた。どうせ復帰してこないのなら、さっさと新しい人員を配置して欲しかったと。

「仕事に責任が持てないなら辞めてもらった方が助かるんだよ」

「それは困ります。一年間の育児休暇後はすぐに復帰して働き続けたいと思ってます」

「一年も育児休暇を取る？　それ、本気で言ってるわけ？」

「法律で決まってます」

「そんなの大企業の話だろ。うちみたいな小さい会社ではあり得ないよ」

「だって、横田さんや栗山さんは育児休暇を取って、今も働き続けてるじゃないですか」

「確か一年も取ってないはずだよ」

「えっ、そうなんですか？」

「そんなことよりさあ、横田や栗山がどれだけみんなに迷惑かけてるか知ってんだろ。周りの連中は本当に頭にきてるんだよ」

「だったら、補充のアルバイトを雇えばいいじゃないですか」

「昨日今日で覚えられる仕事じゃないだろ。宿泊先との交渉や交通機関との連携や、それらに絡む法律的なことも含めて専門的な知識がいるだろ」

「でしたら、そういう人材を増やせばいいと思います。男性も長時間労働ですし」

「人を増やす？　その給料はどこから出るんだ？　子持ちの女性陣が出してくれるわけ？」

「そんな……」

「あのさあ」

部長はこれ見よがしに大きな溜め息をついた。「出産後もそんなに頑張って働く理由が俺には全然わかんない。自己実現ってヤツ？　古い言葉で言うとウーマンリブってことか？」

「働かないと経済的にも困るんです」

「別居結婚だっていうじゃないか。さっさとお寺の奥さんになりゃいいだろ」

「えっ？　私が寺の住職と結婚するって、誰に聞いたんですか？」

「誰だったか忘れたよ。だってもう社内中の噂だぜ。別に隠す必要もないだろ」

言われてみればその通りだった。故郷の同級生と結婚する。そんな平凡な話を内緒にする必要はない。水野や紗絵が気軽に話題に出してもおかしくはなかった。

「初めて君の妊娠を知ったときはびっくりしたよ。お腹の子の父親が誰だかわからないだとか、相手は妻子ある男だとか、色んな噂が飛び交ってたからね」

「えっ、そうだったんですか」

「高校時代の同級生で住職だってこと、最初からみんなに言っておけば良かったじゃないか。ある日突然、未婚の女の腹が目立ってきたりしたら、誰だってびっくりするだろ。真面目そうな顔して陰では何やってるかわからないなんて思われたら損だぞ。それに、一旦そういった強烈な印象を与えてしまうと、あとで間違いだったとわかっても、悪いイメージは簡単には払拭できないからね」

そういうことだったのか。噂になっているのに、誰ひとり尋ねてこなかったのは。もしも自分が既婚の女なら、廊下ですれ違ったときやエレベーターの中でも、次々に話しかけてくるはずだ。

――おめでとう。予定日はいつなの？

――性別はもうわかってるんですか？　旦那さん、喜んでるでしょう。

――名前の候補はあるの？

だが実際は遠巻きに見ているだけだった。長年同じ企画部で働く仲間でさえ、正面から尋ねてくるメンバーはいなかった。それはすごく不自然なことだった。すでにお腹も膨《ふく》らみ、目敏い人間なら気づいてもおかしくない。

――えっ、妊娠してるの？　だって宮村さん、独身じゃなかったっけ？　どうなってんの。まさか不倫とか？

そう言って、あっけらかんと尋ねてほしかった。やはり日本では未婚の母はタブー視されているらしい。仕事で外国へ行くたびに、日本ほど素晴らしい国はないと思い知る。清潔さでは抜きん出ているし、道を尋ねれば誰もが親切だ。だが……。

――日本人、可哀想ネ。日本人ハ、人生ヤリ直シデキナイモンネ。

そう言ったのは、どこの国のガイドだったか。

——悪イコトシタラ大々的ニ報道サレテ一生台無シネ。デモ僕ノ国ナラ遠イトコ行ッテ名前変エテ別人ニナレルヨ。

管理された社会はこうも窮屈だ。人の目が鬱陶しい。

「女も若いときはかわいいけど、腹ボテになると終わりだね。どこまでも図々しくなる。まっ、オバサンってものが厚顔無恥だってのは世間の共通認識だけどね」

そう言って汚い物でも見るように腹部をじろじろ見る。「羞恥心がなくなると女も豹変しちゃうよな。でも、腹の子の父親がはっきりしてよかったよ。そうじゃなきゃ社内の風紀が乱れるし、昔風に言うと所謂《いわゆる》『日陰の女』になんかなられちゃあ、妙に艶《なまめ》かしい感じがして、色眼鏡で見るなっていう方が無理だもんな。それにしても由緒正しい寺の住職と結婚できるなんてラッキーだったじゃないか。君くらいの年齢の女には上等すぎるくらいだよ。あっ、これはセクハラじゃないよ。あくまでも一般論だからね。じゃあ、そういうことで」

話は終わったとばかりに、部長は早足で部屋を出ていった。

自席に戻ったあとは、仕事が捗らなかった。会社に居座り続けられる自信が一気に萎《しぼ》んだ。そもそも保育園に入れるかどうかもわからない。横田や栗山を見ていてもわかることだが、子供の病気で頻繁に休むことは避けられないだろう。そうなる前に会社を辞めろということか。少子化対策などと政府が掲げたところで、中小企業は経営であっぷあっぷしているのに、そんな慈善事業みたいなことは言っていられない。会社組織の中では、子供を持つことは確実にハンデになる。

　実家から遠く離れた場所で、ひとりで子供を育てながら定年まで勤める。そんなことは到底不可能に思えてきた。子供を産むのはそれほど無謀なことなのか。産んだら社内は敵だらけになるのか。いや、もうなっている。奈美でさえ、あれから連絡をくれないのだから。


　暗い気持ちを引きずったまま帰宅した。

　この世から消え去ってしまいたいような気分だった。妊娠したことで、人間関係も生活もすべてが壊れていく。どこにも居場所がない。

　マンションの一階にある集合郵便受けを覗くと、母からの封書が入っていた。なにやらぷっくりと膨らんでいて、切手も通常より多めに貼られている。エレベーターに乗り、封筒の上から触ってみると柔らかかった。布製の物？　もしかして、フェルトで作った人参クンとか？　あんなもの要らないのに。ああいった代物はいちばん迷惑だ。母の手作りだと思えば、不要な物でも捨てにくい。

「今日の精神状態は最悪だね」と、誰もいないのをいいことに、声に出して言ってみた。

　エレベーターのドアが開いて降りようとしたとき、甲高い笑い声が耳に飛び込んできた。

すれ違うようにして若い男女が乗り込んでくる。挨拶を交わしたことはなかったが、女性が同じ階に住んでいるのは以前から知っていた。たぶん二人ともまだ学生だろう。カジュアルな服装だが、バッグだけは高級ブランドだ。いつ見ても同じバッグだから、ひとつしか持っていないのだろう。そういうところが微笑ましかった。

——あなたたち、学校を卒業したらすぐに結婚した方がいいよ。

そう心の中で言い、そんなの余計なお世話だよ、と自分に突っ込みを入れると苦笑が漏れた。自分にも学生時代に恋人がいた。卒業後、それぞれ違う方面に就職して忙しくなり、土日は疲れ果てて寝てばかりとなると、自然に会う機会が減っていった。

——結婚のタイミングを逃すと、私みたいにグチャグチャの人生になるよ。

廊下を進みながら、またもやお節介なことを口の中でもごもごと言ってみた。本当は、頭の中に居座っている部長の不機嫌な顔を追い払いたかっただけだ。だから気を紛らわそうと、違うことを考えようとしている。それは自分でもわかっていた。だが、部屋に入って靴を脱ぐ間も、部長の冷たい言葉が頭の中をぐるぐる回っていた。

——君には会社そのものを辞めてもらうって言ってんだよ。

部屋着に着替えてから、帰りにスーパーで買ってきた総菜をテーブルに並べた。母からの封書はテーブルの上に置いたままだ。開封すると、余計に気分が暗くなる予感がした。人参クンを見たら、能天気な母の顔が思い浮かび、やり場のない怒りが更に膨らみそうだった。関口に父親になってくれと頼むなんて非常識にもほどがある。それよりも何よりも、関口の籍を借りようかと一瞬でも心が動いた恥知らずな自分を思い出し、自己嫌悪に陥りそうだった。

ああ、もう何もかも嫌だ。今日は一度もお腹に手を当てていない。お腹の子を愛しいと思えない瞬間があるなんて、今まで思いもしなかった。

グラスにミネラルウォーターを注ぐと簡単な食卓が整った。テレビをつけてニュースにチャンネルを合わせる。ときどき封書を横目でにらみながら、遅い夕飯を食べ始めた。こんなに嫌な気分だというのに、食欲だけはある。そのことが一層惨めさに拍車をかけた。自分が単なる動物に思えてきて、あの餓鬼の絵が再び思い浮かんだ。

夕食を終えると、仕方なく母からの封書をハサミで開封した。どんな顔つきの人参クンだろうと思ったら、「安産祈願」と金糸で縫い取られた朱色のお守りが出てきた。便箋が一枚入っていて、実家の鄙《ひな》びた匂いがした。

——優子、元気ですか。出産のときは里帰りしなさいね。実家近くの病院の方が安心です。私が世話してあげるから。それでは身体に気をつけてネ。

「……母さん」

お守りを頬に当てたら涙が滲んできた。

しばらくして気持ちが落ち着いてから、母にお礼を言おうと電話をかけた。

「もしもし、母さん、お守り、ありがとう」

――優子、たまには帰ってきたらどないじゃ？

「だって……」

こんな大きなお腹をかかえて帰省する勇気はなかった。父なし子を妊娠しているという噂があっという間に町中に広がるのは当然としても、実際にこの姿を見られるのはいやだった。

――そういえば、この前、成瀬鮮魚店の娘さんが子供たちを連れて帰っておられたよ。

「えっ、昌代が？　子供って、黒人とのハーフの？」

――それじゃ。男の子と女の子じゃった。

プチ同窓会では、昌代はもう二度と帰省しないと言ったと聞いた。あの噂は間違っていたのだろうか。

――聞いたら六歳と四歳じゃって。二人で手え繋いで散歩されとったわ。母親が育った場所をようよう教えてやりたい言うて、幼稚園から高校まで見て歩いたり、お城山やら家老屋敷やらあちこち歩き回っとんさったんじゃ。その途中でうちの前を通りんさっての、そのとき向こうから声をかけてきんさった。『優子ちゃんのお母さん、こんにちは』って。

母のことだから、何か不用意なことを言ったのではないか。心配になってきた。

――近くでよう見てみたら、二人ともごっついかわいい顔じゃった。睫毛なんて二センチ以上はあってのう、笑顔がまたええんじゃわ。きっとああいうのを英語でキュートっちゅうんじゃのう。

「やだ、母さんたら、じろじろ見たの？」

――そりゃあ見るわいな。ほんだってごっつい珍しいんじゃもん。田舎に住んどったら黒人なんて滅多に見られんけえ、チャンスじゃからの。

「昌代は怒らなかった？」

――なんで怒ったりするんじゃ。にこにこしとったよ。ほんやで『うちに上がってお茶でも飲んでいかんか』って誘ったら、『ほんなら遠慮のう、ちょっとだけ』って。

「えっ、うちに上がったの？」

――そらそうや。子供らは二人とも英語も日本語もペラペラじゃったわ。ほんで二人とも合唱団に入っとるらしゅうて、『スワニー河』を歌《うと》うておくれたんじゃ。ごっつい上手じゃったぞ。ほんやから私も出血大サービスで、お返しに民謡の触りの部分だけちょびっと歌うてあげたんよ。真剣な顔して聞いてくれての、盛大な拍手をいただきましたんやわ。帰りにトーテムポールに身長も刻んであげたから、優子も今度帰ってきたとき見たらええよ。

はったよ。

「うん、そうする」

――それにしても昌代さんて変わっとるね。ええ年して自分も身長を刻んでくれって言わ

「へえ。相変わらず面白い人だね」

無性に昌代に会いたくなった。

12

近藤凡庸から呼び出されたのは土曜日の夜だった。

宗教の学会に出席するために上京したのだという。もしかして、関口から妊娠のことを聞いたのだろうか。関口は案外と口が軽い男なのか。考えてみれば、彼の人となりをそれほど知っているわけではなかった。

六本木のスターバックスに行くと、奥の席に凡庸が座っているのが見えた。難しそうな顔をしてノートパソコンを睨んでいる。寺の住職ではなく、やり手の営業マンに見えた。それというのも髪が伸びていたからだ。

飲み物を買って向かいに座ると、大きなソファに身体が沈みこみそうになった。

「すまんのう、忙しいとこ呼び出したりして」

どうやら妊娠のことは知らないようだ。その証拠に、関口のようにこちらの腹部を凝視したりはしない。

「凡庸も元気そうね。東京にはよく来るの？」

「年に二回は来よる。田舎の寺でおとなしゅうして生涯を終えるつもりやったのに、わし、なんや知らん間に頭角を現わしてしもてなあ。学会に出る度に鋭い質問をしたのがまずかったらしい。天才肌っちゅうもんはなかなか隠すのが難しゅうて、すぐにバレてしまう」

凡庸はユーモアたっぷりに語るが、たぶん本当のことなのだろう。

「頭を剃るのはやめたの？」

「そうなんじゃ。前回上京したとき、ウィンドウに映る自分を見てびっくりした。風体《ふうてい》が異様じゃったからの。なるほど擦れ違う人みんなが、わしのことをチラリと見るわけじゃと納得した。頭丸めて太ったおじさんゆうのは、東京では堅気《かたぎ》には見えん。田舎じゃったら周りのもん全員がわしのこと鹿隠寺の住職じゃって知っとって、道で会《お》うても愛想よう挨拶してくれるけえ長年気づかんじゃった」

「言われてみれば確かに異様だったかもね」

「この髪型なら二ヶ月に一回床屋でチャチャッとやって終《しま》いやから、今までみたいに三日に一回家で剃るよりよっぽど楽なんじゃ。残るはメタボな腹じゃ。運動して痩せることに決めたんじゃ」

そう言う割には、凡庸の前には甘そうな飲み物が置いてある。

「凡庸のそれは、何ていう飲み物なの?」

「宮村さん、東京に住んどってそんなことも知らんのか。これはダークモカチップクリームフラペチーノじゃろ」

そう言って、びっくりしたようにこちらを見る。

「東京に住んでるからって、スタバのメニューを全部知ってるわけじゃないよ」

「そうなんか、そういうもんか」

「年に二回も上京してるんなら、今までも声かけてくれたらよかったのに」

彼はそれには答えず、ストローでゆっくりと茶色い液体を吸い込んだ。そのとき、妊娠のことを知っているのではないかと思った。彼の人柄からいえば、どんな質問にも丁寧に答えてくれるはずだ。親切なだけでなく、話すこと自体が好きなのだ。高校時代から法話の上手さは町でも評判で、その頃から立派な跡継ぎだと言われていた。そんな彼が今、黙っている。

そのうえ、年に二回も上京していて、声をかけてくれたのは今回が初めてだ。

「どうしたの? 凡庸が私に声かけてくれるなんて、なんかあったの?」

「うん……先週やったかな、宮村さんの御母堂《ごぼどう》が、うちの寺に来《き》んさったんじゃ」

啞然とした。関口から聞いたのではなかったのか。次の瞬間、母に対して猛然と腹が立ってきた。いったい母はどこまで愚かなのだろう。安産祈願のお守り袋を見て泣いた自分が馬鹿に思えてきた。母は、関口がダメなら次は凡庸だとでも思ったのか。

「へえ、鹿隠寺にねえ。何しに？」

本当は尋ねたくなかった。聞かずともわかっている。そもそも実家は鹿隠寺の檀家でもないし、ふらりと散歩がてらに寄るほど近所でもない。

「端的に言うと、えっと、そうじゃのう……」

端的と言う割には、凡庸は口ごもっている。

「なんなの？　はっきり言ってよ。うちの母さんがなんか迷惑かけたんでしょう？」

籍を入れてやってくれと頼みに行ったに違いない。この場から逃げ出したくなった。その一方、それがどうしたという破れかぶれな気持ちが腹の底から湧き出てくる。

——みんなうるさいよ！　私のことは放っておいてよ。

口には出さないが、最近は「うるさいよ！」と心の中で叫ぶことが多くなった。そうでもしないとストレスが溜まって仕方がなかった。

「御母堂を庫裏の方へ案内してお茶を差し上げたんじゃ」

「それは申し訳ございませんでした。お忙しいだろうに」と頭を下げた。

きちんとした言葉遣いが冷たく聞こえたのか、ハッとしたように凡庸はこっちを見た。

「迷惑なんてことはないんじゃぞ。それに、ちょうど檀家さんからもらった美味しいお饅頭があったもんやから」

「それで？　なんなの？　何が言いたいの？」

さっきまでとは打って変わってきつい言い方になってしまった。

「それでのう……」

さっさと言いなさいよ。

「うちの母が『優子のお腹の子の父親になってくれんか』って言うたんじゃろ」

感情が高ぶり、つい方言に戻ってしまった。

「なんや、宮村さん、知っとったんか」と、凡庸の頬が緩む。

「知るわけないじゃろ。言うとくけど母が勝手に動いとるんじゃ。私が頼んだんじゃない」

「それは知っとる。『優子に内緒で来てしもた』と御母堂がしきりに言っておられたんでな」

「ご迷惑かけて本当にすみませんでした」

再び頭を下げた。「あれが自分の母親かと思うとつくづく恥ずかしいよ」

「宮村さん、そんな言い方したらあかんよ。御母堂は必死じゃった。心の底から娘のことを案じておられるんじゃ」

「そりゃそうかもしれん。でも、やり方が無茶苦茶じゃわ。びっくりしたじゃろ。私が結婚もしとらんのに妊娠しとるって聞いたときは」

「いいや、全然驚かんよ。そんなんとっくに知っとったから」

絶句して、凡庸を見つめた。

「どうして？　関口くんから聞いたの？」

「関口？　アイツはもっと前から知っとったんか？」

ということは、母が関口に頼みに行ったことを凡庸は知らないということか。

「関口くんじゃないなら、誰から聞いたのよ」

他には誰にも話していないはずだ。

「誰って……もう町中の噂じゃもん。うちで飼っとるミャーコも知っとるくらいじゃから」

猫の名前を出してユーモラスに語るが、とてもじゃないがこっちは笑えなかった。町中の人がみんな知っている。ああ、田舎で生まれ育ったことが恨めしくなる。東京育ちの人が羨ましい。東京にもコミュニティはあるにはあるが、代々その地に住んでいる人は少ない。結婚して実家を出て新しい住居を構え、子供が生まれたら広い所に移り、頭金が貯まったら家を買い、老後は小ぶりなマンションに買い替える。その度に知らない地域へ引越していく。

それに比べて、田舎は一旦噂になったら末代まで伝えられる。自分が未婚の母になったことも、今後長年に亘って忘れ去られることはないだろう。

それにしても、いったい誰の口から漏れたのか。町で知っているのは母と関口だけのはずだった。たぶん母は、口の堅い希和叔母にだけは相談したのではないか。いや、きっとそれだけではない。だって関口や凡庸にも頼みに行ったくらいだ。「ここだけの話にしてほしいんじゃけど」とか何とか前置きをして、昔からの知り合いなどにも打ち明けたのではないか。信頼できる人物と見込んでのことだろうが、人の口に戸は閉《た》てられない。娯楽のない田舎で日頃から暇を持て余して話題に飢えているとなれば、噂が広まるのは、あっという間だったろう。

——うるさいよ！　他人のあなたたちに何の関係があるのよっ。

心の中で、また叫んでいた。

「ありがとう。わざわざそれを伝えに来てくれたのね」

皮肉を込めて言ったつもりだった。電話で教えてくれるだけで十分だったよ。こうやって向きあうと、平気な顔を装わなくちゃならない分、疲れるんだよね。

皮肉が通じなかったのか、凡庸は穏やかな表情で、難しい名前の甘い飲み物を美味しそうに飲んでいる。

今ごろ母は、近所の好奇の目に晒されているのだろうか。この分だと、きっと伯父たちの耳にも入っているだろう。母はどれほど肩身の狭い思いをしていることか。自分が妊娠したことで、たくさんの人を騒動に巻き込んでしまった。母は商店街に買い物に行って知り合いに会うたびに、嫌なことを言われているのではないか。伯父に呼び出されて、「恥をかすな」などと詰《なじ》られているのではあるまいか。

「先週じゃったかのう、東京から女の人が寺に訪ねてこられたんじゃ」

早く帰りたい。そのことしか頭になかった。だからコーヒーを一気に飲み干し、これ見よがしにバッグに手を突っ込んで携帯を出して時刻を確かめた。

「ちょうどそのときなあ、石屋の若夫婦が墓石の土台の寸法を測りに来とったんじゃ」

「へえ、そうなの」

そんな話題には全く興味はなかったが、相槌を打つしかなかった。

「石屋の嫁はんが東京から来た女の人を見て、『あれは誰じゃ、住職のええ人か』ってしつこう聞いてきて往生したわ。石屋の嫁はんも、ああ見えて女なんじゃのう。あんな服は田舎では売っとらんとか、洗練された雰囲気やとか言うて、えろう褒めとったがな」

「ふうん」

あの天才肌だった凡庸も、田舎で暮らしていると、こんなどうでもいい話を延々とするようになるのか。そう思うと、一層うんざりした。

「確か、モスグリーンのストライプのワンピースじゃった」

「えっ、モスグリーン？　それもストライプ？」

知らない間に大きな声を出していた。隣でパソコンを睨んでいた青年がビクッと身体を震わせて顔を上げかけたが、そのままパソコンに向き直ってくれた。

その特徴のあるワンピースなら、紗絵が何度か会社に着てきたことがある。印象深く覚えているのは、なんて素敵だろうと思ったからだ。すごく似合っていたし、ウエストがシェイプされていて、全体のラインが美しかった。

「凡庸、ごめん、今の話、もう一回最初から聞かせてくれる？」

「なんや、聞いとらんかったんかいな」

「そんなことないよ。聞いてたのは聞いてたんだけどね」

だけどね、つまらない世間話だと思ったから、真剣に耳を傾けていなかっただけ。

「ほんやからな、先週突然見知らぬ女の人が東京から寺を訪ねてきたんじゃ」

「その人、名前は何ていうの？」

「それがのう、何べん聞いても『名乗るほどの者じゃありませんから』って言わはる」

「どんな感じの人だった？」

「そらごっつい美人じゃった。けど、なんとのう誠実な感じには見えんかった」

「例えば、どんなところが？」

「なんや知らんけど信用でけん感じ。始終目が泳いどるし、わしみたいな田舎の坊主なんか口先で簡単に騙せると思っとるような雰囲気かな」

その女性は青木紗絵なのだろうか。だが、そこまでするだろうか。東京からだと日帰りはきつい。あのワンピースは、有名ブランドだから、どこのデパートでも売っている。だとしても、プロポーションに自信のある女しか買わないと思う。ということは……ああ、失敗した。前もって凡庸に口裏合わせを頼んでおくべきだった。まさか紗絵が鹿隠寺までわざわざ行くなんて、考えもしなかった。

「それ、いつのこと？」

絶望的な気分で尋ねた。

「先週の土曜日じゃ」

つまり、凡庸との結婚は嘘だったと、紗絵には土曜日の時点でバレていたのか。水野の耳にも入っただろうに何も言ってこない。仕事中の水野の表情にも特に変化は見られなかった。

「その女性はひとりで来たの？」

「そうじゃ、ひとりじゃった」

紗絵は水野には内緒で行ったのだろうか。

それにしても……ああ、バレてしまった。大きな溜め息が漏れた。

「わし、何のことやら事情がわからんかったから、適当に話を合わせておいたんじゃけど、あれでよかったんかの」

「話を合わせたって、どういうふうに？」

「挨拶もそこそこに、いきなり『ご結婚はされてるんですか』と聞いてきたから、不審に思ったんじゃ。だから『それより、どうして東京からわざわざこんな有名でもない寺にお越しくださったんじゃ』と質問で返してやった。そしたら、しどろもどろになりよった。それまでは女優みたいじゃったんだぞ。どこぞにカメラでもあるんかと思うほど、上品に微笑んだりして芝居がかった態度じゃったのに」

紗絵の振る舞いが目に浮かぶようだった。

「そこでわしは俄然《がぜん》、面白うなってきてのう」

凡庸がさもおかしそうに笑う。顔つきがいつもの凡庸に戻っていた。話好きで人の好さを感じさせる表情だ。

「田舎に暮らしとると、退屈でたまらんから、ああいったストレンジャーは大歓迎じゃ」

「凡庸は貧困な子供たちの世話で忙しいんじゃないの？　ホームページで読んだよ」

「ほうか、宮村さん、知っとっておくれたか。あのホームページはわしが作ったんじゃ。なかなか上手にできとろう。プロに頼んだんかって聞いてくる人もおるくらいじゃ。わし、ほら、文系も理系もようできたじゃろ。まっ、それで、わしのお陰で不登校の子がぐんと減ってのう。放課後は寺が進学塾のように賑わうんじゃが、昼間は不登校が減ったせいで暇なんじゃ。たまには葬式でもあればいいんじゃが、ここ何ヶ月も誰も死によらん。町内の老人らときたら農作業しとるせいか、みんな丈夫で長生きでかなわんわ。寺の収支もちっとは考えて、ある程度の歳になったら死んでくれんと困るんじゃけど」

「そんなことより、その女の人の話を聞かせてよ」

「ああ、そうじゃった。こんな田舎に何しに来たのか、もういっぺん聞いたら、『出張で来たんです』と、こうや。どんなお仕事ですかって聞いたら、また詰まりよった。次に『住職には婚約者がいらっしゃるでしょう』ときた。なんや知らんけど、えらいわしの結婚に興味があるらしい。ほんやから、婚約者がおるようなおらんようなって適当に答えといた。そしたら、『檀家の人たちに反対されてるんですよね』ときた」

ああ、やっぱり青木紗絵だ。紗絵は総務部のパソコンで社員名簿を調べ、籍を入れていないことを知った。それを聞いた水野が追及してきた。そのとき自分は、檀家の反対にあっていると咄嗟に答えたのだった。

「いったい何の話をしてはるんじゃろ、わしの知らんとこで変なストーリーができあがっとると不気味じゃった。ほいでもとにかく、この女の人は誰なんか、ほんで何の目的で来たのかを探るために、わしはのらりくらりと適当な返事をしてやり過ごすことにした。きっとそのうち、向こうから尻尾《しっぽ》を見せるじゃろと思うてな。こういうときは、いっつも亡き母に感謝申し上げるんじゃわ。こないな頭のええ子に産んでくれておおきにって」

「そんなことどうでもいいから、先を聞かせてよ」

「すまん。また脱線してしもた。宮村さん、そんな恐い顔せんといてえな。わし女の人が怒ると恐いのよ」

「怒ってないってば。それで、どうなったの？」

「そもそもわしが誰と結婚しようが、檀家が口出ししたりするかいな。そんな大層な寺でもなし、相手がどないな女性じゃろうが、嫁の来手があっただけでも有り難いとみんな思いよる。ほんでも相手の質問に対しては、『はあ』とか『まあ』とかええ加減に答えとった」

「そしたら？」

「女の人は痺《しび》れを切らしたみたいで、『反対されてもいずれは結婚なさるんでしょう』と決めつけるように言いよる。ほんでわし、『それはどうかな』と答えたら、女の人はえらい勢いで『だって相手の方、妊娠されてるじゃないですか』と叫ぶように言いよった。そこで、やっと宮村さんのことやとピンときたわけよ。あんたが未婚やのに妊娠しとるっていう噂を知っといてよかったわ」

しゃべり続けて喉が渇いたのか、凡庸は水をごくごくと飲んだ。

「つまり、わしが宮村さんのお腹の子の父親だと思われとる。もしくはそうやないかと疑っておられる。だからこんな遠くまで足を運んで来んさった。ということはつまり、その美人はんは、宮村さんのお腹の子の父親の嫁はんか恋人のどっちかっちゅうことになる」

凡庸の推理にドキリとしたが、ポーカーフェイスでやり過ごした。

「面白い考え方ね。それで？」

「そこでわしはカマをかけたんじゃ。『旅行会社にお勤めですか』って聞いたら、もうびっくりした顔してわしをじっと見つめよる。あないな顔は肯定しとるも同然じゃ。『どうしてそう思うんですか』って聞き返しよるから、『出張でこんな田舎の寺に来るゆうたら、国内旅行のパックに組み込むための下見かなと思うたんです』と答えてやった。わしんとこの寺はああ見えても、ほんまは由緒ある寺やし、庭も文化財ゆうてもおかしゅうないほど趣がある。団体ツアーのコースに入れてくれたら、絶対に拝観料取ってやろうと手ぐすね引いて待っとったんじゃ。三百円にしようかと思っとったけど、庭木の剪定《せんてい》代やら手入れの手間を考えたら、四百円でもバチ当たらんかもと考え直した。宮村さん、どない思う？　四百円は取りすぎじゃろか」

「そんなことどうだっていいよ。それより、そのあとどうなったんじゃ」

「その女の人はとうとう聞きよった。『お相手のお名前は何ですか』って。そのアホさ加減にわし、びっくりしたわ」

「どういう意味？」

「ほんだって、初対面の坊主の婚約者の名前を知りたがる人間がどこにおる？　そんな質問したら怪しまれるって普通は思うじゃろ。そんなことも、わかっとらんとは鈍すぎる」

そうなのだろうか。青木紗絵は鋭くて侮《あなど》れないと思っていたのだが、凡庸から見たら全く違う印象らしい。

「それとも、わしのこと田舎のぼうっとした坊さんやと思って油断してはったんかもしれん。わし、知らん人から見たらボケッとしてアホに見えるって、子供の頃からよう言われとったから」

「それで、何て答えたの？」

「わしの婚約者は宮村優子という名前です、と嘘ついた方が宮村さんが助かるんじゃろか、それで丸く収まるんじゃろかと迷っとったら、向こうが『もしかして秘密なんですか』と聞いてきよるから、『そうなんじゃ、檀家がうるそうて名前は今は明かせんのじゃ』と答えたら、えらい納得されたご様子じゃった」

「その人、すぐに帰ったの？」

「ついでじゃから庭を案内してあげたり、ピアノやサックスを演奏して差し上げましたわ」

凡庸はスポーツはからきしダメだったからクラブ活動は運動部ではなくて吹奏楽部だった。そこでアルトサックスを吹いていた。天才的にうまいとクラブ顧問だった音楽教師がベタ褒めだった。凡庸は子供の頃から様々な習い事をしていて、その中にピアノもあった。習い始めたのが小三という遅さだったが、驚くほど上達が速かった。自分は幼稚園から習っていたというのに、すぐに凡庸に追い越されてしまったのを、ふと思い出した。

「そのあと、お茶を差し上げて、身の上話を聞かせてもろたで」

「どんな？」

紗絵に身の上話というほどの暗い過去があるとは思えなかった。

「なんや複雑な貧困家庭で生まれ育ったから、上流家庭に強い憧れを持ってはるみたいやった。今つきおうとる彼が立派な家柄のお坊っちゃんらしいけど、なかなかプロポーズしてくれんって焦ってはったわ。相手の年齢を聞いてみたら二十八歳や言うから、そりゃ三十九歳のわしでもいまだに独身じゃのに、その若さではなかなか踏ん切りがつかんじゃろうと申し上げた。でも女の自分はそうはいかん。売りどきっちゅうもんがある。今二十六歳やから、おちおちしとったら三十歳になってしまうとおっしゃっての」

紗絵は初対面の凡庸に心を開いたらしい。袈裟《けさ》を着て、おっとりと構える姿を見たから心を許したのか。凡庸の寛大さや優しさを、短い時間でも感じ取ったのかもしれない。

13

七ヶ月をすぎてお腹はかなり目立つようになっていた。

早朝の会社は静まり返っていた。まだ正面玄関が開いていない時刻なので、いつものように警備員室に立ち寄って鍵をもらう。七十歳前後と見える警備員は、定年退職後の第二の人生を楽しんでいるのか、常に柔和な笑みを浮かべている。こちらもついつい微笑んでしまい、顔なじみになった。

狭い廊下を進んでいくと、ぱっと視界が開けた。広いロビーと正面玄関が見える。ひんやりした空気の中、エレベーターのボタンを押して扉が開くのを待っていると、眠そうな顔をした若い男性が出て来た。このオフィスビルには、様々な会社が入っている。中でもIT関連に勤める従業員は、徹夜が多いのか、朝になって退社していく者も少なくなかった。

空っぽになったエレベーターに、ひとり乗り込んだ。いつもなら企画部のある八階まで停まらないのだが、その日は珍しく貸し会議室のある三階で停まり、扉が開いた。

乗ってきたのは瀬島葉介だった。何年か前に専務になり、今は次期社長と目されている。眉間に皺を寄せ、難しい顔をしていた。分厚い書類に目を落としたままで顔を上げない。エレベーターのボタンを押そうともしないが、自分と同じ総務部や企画部のある階で降りるつもりなのだろうか。この狭い空間の中で、元不倫相手と二人きりだとは想像もしていないのだろう。こちらも黙っていた。気づかないまま降りてもらいたかった。

「おっと、いけない」

瀬島はそう言うと、慌ててエレベーターのボタンを押した。社長室と役員室のある七階だった。そして、手もとの書類に視線を戻そうとした途中で、何気なくといった感じでこちらを見た。

「あ」とだけ彼は言った。彼の視線がこちらの腹部に下りてくる。「えっ、なんで？」

そう言って、腹部と顔を交互に見た。「宮村さん、おめでたなの？」

優子と呼び捨てにしていたはずだが、淀《よど》みなく宮村さんと呼んでくれてほっとした。

「はい、そうです」

「そうだったのか、それはおめでとう」

笑おうと努力しているようだが、ぎこちなかった。「結婚したんだね。知らなかったよ」

「いえ、結婚は……していません」

「え？　それ、どういう意味？」

そのとき、エレベーターが七階に着き、ドアが開いた。彼はドアを押さえたまま降りようとしない。「もしかして、鳥山部長が騒いでた妊婦って宮村さんのことだったの？」

「部長が騒いでたって、どういうことですか？」

「この前の会議でね、あの部長さん、ずいぶんご立腹の様子だったよ」と苦笑する。

次の瞬間、腹の底から怒りが込み上げてきた。苦笑して済むような軽い問題じゃない。こちらは生活がかかっている。

「じゃあ、頑張ってね」

そう言って瀬島は扉から手を離し、廊下へ出た。

「いったい、何をどう頑張ればいいんですかっ」

静かな廊下に大声が響き渡った。

言ってすぐに後悔した。「すみません、何でもありません。今の、忘れてください」

瀬島とつき合い始めたとき、二十六歳だった。仕事のできる瀬島は、当時三十八歳の若さで部長を束ねる統括部長だった。父親の仕事の都合でイギリスで生まれ育ったため、英語が堪能だ。瀬島には同い年の妻がいて、あのとき結婚十二年目だったが子供はいなかった。

栗山は四十代後半だが、いまだに自分と同じ課長代理だ。いつだったか、部長が非難していたことがあった。栗山は息子が高校受験前だから早く帰る日があると。

「七ヶ月です」

「保育園の目処《めど》はついてるの？」と横田が尋ねる。

「区役所に行って登録はしたんですが、まだはっきりとは……」

「ダンナさんはお寺の住職なんだってね」

「……はい」

「別居してまで働くなんて、頑張るわね」

「ええ、まあ」

「実は私たち、心配してたのよ」と横田が声を落とした。「妊娠したことで、部長に嫌味言われてるんじゃないかって」

横田は小学生と保育園児の二人の子供がいると聞いている。子供が熱を出すたびに会社を休むのだと、烏山部長が苦々しく言っていたのを思い出した。

「嫌味といいますか、まあ、少し」

「やっぱりね」と二人は顔を見合わせてうなずき合った。

「お二人は、出産前後をどうやって乗りきられたんですか？」と尋ねてみた。

「私のときは上司が瀬島さんだったから助かったの」と栗山が言う。

「えっ、瀬島さんだったんですか？」

「あら、宮村さんは瀬島さんを知ってるの？」

「……ええ、少し」

「あの人、話のわかる人でしょう？　瀬島さんと奥さんは大学の同級生でね、奥さんはメガバンクの総合職だったのよ。だから共働きは他人ごとじゃないって言ってくれたの」

絶句していた。瀬島の妻が働いていたとは知らなかった。それも、瀬島と同じ一流大学を出ていたなんて想像もしていなかった。

――昼間から友人たちとカフェでおしゃべりしているお気楽な子供のいない専業主婦。

そう決めつけていた。会ったこともないのに……。

何の取り柄も魅力もない女だと勝手に見下していた。自分の都合のいいように思いたかっただけなのか。地方から上京した自分は、都会に暮らすエリートの中年女性など想像したこともなかった。それに、瀬島は少しも妻のことを話さなかった。自分にしても妻のことは聞きたくなかったから、二人の間では妻は存在しないも同然だった。だが今になって考えてみれば、妻の稼ぎがあったからこそ、瀬島はあんなにリッチだったのではないか。ホテルはいつもコンラッド東京かマンダリン　オリエンタル東京だったし、豪華なディナーもそこで取った。

「瀬島さんに比べたら、烏山部長は化石みたいな男だもんね」と栗山が溜め息交じりに言う。

「つまり出産後も働けるかどうかは、上司の胸三寸で決まるってことですか？」

「残念ながらそういうことだね」と横田が言う。

「だったら私はいったいどうしたらいいんでしょうか」

「どうするも何も、絶対に働き続けたいんでしょう？」

「はい、経済的にも働かざるを得ないので……」

「ふうん」

本当は、どういう事情があるのか聞きたいのだろう。なぜ別居するのか、なぜ素直に寺に嫁がないのか、どうして経済的に困っているのか。そんな疑問が次々と二人の頭の中に渦巻《うず》いているに違いない。だが二人とも何も尋ねてこなかった。そんな配慮が嬉しい。もうこれ以上嘘をつくのは自分でもウンザリだった。

「経済的に困るなら遠慮してる場合じゃないよ。烏山の言うことなんか無視すればいいよ」

栗山は部長を呼び捨てにした。過去に頭にきたことがあるのだろう。

「ですけど、周りのメンバーが迷惑すると言われてしまうと……」

「そりゃあ迷惑はかけるよ。現に私たちもいまだに迷惑かけてるもの、ねっ」と、栗山は横田に向かって言った。

「栗山さんはまだいい方ですよ。お子さんが大きいですもん。うちなんか下の子が保育園だから定時上がりさせてもらっているし、熱を出すこともしょっちゅうで本当に申し訳なくて、実は針の筵です」

「それは私だって同じよ。グループメンバーの目を正面から見られないもの」と栗山は言う。

「私の友だちで、大企業に勤めている女性がいるんですけれど」と横田はハンバーグを箸で切り分けながら言った。「産前産後の休暇もたっぷりあるし、時短勤務は当たり前だし、家でもできる仕事は在宅勤務が許されてるんですよ。本当に羨ましいです」

「大企業はいいですね。うちの会社では無理です。いったい、どうやって乗りきっていけばいいんでしょうか」と半ば絶望的な気持ちで尋ねた。

「もっと大きな視野を持つことね」と栗山は言ってから、疲労がにじんだ顔で続けた。「将来の日本を支えて立つ子供を育てていると思わなきゃ、やっていけないわよ」

「なるほど、そうですよね」と横田が相槌を打つ。「結局は子供たちの世代に世話になるんですよね。日本人みんなが」

「それを栗山さんは部長や周りの人におっしゃったんですか？」

「言ったって笑われるだけよ。それどころか余計に反感買うと思う。だからここだけの秘密。そうでも思ってないと、子供が病気で休むときにいたたまれなくなるし、自分でも子供がだんだん邪魔者みたいに思えてきて、子供につらくあたってしまうことがあるもの」

「あっ、いけない。さっさと食べましょう。おしゃべりしてると時間がなくなる」

横田の言葉で壁の時計を見た。歯磨きの時間がなくなりそうだった。

「色々教えてくださってありがとうございました。これからも教えてください」

「うん、愚痴を聞いてあげるくらいしかできないけどね」

「公私ともに忙しすぎて愚痴を聞いてあげられる時間もないかもよ。でも昼休みやメールならオッケーよ」

「これからもお昼は三人で食べることにしましょうよ。そしたら話を聞いてあげられる」

「本当ですか？　ありがとうございます」

一気に心強くなった思いだった。

「あっ、いやだわ」と横田が急に声をひそめた。「宮村さん、振り向かないで。そのままの姿勢で聞いてちょうだい。向こうの方から烏山部長がじっとこっちを睨んでるわよ」

背中に視線が突き刺さるようで、居心地が悪くなった。

「烏山部長を黙らせる手段は何かないかしら」と横田がうつむいたまま言う。少しでも顔を上げると部長と目が合ってしまうのだろう。

「これ以上軋轢《あつれき》を生むのは賢い方法じゃないわ。宮村さん、きっと烏山部長はあなたのことを買ってるのよ。だから出産や子育てで仕事が中断するのを惜しいと思っているの」

「とてもそうは思えませんけど」

「そう思えなくても、あなたの心の中ではそういうことにしておいた方がいいのよ」

「どういう意味ですか？」

「人間は隠そうとしても感情が顔に出るでしょう？　だから『烏山部長憎し』なんて顔に書いてあったら、さらに人間関係悪化するわ」

「なるほど」

部長の言葉に鋭く反応して、いちいち神経をすり減らすことはもうやめて、鈍感で能天気な妊婦として過ごすのがいいのかもしれない。それ以外に乗りきる方法が見当たらない。

「誰かあなたを助けてくれる人はいないの？」

「育児休暇が取りづらいようなら、行政の相談窓口に行ってみようかと思ってるんですが」

「そんなことすると、そこから会社に連絡がきて、烏山部長が注意されて、きっと宮村さんが今まで以上に睨まれることになるよ」

「やっぱりそうなりますか」

「正々堂々とやるより、裏から手を回した方がうまくいく。そういうの、女は苦手だけど」

「誰か烏山部長をぎゃふんと言わせられる人、いればいいのにね」

ふと瀬島の顔が思い浮かんだ。

「もしかして、そういった知り合いがいるの？」

表情の変化を目敏く見て取ったのか、横田が顔を覗き込んでくる。

「いえ、まさか……」

「遠慮してる場合じゃないわよ。経済的に困るんでしょう？」

「はい、実は死活問題です」

「だったら自分で道を切り拓かないと、誰も助けてくれないよ」

あのとき確か瀬島は言った。

——これからも困ったことがあれば力になるから。

十年近くも前の、瀬島の別れ際の言葉を思い出す日が来ようとは思ってもみなかった。当時は彼に何かを相談するなど、今後一切あり得ないと思っていた。過去をなかったことにしたかったはずだ。

だが、次期社長と目されるほどの有力者であるならば……。

いや、もうそんな昔に言ったことなど、彼はとっくに忘れているだろう。

「今日は声をかけてもらって嬉しかったです。ありがとうございました」

「私たちも子持ち仲間が増えて嬉しいのよ。子供を産んだらみんな辞めてしまうでしょう。いつまで経っても少数派だから肩身が狭いの」

「宮村さん、応援してるからね。私たちにできることがあれば言ってね」

二人は口々にそう言って、携帯のメールアドレスを教えてくれた。これほど温かい気持ちになったのは、久しぶりだった。

食事を終えてから、いつものように上階の洗面所で歯を磨いた。妊娠中は虫歯ができやすいと聞いているので、丁寧に磨いた。だからか、ふと時計を見ると、昼休みが終わる直前だった。慌てて口をすすぎ、素早くリップクリームを塗る。化粧室を出て小走りに階段室のドアを開けた。エレベーターを利用する人が多いから、階段室はガランとしている。

半分ほど降りかけたときだった。後ろからダダダッと駆け下りてくる音がした。驚いて振り向くと、女性らしき二人の人影が見えた。逆光で顔はよく見えなかったが、すれ違いざまに肩と肩がぶつかり、その勢いで優子は下まで転がり落ちてしまった。

遠くでキャーッと悲鳴が聞こえた気がした。

「大丈夫ですかっ」

耳元で声がしたが、どんどん意識が遠ざかっていった。

15

気づいたら、病院のベッドの上だった。

「大丈夫？」

心配そうに覗き込んでいるのは姉だった。

「ここはどこ？　姉さん、どうしてここに？」

「ここは病院よ。優子は救急車で運ばれたのよ」

ぼんやりと姉の蒼白な顔を見つめた。そういえば階段から落ちたのだった。あれからどれくらい時間が経ったのだろう。

「姉さん、いま何時？」

「四時半よ」

「朝の？」

「夕方のよ」

「何月何日の？」

「やだ、優子が転げ落ちたのは今日よ。まだそんなに時間は経ってないわ」

階段から転げ落ちたのが遠い昔のことのように思えた。

「本当にすみませんでした」

謝る声の方を見ると、女性が二人並んで立っていた。手前にいるのは、今年入社したばかりの、控えめで物静かな総務部の女性だ。確か名前も梅沢静香《うめざわしずか》といったはずだ。その背後に隠れるようにして立っているのは誰？　少し頭を起こして見てみると、青木紗絵だった。

あっ、そんなことより、私の赤ちゃんは？　慌てて毛布の中で下腹部をまさぐってみた。お腹は相変わらずぽっこり膨らんでいる。

「お腹の子供はどうだったんですか？」

自分が知りたかったことを、紗絵が代わりに姉に尋ねた。

「大丈夫だったに決まってるでしょう。そうじゃなければ面会謝絶でしょうよ」

姉は怒ったように紗絵に向かって言った。

「えっ、大丈夫だったんですか」と紗絵は素っ頓狂な声を出した。その途端、姉は思いきり紗絵を睨みつけた。静香は、「ああ、よかった」と大きく息を吐きながら言い、人差し指で涙をぬぐった。

「流産かもって紗絵さんが言うから、私、生きた心地がしなかったんです」

「軽い脳震盪《のうしんとう》を起こしただけなのよ」と、姉は優しく静香に言ったあと、「優子にぶつかったのは、あなたなの？」と紗絵には詰問口調になった。

「え？　いえ、私がぶつかったかどうかは……はっきりとは覚えていないんですが」

紗絵の言葉に、静香が驚いたように紗絵を見た。「紗絵さん……」

「あなた、何を言ってるの？　覚えてないですって？」と姉が大きな声を上げた。

「いえ……ですから、あのう、すみませんでした」と紗絵が中途半端に頭を下げる。

「なんなの、その態度。すみませんで済むことじゃないでしょう」

姉は紗絵がぶつかったと決めてかかっているようだった。「これだけお腹が大きくなれば、赤ちゃんだけじゃなくて母体だって危なくなるところだったのよ」

怒りに任せた姉の勢いを止めようとは思わなかった。紗絵がぶつかってきたのは、故意かもしれないと思ったからだ。水野に命令されたのではないか。以前、水野は言ったはずだ。妊婦を階段から突き落として流産させる映画を見たのだと。もちろん証拠はない。昼休みの終わる直前だったから急いでいたというのも不自然ではない。だが……。

「じゃあ、この辺でそろそろ私たちは……」と紗絵が帰ろうとしている。「ゆっくりお休みになった方がいいと思うから、ほら、静香ちゃん、帰りましょう」

「え？　そうですか、じゃあ失礼いたします。本当にすみませんでした」

静香が深々と頭を下げる横で、紗絵はそそくさとドアに向かう。

「ちょっと待って」

優子は思わぬ凄みのある声を出していた。「青木さん、あなたに聞きたいことがあるの」

ドアノブに手をかけようとしていた紗絵の肩がビクッと震えた。

紗絵は、わざわざ凡庸の寺まで訪ねていった。そのとき、お腹の子の父親は凡庸ではないと判断する何かがあったに違いない。

「昼食が終わったあと、どこにいたの？」

踊り場に潜《ひそ》んでいたのではないか。

「私は上階にある営業部の同期のところでおしゃべりしてました」と、紗絵ではなく、なぜか静香が答える。「もうすぐ昼休みが終わるって気づいて、慌てて階段をかけ降りたんです」

静香さん、あなたに聞いてるんじゃないのよ。喉まで出かかるが、怒りで身体が震えて声が出なかった。紗絵がまるで他人事のように窓の外をぼうっと見ていたからだ。

「営業部にいる同期とは入社以来の仲良しなんです。昼休みになるといつも私は……」

「梅沢さん、あなたのことはいいの」

「え？　あっ、すみません」と静香はかなり驚いた様子で、目を泳がせている。

「あなたはもう会社に帰りなさい」

「えっ、でも……」

「いいのよ、帰りなさい」

「はあ、そうですか、それでは失礼いたします」

そう言って静香がお辞儀をして部屋を出ていこうとすると、紗絵もそれに続こうと足を一歩踏み出した。

「冗談でしょう？　青木さんは帰れないでしょう？　わざと私を突き飛ばしたんだもんね」

「えっ？　そんな……それは誤解です」

紗絵の声が掠れた。部屋を出ていこうとしていた静香は、こちらに背中を向けたまま、開けかけたドアを音をさせずに閉めて、こちらを振り返った。帰る気はないらしい。大人しそうな顔をしているのに、最後までことの顚末《てんまつ》を見届けようというのか。

新入社員の静香には聞かれたくない話ではあった。だが、妊婦を平気で突き落とすような人間と同じ部屋にいることが恐ろしかった。ひとりでも多くの人間がいる方が安心だ。姉も危険を感じているのか、パイプ椅子から立ち上がり、ベッドのすぐそばに近寄ってきた。後ろ手にナースコールのボタンを握っている。

「今日の昼休み、青木さんはどこにいたの？」

尋ねながら、紗絵から目を離さなかった。どんな小さな表情の変化も見逃したくない。

「ひとつ上の階の化粧室です」

「嘘つかないで。営業部の化粧室には私以外誰もいなかったわよ」

「あっ、間違えました。営業部にいたんでした」と紗絵はあっさり言い替える。

「どうして青木さんが営業部にいたの？」

「知り合いがいるものですから」

「ねえ梅沢さん、あなた青木さんが営業部にいるのを見た？」と静香に聞いてみた。

「いえ……はっきりとは覚えていませんが、たぶんいらっしゃらなかったように思います」

「なに言ってんの？　私はいたよ。営業部で部長と話してたの。それにフロアがあんなに広いんだから、私がいたかどうかなんてわからないでしょう。いい加減なこと言わないでよ」

紗絵が怒りだした。

「だって私、本当に」と言いかけて、静香はあきらめたように口を噤《つぐ》んだ。

「なあに？　梅沢さん、言ってちょうだい。遠慮することないのよ」と、優子は無理して穏やかな声を出した。

「紗絵さんは目立つほどの美人ですし、今日はモスグリーンのストライプのワンピースですから遠目でもわかったんじゃないかと……」

「は？　何が言いたいの？　私が嘘をついてるみたいじゃないの」と、紗絵が静香に食ってかかる。

「すみません。私は別にそんなつもりで……」

「青木さん、いったい何が目的なの？　流産させようとしたんでしょ？　誰かに頼まれたんだよね？」と、紗絵の目を見てはっきりと尋ねた。何をどう尋ねたところで、どうせ最後までシラを切り通して尻尾を見せないだろうが、問い詰めなければ気が済まなかった。

「私がどうしてそんなことをするんですか？　いい加減にしてくださいっ」と紗絵は叫ぶように言った。「卑怯なのは宮村さんの方じゃないですか」

すぐそばで固唾《かたず》を呑んで成り行きを見守っていた姉が、足を広げて踏ん張ったのが視界に入った。

「私が卑怯？　どうして？」と静かな声で尋ねたのは、紗絵の狂気が恐ろしくなってきたからだ。

「だって、結局は妊娠した女の勝ちじゃないですか」

「勝つ？　何に勝つの？　いったい何のことを言ってるの？」

「宮村さん、正直に言ってください。お腹の子の父親は、本当は水野匠さんでしょう？」

紗絵がそう尋ねると、「ええっ！」と静香が大声で叫んで両手で口を押さえた。「そんなの嘘ですよね？　あの水野さんが、宮村さんと？　嫌だ。私は信じません」

「嘘に決まってるでしょ。青木さん、冗談がすぎるわよ。本当に迷惑だわ」

「じゃあ誰が父親なんですか？」

「だから高校時代の同級生だってば」

「嘘つかないでください」

「どうして嘘だと思うの？」

「だって誰が考えたっておかしいじゃないですか。お寺の住職と結婚するのにわざわざ別居するなんて。宮村さんがそこまで仕事が好きなようには見えませんけど」

紗絵の観察力に感心してしまった。だけど、ここで水野の子だと認めるわけにはいかない。

「青木さん、水野くんの子だと思いたいのはどうして？　ほかに理由があるんじゃない？」

そのとき、静香が一歩前へ出た。「今のはどういうことですか？　水野さんと紗絵さんはおつきあいされてるんですか？」

衝撃を隠しきれない様子からして、どうやら静香も水野のことが本気で好きらしい。

「とにかく梅沢さんはもう帰りなさい」

「帰りません」

「どうして？　あなたには関係ないんだから、もう帰りなさい」

「関係ありますよ。だって宮村さんにぶつかったのは私なんですから」

「え？」

「階段を急いで駆け下りる途中、紗絵さんを追い抜いたんです。昼休みがあと三十秒くらいで終わってしまうところだったので慌てていました。新入社員は五分前には着席するように言われているのに、今日は同期と話が弾んだからうっかりしてしまったんです。それで、紗絵さんを追いぬいて踊り場を回ったところで、私が宮村さんにぶつかったんです」

「それ、本当なの？」

「本当です。私は気が動転してしまって、どうしたらいいかわからなくて。だけど、紗絵さんが携帯ですぐに救急車を呼んでくれたんです。だから、私が全部悪いんです」

「静香ちゃんだけが悪いんじゃないよ」と紗絵が言った。「大きなお腹して階段を駆け下りてた宮村さんもどうかと思うよ」

紗絵はムッとした表情を浮かべてから出ていった。

大きな音でドアがバタンと閉まった。

16

何日かぶりに出社すると、すぐに部長から呼び出しがかかった。

会議室をノックすると、「どうぞ」と不機嫌な声が聞こえてきた。

「お呼びでしょうか」

「俺びっくりしちゃったよ」と部長はいきなり言い、椅子にふんぞり返ったままこちらを睨んだ。「宮村さんのこと堅物《かたぶつ》だと思ってたんだよ。ほんと騙されてた。女って恐い」

「何のことですか？」

「水野はイケメンだもんなあ。あんな若い男といい思いしていたなんて」

「は？　意味がわかりませんが」

「そういうの、逆セクハラって言うんだってよ。若い女の子たちが騒いでたぞ。あいつは女に人気抜群だからな」

「ですから、水野くんが何かしたんですか？　いったい何のことです？」

「またまた宮村さん、すっとぼけちゃって」

「おっしゃってる意味がわかりませんが」

「いやあ、参ったよ。人は見かけによらないって宮村さんのことを言うんだねえ」

あまりのしつこさに辟易《へきえき》し、思わず壁の時計を見た。休んだ分の仕事が溜まっていた。

「じゃあ言わせてもらうよ。その腹の子の父親は水野なんだってな」

「ご冗談でしょう。なんで私がよりによってあんな若い子と？　ありえないでしょう」

鏡がなくても自分が今どんな顔をしているかわかっていた。人を寄せつけない鉄仮面だ。

心の底から凡庸の子供だと思い込むことで、顔に動揺が出なくなっているはずだ。

「あれ？　そうなの？　だって噂では……」

「そんな馬鹿げた噂、いったい誰が言いふらしているんですか？　神経を疑いますよ」

「いや、そんな悪い子じゃないよ。真面目そうだし、かわいいし」

「かわいい？　ということは、言いふらしているのは若い女性ですか？」

「うん、まあ」

「冗談にしても悪質だと思います。犯人探しは本意ではありませんが、名誉棄損で訴えることもできますけど」

「それはいきすぎだよ。俺の聞き間違いってこともあるし」

こちらが一歩も引かない毅然とした態度だったからか、部長は一転して気弱な表情になった。

「噂の発信元はどなたなんでしょう。私としては許しがたいです」

紗絵か静香のどちらかに違いない。どちらにせよ、噂を流した人物に手加減しないぞという姿勢を、部長の前で示しておいた方がいい。本当は水野の子だから、嘘で塗りかためて、この先どうなるのかと不安もあった。だが今後もこの会社で働き続けることを思うと、白い目で見られる要素はすべて排除しておきたかった。

「階段から転げ落ちたそうじゃないか」

部長は話題を変えた。「転げ落ちても三日で出社してくるんだもんなあ。恐るべし女のしぶとさだね」

いったい何が言いたいのだろう。部長は苦虫を嚙《か》み潰《つぶ》したような顔でこちらを見た。

「もしも、だよ。転げ落ちて打ち所が悪くて、流産でもしたら本当に迷惑なんだよな」

「迷惑？」

「だって、そうだろ。この建物の中で誰かが死んだりしたら、みんな嫌な気分になるだろ」

部長との間にこれ以上の軋轢を生んでも何もいいことはない。栗山や横田もそう言った。

「部長のおっしゃる通りです。大変ご心配をおかけして申し訳ありませんでした」

「だからさ、悪いことは言わないよ。会社を辞めた方がいいと思うんだよね」

「ひとつお聞きしますが、部長はどうしても私を辞めさせたいとお考えなんでしょうか」

「おいおい、まるで俺がマタハラ上司みたいな言い方すんのやめてくれよ。俺はなにも宮村さん個人を敵対視しているわけじゃないよ。ただね、こっちの身にもなってほしいんだ。出産前後の休暇や育休を取られると、仕事が回らなくなって周りの社員から文句が出る。それを俺が宥《なだ》めたところで、俺が嫌われる。今まで以上に残業代が発生する。そうなると部の利益率が落ちる。それだって全部、部長の俺のせいになる。もう今から既に悪循環が目に見えているんだよ。はっきり言わせてもらうと、宮村さんの給料分で、新人なら二人、派遣社員なら四人雇えるんだよ」

「なるほど」

そう言われてみれば、そうかもしれないと、納得してしまいそうになる。だが、食べて行くためには会社を辞めるわけにはいかない。

「なるべくご迷惑をおかけしないよう、精いっぱい頑張ります」

「あのねえ、頑張るったって、栗山や横田を見ていればわかるように、子供が熱出したりしてしょっちゅう休むじゃないのさ」

「そういうときは、姉や兄嫁に見てもらう約束になっていますから大丈夫です」

半分は出まかせだった。姉の協力は取り付けてはいない。マリアは助けてくれるかもしれないが、子育ての方法がブラジルとは大きく異なるだろうから、どこまで頼れるのかはわからない。

自席に戻って、斜め向かいの水野を盗み見た。噂というものが本人の耳には入らないというのは本当らしい。特に変わった様子もなく、パソコンに向かっていた。

その夜、奈美から電話があった。

――もしもし、優子？

奈美と話すのは久しぶりだった。つい最近まで毎日会社で会っていたし、社員食堂で肩を並べて昼食を取っていたというのに。

「電話なんて珍しいね。どうしたの？」

わざと明るい声を出した。奈美の暗い声音が既に謝罪を表わしていたからだ。

――この前ひどいこと言ってごめん。

想像した通りのことを奈美は言った。鍋の火を止めて奥の部屋に入り、ベッドに腰かけた。

「なんだあ、そんなことでわざわざ？　ありがとね」

――本当に恥ずかしいわ。

「あんなの大丈夫だよ。私は全然気にしてないもん」

――優子、本当は驚いたんでしょう。何回ヤっただとか、排卵日を狙ってヤったのかとか。

「うん、ちょっとはね」

――不妊治療の事情を知らない人からしたら、すごく露骨で下品に響いたでしょうね。

「そんなことないってば」

本当は、下品どころかグロテスクでさえあった。あのとき一瞬ではあったが、奈美に気味の悪さを感じてしまったほどだ。

——長年に亘って不妊治療をしているとね、どうしてもそうなっちゃうの。ロマンチックなムードやらエロチックな雰囲気とはどんどん離れていくの。よく言えば科学的、悪く言えば動物的かな。交尾という言葉がぴったりくる。それくらいヤることが計算ずくで、終いには苦痛になる。その証拠に、妊娠する可能性のない日には絶対にヤらないもの。

そういった事情を知らずに、気味が悪いなどと思ってしまった自分を恥じた。

——優子が羨ましかったの。だからカーッと頭に血が上っちゃった。

「そうか、うん」

——子供はきっぱりあきらめて、夫婦二人で楽しく暮らそうって決めた矢先だったのに。

「そういえば、台湾には行ったの？」

聞いているとつらくなるので話題を変えた。

——うん、すっごく楽しかったよ。おいしいもの食べまくって買い物しまくってね、お寺巡りもしたよ。なんだか晴れ晴れした気持ちになった。ダンナも楽しそうだったし。

子供を欲しがっているのは奈美の方だけだと結婚当初から聞いていた。子供に執着していなかった夫は、久しぶりに解放感を味わったのかもしれない。

——優子は別居結婚だって聞いたけど、本当？

「誰から聞いたの？」

——後輩の杉田《すぎた》くんからだけど、どうして？

奈美の部下の杉田は、顔は知っているが話したこともない。それに杉田はたぶん、水野や紗絵との接点もないだろう。やはり噂は広まっているらしい。未婚だと思っていた女のお腹が突然せり出してきたら、噂になっても仕方がないのか。

——お相手は高校時代の同級生なんだってね。

「そうなの。お寺の住職でね」

——住職なのにアルトサックスがうまいらしいね。そうそう、ピアノもすごく上手だとか聞いたよ。そもそも住職なのにジャズが好きだなんて、カッコイイじゃない。

「それ、誰から聞いたの？」

——だから杉田くんだってば。

鹿隠寺のホームページにそんなことは書かれていなかった。彼が音楽好きだと知っているのは、青木紗絵だけだ。

——ねえ、優子。余計なお世話かもしれないけど、子供のことを考えたら田舎に帰った方がいいんじゃない？

「それは……そうかもしれないけど」

——別居してまで仕事を続ける気持ちが私にはわからない。この仕事、そんなに楽しい？

「そりゃあどんな仕事でも、つらいこともあると思うよ。でも、もういい歳だし、今さら」

今さら、なんなんだ？　うまい嘘が咄嗟に思い浮かばない。

——わかる、わかる。私も地方から出てきてるから、優子の気持ちわかるよ。たまに帰省するけど、田舎は退屈でたまらないもん。人の目もあるし、お寺の奥さんともなれば、評判も気になるだろうしね。

「そうなのよ。だから決心がつかなくてね。でも部長にもさんざん言われちゃったしなあ」

部長の居丈高《いたけだか》な攻撃について正直に話した。

——それってパワハラだよ。負けちゃダメよ。後輩の女性たちのためにも闘ってちょうだい。私も応援するから。

「ありがとう。奈美がそう言ってくれると心強いよ」

電話を切ってからハーブティを丁寧に淹れて飲んだ。

ほんの一瞬でも不安を忘れ、奈美の優しい声の余韻に浸っていたかった。

17

隠せないほどお腹が大きくなった。

　そんなとき、兄はマリアとリカルドとともに上京し、世田谷区にある閑静な住宅街に建つマンションに引越した。自分のマンションからは遠くて残念だったが、マリアが公園や緑の多い環境を気に入り、公立小学校にも近いと聞いた。

　そんな様子を、兄はメールで逐一報告してくれるようになった。以前はメールのやり取りなどほとんどなかったが、親族の中で自分だけがマリアたちの存在を知っているし、少しは頼りにしてくれているのだろう。

　その日は兄の頼みで、リカルドが通うことになる小学校への挨拶に付き添うことになった。数週間前、兄とマリアが区役所に転校の手続きに行ったとき、リカルドが今まで不登校で学力が低いことなどを相談したのだが、そういった具体的なことは小学校の担任に直接言ってほしいと、取り合ってくれなかったらしい。その場にいたわけではないので詳しいことはわからないが、兄はひどく不安を感じたようだった。

　――男の僕には気づかないこともあるかもしれないから、一緒に行ってくれないか。マリアは日本語の微妙なニュアンスがわからないから。

　そう言われたので、その日は午後半休を取り、兄とマリアとリカルドと、それに自分を加えて四人が小学校へ行くことになった。久しぶりに会うリカルドは、以前よりは子供らしい無邪気さを取り戻しているように見えた。兄に対する警戒心を解いたのか、表情が柔らかくなっている。

「オ腹、大キクナッタネ」

マリアはそう言い、突き出たお腹をそっと撫でてくれた。「赤チャン生マレタラ、手伝ウカラネ」と嬉しいことを言ってくれる。

学校に着いた。

「ちょっと待って。靴を脱ぐのよ」

職員室に通じる玄関のところで、マリアもリカルドも土足のまま上がろうとしたので慌てて注意した。

「ソーダッタ。学校デモ靴ヲ脱グカラ日本ハ清潔ダ」とマリアが感心したように言う。

学校というところへ来るのが久しぶりだからか、靴を脱ぐ習慣さえ忘れていたらしい。リカルドが不登校になって二年以上も経つのだった。前途多難を予感した。兄が明るく笑い飛ばしてくれたらよかったのだが、沈んだ表情だ。

玄関に置いてあった来客用スリッパを履き、若い女性事務員に案内されて校長室へ向かった。校長は五十代半ばくらいの女性だった。ゆったりとした笑顔が優しそうで、母性的な雰囲気があり、それまでの緊張が少し和らいだ。

兄がリカルドの事情を説明した。日本語が得意ではないこと、ほとんど学校へ通っていないこと。校長はうなずきながらメモを取っている。

「年齢的には四年生なんですが、最初は二年生のクラスに入れていただくのが適当ではないかと考えております」と兄は言った。リカルドの身長を考えると、二年生のクラスではあまりに目立ちすぎるかとも思ったが、四年生のクラスに入ったところで身長差はかなりある。

「事情はわかりました」

校長の微笑みは慈母のようだった。細かなことなど言わずとも、すべてを呑み込んでくれている。さすが教育のプロだと思わせた。これなら安心して任せられる。

そのとき、ノックの音が聞こえ、中年の男性と浅黒い肌の男の子が入ってきた。

「ジョゼくんを連れてきました」と男性は言った。

「山崎先生、ありがとうございます」と言って校長が立ち上がった。「紹介します。この子も日系ブラジル人で、ジョゼくんといいます。今三年生なのよ。仲良くなれるといいわね」

思わず兄と目を見合わせた。ここまで配慮してくれるとは思っていなかった。兄が感激しているのが、その表情からも見て取れる。

――初めまして。僕の名前はジョゼです。

たぶん、ポルトガル語でそう言ったのだろう。リカルドは驚いたようにジョゼを見つめ返し、小さな声で同じように挨拶の言葉を返し、校長に促されて握手を交わした。

兄はリカルドを二年生に入れてもらいたいと頼んだばかりだが、ジョゼと同じ三年生のクラスがいいのではないか。きっと校長もそう考えたから、ジョゼをこの場に呼んだのだろう。これまで通り兄が家で勉強を見てやれば、三年生でもなんとかなるのではないか。

そのあと、事務員に校内を案内してもらった。

「学校中のトイレの位置を確認しておきたいんですが」と兄が事務員に頼むと、快く「いいですよ」と言ってくれた。ここは親切な人たちばかりだ。リカルドも真剣な表情でついてくる。今度こそ失敗しないぞという意気込みが伝わってくるようだった。子供心にも、このままでは将来が不安だと漠然と感じていたのだろうと思うと、不憫でならない。

その帰り道、「優子、どう思った？」と、兄が聞いてきた。

「配慮が行き届いていてほっとしたよ。ジョゼくんが校長室に入ってきたときは感動した」

「だよな。僕も安心した。優子、今日はありがとうな。会社を休んで大丈夫だったか？」

「そんなこと気にしないでよ。これからもお互いに助け合っていこうよ」

そう口に出すと、なんだか気恥ずかしくなった。「互いに助け合う」などという言葉を使ったのは、きっと小学校以来だ。大人になるにつれ、そんなきれいごとは言わなくなった。いつの頃からか、人に甘えることをしなくなった。考えてみれば、身内にさえ心配かけないようにと遠慮ばかりしている。それぞれの多忙な生活を思い浮かべると、気軽に声をかけられない。だが、たまには弱音を吐いて、「助けて」と叫んでみてもいいんじゃないだろうか。

駅に向かう途中で、そんなことを考えた。


それから数週間が過ぎた。

兄が家に遊びに来いと言ってくれたので、新居に行ってみることにした。世田谷の住宅地は、マリアが気に入ったというだけあって、公園も多く街路樹も大木で緑が生い茂っている。

「いらっしゃい」

兄がドアを開けてくれた途端、それまで嗅いだことのない香辛料の匂いがした。ブラジル料理だろうか。上京してからマリアは専業主婦になり、リカルドにも目が届くようになったと聞いていた。

マリアの豆料理をご馳走になりながら尋ねた。「リカルドくんの学校の方はどう？」

リカルド本人は、隣のリビングルームのソファで昼寝していた。昨夜遅くまで漫画を読んでいたらしい。図体は大きいが、眠っている顔はあどけなかった。

「日本ハ窮屈ダネ」とマリアは唐突に言った。

ひらがなにカタカナ、漢字や算数は兄が家で教えてやっていたから、二年生なら余裕を持って授業に臨めると兄は考えていた。だがジョゼを紹介されてから、彼と同じ三年生がいいと思った。しかし校長の判断はそのどちらでもなく、リカルドを年齢通りの四年生のクラスに入れた。飛び級制度のない日本では、同い年でない児童がクラスにいることに違和感があり、それが原因でいじめられることもあると校長は言ったらしい。

「リカルドくんは授業にはついていけてるの？」

「リカルド勉強全然ワカラナイ」と、溜め息交じりにマリアは言った。

マリアは頬づえをついて壁を見つめている。食事も進まず、放心したような顔だった。

「先生が補習してくれたりはしないの？」

「それは全くない」と兄が答える。「いまどきの小学校は、放課後の居残りは一切ないよ。僕が子供の頃は、優秀な子が教師と一緒に勉強の遅れた子の計算問題なんかをみてやったもんだよ。ああいうのは田舎だったからなのかなあ」

「要は、授業についていけない子は塾に行けってことなのね」

授業中のリカルドはどうしているのだろう。黙って座っているだけなのか。そして、いつ教師に指されるかとびくびくしているのか。外国人に限らず、全国各地の小中高校で似たような生徒がきっとたくさんいる。毎日が耐え難く、そのうち学校に行かなくなってしまう気持ちがわかる気がした。

「ジョゼとは仲良くやってるんでしょう？」と優子は一縷《いちる》の望みを託した。

「ジョゼ三年生、リカルド四年生。クラス違ウ」

「でも、休み時間なんかは一緒に過ごすこともあるんじゃない？」

学校にいる一日のうち、少しでもいいから、ホッとする時間があればと祈る思いで尋ねた。

「ジョゼ怒ッテル。ジョゼ日本語ウマイ。日本人ノ友ダチタクサンイル、通訳サセラレテ迷惑シテル」

「そうなの？　そう……だよね。ジョゼだってまだ子供だもんね。自分のことで精一杯だろうに、便利に使われたらたまらないよね」

「私、来月カラ働クコトニシタ」

マリアがそれまでの会話とは何の脈絡もないことを言い出した。

「働く？　なんで？　どこで？」と、兄が驚いている。

「新大久保駅ノ近ク。ブラジル人経営スーパー」

「生活費はちゃんと渡してるだろ？　足りないなら言ってくれよ」

「足リテル。毎月余ッテル」

「だったらなんで働くんだよ。それもわざわざどうして新大久保まで行くんだ？」

「コノ近クノ店、全部断ワラレタ。私、日本語スゴク上手ナノニ」

「マリア、よく聞いてくれ。リカルドは今とても大切な時期なんだよ。今度こそちゃんと学校に通って勉強しないと将来ダメになる。今は母親がきちんと面倒を見てやった方がいい。リカルドはまだ日本語もうまくないし、学校では不安だらけだろ」

「男スグ裏切ル」

「いったい何の話だ？　今はリカルドの話をしてるんだぞ」

「私、恐イ」

「何が恐いんだよ」

「男スグ女裏切ル。ダカラ女ハ自分ノ稼ギ必要」

「僕たちは正式に結婚してるんだよ。これからもずっと一緒だよ」

「男ミンナ最初ソー言ウ」

リビングからゴソゴソと物音が聞こえてきた。リカルドが目を覚ましたらしい。

「近所ノ人、私ジロジロ見ル。ニッコリ私オハヨゴザイマス言ッテモ聞コエナイフリスル」

そう言って、悔しそうに壁を睨む。

「わかった。今日は腹の内を何もかも話そう。ここにリカルドも呼んでおいで」

「兄さん、私はお邪魔だから帰るよ」

「どうしてだよ。優子も話を聞いて意見を言ってくれよ」

リカルドを呼びに行くマリアの後ろ姿を見ながら、兄は小さな声で言った。「前の結婚でも、徹底的な話し合いを日頃からすべきだったんだ」

リカルドがボサボサの髪にジャージ姿で現われた。ぐっすり眠ったのか、すっきりした顔をしている。優子をチラリと見て小さな声で「コンニチハ」と言った。

「リカルド、ご飯を食べながら少し話をしよう。そこに座って」

リカルドは黙ったままダイニングテーブルの向かい側に座った。

「学校はどうだ？　楽しいか？」

リカルドは小さく頭を振った。

「学校に行くのがつらいか？」

リカルドは黙ったまま何も答えない。

「思ったことを正直に言っていいんだよ」

そう言うと、上目遣いで兄をちらりと見た。

「……スミマセン」と、リカルドはいきなり謝った。図体はでかくとも小学生だ。ほんの子供だというのに、何に対して謝っているのか。血の繋がっていない日本人男性に養ってもらっているのに、こんな体たらくでスミマセンと言ったのか。

「音楽や体育の授業はどうだ？　それなら楽しいんじゃないか？」

「リカルド、ドレミ読メナイ。リコーダー難シスギル。私モ読メナイカラ教エラレナイ」

ひらがなや漢字だけでなく、音符の読み方まで家で教えてやらねばならないのか。

「で、体育は？」

リカルドは俯《うつむ》いたままで答えようとしない。

「ヒトリダケ背ガ高イ、面白クナイ」とマリアが答える。

「リカルドくん、ブラジルに帰りたいと思ったこと、ある？」

そう尋ねたとき、マリアがきつい視線をリカルドに向けた。帰りたいなどと言ったら許さないよ、というような凄みがあった。もうここで生きて行くしかないんだよと、その鋭い目つきが語っている。

「リカルドは日本が嫌いか？」

「……ウン」

やっと聞きとれるくらいの声で返事をした。

「ブラジル帰ッテモ家ナイ」と、マリアがリカルドを責めるような口調で言う。つまり、ブラジルで生活できるのならば、マリアも帰りたいということなのか。

「ブラジルにいた頃は、学校は楽しかったのか？」

リカルドは小学校一年生の夏休みまではブラジルで過ごしたと聞いている。

「楽シカッタ」とリカルドは小さな声で答えた。

「ブラジルノ学校、日本ト全然違ウ」とマリアが言った。

マリアが説明してくれたところによると、ブラジルの学校は九年制で、午前と午後の交代制だという。学校にいる時間は日本よりずっと短い。内容も必要最低限の勉強だけだという。

「日本ノ学校、アレダメ、コレダメ、大変ヨ。ブラジル何デモ自由」

服装はもちろん、アクセサリーをつけるのも髪を染めるのも自由だという。経済的に厳しい家庭の子供もたくさんいて、小学校三年生くらいになると、学校が終わるとすぐ仕事へ向かう子も珍しくないらしい。

「ブラジルにいたときは友だちはいたのか?」

「イッパイ」

当時を思い出しているのか、リカルドの頬が微かに緩んだ。

「ブラジルイタトキ、リカルドハ、近所ノ子供タチト遊ブノ大好キダッタ」と、マリアは当時を懐かしむように目を細めた。ブラジルでは、家で夕飯を食べたあと、子供たちは外に出て遊ぶのが日常だったという。年上も年下の子も近所の子はみんな友だちで、日曜日になると朝から教会へ行くのが楽しみだった。キリスト像の掃除をし、カトリックの教えを熱心に聞いた。そこで歌ったり勉強したりするのも好きだった。みんな温かくていい人ばかりで居心地の良い場所だったらしい。

「僕が育った田舎も昔はそうだったよ。優子もそうだろ」

「そうね。近所の子とよく遊んだよ」

だが、いつの間にか子供の世界も変わってしまった。大人と同じで、どんどん人間関係が薄まっている。優子が大学を卒業して会社に入ったときは、年の近い先輩が会社帰りにお茶や食事に誘ってくれて、会社の内部事情や噂話などを聞かせてくれたものだ。だが、今はそういった光景も見かけなくなった。

リカルドにとって、このまま学校に通い続ける意味があるだろうか。授業はちんぷんかんぷんのままで、今以上に自信を喪失していくだけではないか。

「リカルド、大学マデ行カセタイ」とマリアが語気強く言う。

「うん、それは、わかってるよ」

マリアは貧しい家に生まれ、十二人もの兄弟姉妹がいたことは聞いている。父親は酒好きで呑み歩いてばかりいて、給料を家に入れなかったらしい。マリアは家を支えるために、十歳から仕事に出るようになり、学校にはまともに通えなかった。だからこそ、リカルドには教育を受けさせたいと考えている。だが現実問題として、小学校の授業にさえついていけない子供がどうやって大学へ進むのか。

「学校関係に詳しい知り合いがいるから相談してみるよ」と兄は言った。

「兄さんにそんな知り合いがいたの？　だったらどうして……」どうしてもっと前から相談しなかったのよ。リカルドのつらさを思うと、兄に対して猛然と腹が立ってきた。

「うん、まあ、なんていうのか、知り合いがいることはいるんだが」と歯切れが悪い。

もしかして、元妻の浩美のことだろうか。彼女は今も小学校で教師をしている。そうであれば、外国人に配慮してくれる小学校の噂なども知っているかもしれない。

18

凡庸から電話があったのは土曜日だった。

仕事で上京しているらしく、会えないかと言う。東京駅構内の待合室を指定してきた。一泊する予定だったらしいが、田舎で不幸があり、葬儀のために今日中に帰らなければならなくなったらしい。

旅行客でごった返した待合室を見渡したが、凡庸らしき姿が見当たらなかった。

「宮村さん、こっち」

声のする方を見ると、凡庸が手を振っていた。

「少し日焼けした？」と、向かいに腰を下ろす間もなく尋ねていた。

「この前会うたとき言うたじゃろ。異様な風体を克服するんじゃって」

「そうだったわね。髪型と体型の二つを変えるんだったね。でも、ぜんぜん痩せてはいないようだけど？」

「ジョギングで日焼けしたんじゃ。朝早う走ると気持ちええぞ。医者にもえらい褒められてのう。悩みは痩せんことじゃ。走ると腹が空くからの」と言いながら、凡庸は腕時計を見た。

「こないな話しとる場合やなかった。時間がないから要点を言わんといけん。わし、御母堂の頼みをようよう考えてみたんじゃ」

「うちの母さんの頼みって……」

「宮村さんさえよかったら、お腹の子の戸籍上の父親にならしてもらおうと思うんじゃが」

「それ、本気で言ってるの？」

「要は戸籍制度の問題じゃけえね」

「戸籍なんてなければいいのにね」

「そうとも言えるけんど、きちんと管理されとる分、法的に守られとる面もあるじゃろ。ほじゃから、お腹の子のためにも戸籍を逆手にとって利用したったらええと思う。正式に結婚することで得られる恩恵がようけある。それを全部享受した方がええ。理由《わけ》あって子供を育てられん女の人から赤ちゃんをもらって育てる特別養子縁組いう制度があるけど、あれも戸籍上は実子として登録するんじゃ。それと変わりないから、悪いことしとるなんて思う必要はないぞ」

「でもさ、それは、そのう……私と凡庸が結婚するってことだよね」

「そないなこと心配せんといて。わしの慕う女性は、難民を救うＮＰＯ職員の成瀬昌代さんだけじゃから。戸籍をお貸しするというだけで、こちらからは何も求めたりはせん」

「だけど、鹿隠寺は由緒あるお寺でしょう？　檀家の人は何も言わない？」

「わしの子じゃって言い通したら問題なかろ」

凡庸の顔をじっと見つめているうちに、あることに気がついた。水野はイケメンだし、凡庸はずんぐりむっくりのオジサンだから、二人が似ているとは思いもしなかった。だが、今こうやって凡庸を目の前にしてみると、目鼻立ちがくっきりしているという意味では似ている。濃い眉のすぐ下にある大きな瞳、鼻筋も通っていて形のいい唇……。凡庸の亡き母親は美人だった。だから母親にそっくりだとは思っていたが、水野にそっくりの子供が生まれても、凡庸の子として疑う人間はいないかもしれない。

「本来、子供が生まれてくるっちゅうことは、ほんにめでたいことなんじゃ」

「それはその通りだけど」

「わし、地球の歴史を考えてみたんじゃ」

「ずいぶんスケールの大きい話ね」

「そりゃそうじゃ。わしは僧侶じゃけえ。何十億年ちゅう地球の歴史の中で、人間の命なんかたかだか百年しかない。地球の命に比べたら一瞬の煌めきじゃ」

「うん、私も最近そのこと考えたよ」

「ほんじゃから、戸籍やら体裁やら噂やら、そんなつまらんもんに左右されとる暇がもったいない。一瞬の命なんじゃから、思ったように自由に生きんといけん」

そう言って宙を見つめた。成瀬昌代の生き方を思い浮かべているのではないか。彼女の無事を毎日祈っているのかもしれない。

「行政や会社と闘うのは立派な姿勢じゃとは思う。じゃけど、そのために個人の人生を棒に振るんは好きやない。人生は一回しかないからの。ほんやから、闘うときには組織を作って分担して本格的にやらにゃいけん思うとる」

「凡庸ってカッコいいね」

「え？　そんな言われ方したら照れるがな」と本当に照れたようにはにかんだ。

「凡庸の申し出、本当にありがたいです。家に帰って、ゆっくり考えてみます」

「うん、ようよう考えてみてよ。それにしても、お腹、大きいなったなあ」

珍しい生物を観察するかのように、凡庸が腹部を見つめた。もうテーブルの下には隠れないほど大きくなっている。

「動くんだよ。ほら、ここ、触ってみて」

「え？　触ってもええの？」

恐る恐るといった感じで手を伸ばしてくる。凡庸の腕をつかんで引き寄せ、手のひらを胎児がちょうど動いているところに当てた。

「動くとは聞いとったけど、こないにはっきりわかるとは知らなんだ」

凡庸が目をしばたたいたとき、涙が膨れ上がっているのがわかった。

「なんやわし感動してしもた」と凡庸はティッシュで涙を拭い、洟《はな》をかんだ。「ありがとう。こんなことでもなけりゃ、妊娠しとる女の人の腹を触らせてもらう経験なんか、たぶん一生涯できんかった。プチ同窓会で熊沢が言うとったじゃろ。『お前ら人生の半分も知らんくせに』とかなんとか。あれも、あながち嘘やないなあ。子供が生まれたら、もっと色んな経験をするんじゃろうし」

そのとき、遠くでにこにこしながらこっちを見ている老夫婦がいることに気がついた。そろそろ新幹線の時間なのか、大きな荷物を持って立ち上がり、こちらに近づいてくる。

「あんたら見てたら、私らの若いときを思い出しましてな」

妻の方が声をかけてきた。七十代半ばくらいだろうか。顔には深い皺が刻まれているが、背筋もしゃんとしていて陽に焼けているところを見ると、まだ現役で働いているのだろう。節くれ立った手が農作業の厳しさを物語っている。

「子供が生まれると、今よりもっと大変になる。でも年を取ってから振り返ってみると、あの頃が一番輝いとった時期やったと、きっと懐かしゅうなりますわ。頑張ってな」

妻がそう言う後ろで、夫は何も言わずに微笑んでいる。

「ありがとうございます」と凡庸は頭を下げた。

「余計なこと言って、お邪魔いたしました。ではお元気で」

老夫婦の背中を見送った。

「わしら、夫婦に見えたんじゃな」

自分も、凡庸と同じことを考えていた。

19

その数日後だった。

兄から話があると電話があり、会社帰りに待ち合わせ場所のカフェに行った。

「実は横浜に引越すことにしたんだ」

兄は向かいに座ると、いきなり言った。

「ええっ、だってついこの前、静岡から東京に引越してきたばかりじゃないの」

「そうなんだが、ほら、孟母三遷《もうぼさんせん》っていうだろ」

「ということは、リカルドくんのために引越すってこと？」

「そうだ。やっぱり、あの小学校はダメだ」

「てことは、外国人の子供を手厚く面倒見てくれる小学校が見つかったの？」

「手厚くとまで言えるかどうかわからないけど、試行錯誤しながら取り組んでる公立の小学校があるんだ」

「よく見つけられたわね」

「それが……」

兄は言いにくそうにコーヒーを飲んだ。「あの人に電話してみた」

「あの人って、浩美さんのこと？」

「ああ、そうだ。外国人の子供に配慮してくれる小学校を知らないかって、一般論として尋ねてみたんだ」

「そしたら、浩美さんは何て？」

「ボランティアか何かの一環かと聞いてきた。なんであなたがそんなことに首を突っ込んでいるのかと怒ってた」

「浩美さんがどうして怒るのよ。兄さんの考えすぎじゃないの？」

「いや、本当に詰問調だったよ。昔は家庭を顧みなかったくせに、今になって他人の子供のための奉仕活動とは何ごとかって痛烈に批判された。ボランティアじゃないと言ったら、じゃあ何なんだって」

「それで結局、再婚したことは言ったの？」

「言ったよ。ブラジル人と結婚したって。翔太と同い年の連れ子がいることも」

浩美の驚いた顔が目に浮かぶようだった。

「そしたらさ、さも呆れたように『変われば変わるものねえ』って言われちゃった。『あなたが妻子のために必死になってるなんて』って」

「ふうん」

浩美は傷ついたのではないか。妻が自分でなければ夫はこうも変わるのかと。

「新しい家庭ばかり大事にして、どうして翔太には会ってくれないのかって、また責められて二度びっくりだよ。今では翔太も成長して父親に会いたがってるって言うんだ」

兄は非難がましい口調で言うが、嬉しさを隠しきれてはいなかった。

「だったら浩美さんから連絡くれればいいじゃないの」

「僕もそう言った。そしたら僕の方から連絡するのが筋なんだってさ」

「筋だなんて。それは、つまり……」

つまり、それは、浩美が被害者で兄が加害者ということだ。

「そのとき初めて思ったんだ。離婚の原因は、本当に自分だけにあったんだろうかって」

「お互い努力して意思の疎通を図らないとダメなんだろうね。所詮は他人なんだから」

「喧嘩したときだって、こちらが何を言っても、あの人は整然と反論してくる。あの人の言うことはいつも道徳的で正論だった。だから途中からうんざりしてきて、『もういいよ』と僕がふてくされて会話が終わる。いつもそうだった。だけどマリアは違う。『もういいよ』では許してくれない。とことんわかりあえるまで話し合おうとするんだ」

兄がリカルドの生い立ちや学習の遅れについて話すと、浩美は驚いたらしい。最近の少年犯罪はリカルドのような環境で育った子が関わることが多いので、何とか助けてやらなくちゃと言ってくれたという。

「教師ばかりを責めるなと言われたよ。ただでさえ忙しいのに、日本語を知らない子供が突然目の前に現われたら教師だってどうしていいかわからないってさ。あの人のクラスにも外国人がいるらしいんだ」

「あら、そうなの？　どこの国の？」

「ブラジル人もベトナム人もマレーシア人もいるんだってさ。最近は愛国教育が強調されるようになったから、外国人の子供たちはどういう気持ちでそれを受け止めればいいのかって悩んでたよ」

「浩美さんの勤務校では、外国の子供に対する特別な配慮があるの？」

「市の通訳者に頻繁に来てもらってるらしい。あとは外国語大学の学生ボランティアをしょっちゅう呼びつけてるって」

「そんな小学校もあるのね。で、浩美さんは何年生を教えてるの？」

「四年生だよ」

「リカルドくんも四年生だから、浩美さんみたいな人が担任ならいいのにね」

「やっぱり優子もそう思うか」

兄はそう言うと、ふうっと息を吐き出した。「実はさ」

「えっ、まさか兄さん、横浜に引越して浩美さんのクラスにリカルドくんを入れようとしているの？」

「そうだよ。悪いかな」

「本気なの？」

「少子化で一学年一クラスしかないと言ってたから、あの小学校区内に引越せば、必ずあの人の受け持ちクラスに入れるってことだ」

「大胆なこと考えたもんだね。リカルドくんのためには手段を選ばずってことか」

「そういうことだ。大人同士のいざこざなんて子供には関係ないんだし」

「でも、浩美さんみたいな先生は探せば他にもいるんじゃない？」

「そりゃあいるだろうさ。だけど、どうやって探す？」

「確かにそれは難しいわね。で、浩美さんはどう言ってるの？　リカルドくんを浩美さんのクラスに入れることについて」

「まだ言ってないんだ」

「えっ、事前に言っておかなくていいの？」

「言う必要ないさ。あの人はそんな料簡の狭い人間じゃない」

言葉とは裏腹に不安そうな色が見えた。もしかして前もって浩美に話して「冗談でしょう」などと突っぱねられたら、次に打つ手がないのかもしれない。一か八か賭けているのか。兄の言うように、浩美が心の広い人間であることを祈るしかなかった。

「浩美さんならたぶん大丈夫だろうけど」

「そうか、優子がそう言ってくれると安心だよ。ところで、優子も僕たちと同じマンションに引越さないか？　３ＬＤＫと２ＤＫが隣同士で空いてるんだよ」

「隣同士かあ、それはいいなあ」

「そうなれば互いに助け合えることも多いと思うよ。マリアは気性は激しいけどいいヤツだし、向上心もあるから、優子とならうまくやっていける気がする。それにあの辺は保育園も入りやすいって聞いたぞ」

「でも通勤するには遠いよ。子供がいなければ通勤圏内だけど、保育園の迎えの時刻に間に合わない。二回も乗り換えなきゃならないし、通勤時間帯は混んでて時間がかかるから、逆算すると家を出るのが……ああ、やっぱり無理。体力の壁にぶち当たるのが目に見えてる」

「だったら、出産後は横浜支社に転勤させてもらえばいいじゃないか」

「兄さん、それ本気で言ってる？　そんなこと会社が配慮してくれると思う？」

「上司に言うだけ言ってみればいいじゃないか」

「ダメモトで済めばいいよ。だけどたぶん、もっとひどい待遇になる予感がする。アジア担当からアフリカ担当にされてしまうとか」

「どうしてそうなるんだよ」

「うちの部長ってそういう人だから。あの苦虫を嚙み潰したような顔を思い浮かべるだけで気が滅入るよ」

「会社が個人の都合を考慮してくれないことは、僕だって長年の会社勤めで重々わかってるけどさ」

そう言って兄は大きな溜め息をついた。「いったいこの国はどこへ向かってるんだろうな。家庭や子供を大切にしようとすると、たくさんの壁が立ちはだかるよ」

「この世は生きにくいわね」

コーヒーがいつになく苦かった。

20

また部長に呼び出された。

「君はもしかして裏から手を回したのか？」

優子が会議室に入るなり、部長はそう言った。目立つほどお腹が大きくなっているのに、座れとも言ってくれない。突っ立ったままでいるのがつらかった。

「いったい何のことでしょうか」

「幹部会議に出たら、瀬島専務が言ったんだよ。我が社は今後、女性が働きやすい職場にするって。その内容を聞いてびっくり仰天さ」

「どういう内容だったんですか？」

「育児休暇を一年間与えるんだとさ。復帰してきたときも以前と同じ部署、同じ役職で働けるように取り計らうんだと」

「それは助かります」

瀬島とエレベーターの中で会ったとき、彼が「わかってるよ」と言ったのはこういうことだったのか。

「君は瀬島専務とも何か関係あるの？」

「どういう意味ですか？『瀬島専務とも』という言い方が引っかかりますが」

上司と軋轢を生んでも何もいいことはないという栗山のアドバイスを忘れたわけではなかったが、つい口をついて出てしまっていた。

怒るかと思ったら、部長は慌てたように言った。「今のは俺の失言。瀬島さんの耳にでも入ったら俺の首がやばくなるからな。内緒にしてくれるよな？」

「は？」

「まっ、とにかくそういうことだ。君の望み通りになってよかったじゃないか」

「部長、今の話ですと、復帰後も同じ部署ということでしたが、できれば横浜支社に転勤させてもらいたいのですが」

「はあ？　君は何を言ってるの？」と部長は底意地の悪そうないつもの表情に戻った。「どういう意味なのか説明してくれるかな？」

「はい、保育園の入りやすさを考えますと、横浜に住むのがよさそうなんです。そうなると本社まで通うのに時間がかかりすぎて保育園の送迎に間に合わないんです。それに、横浜なら姉も住んでおりますし、兄も近くですので、子供が熱を出したときでも会社を休まずに済む可能性が少しは……」

「ストップ。甘ったれんなよ。どうして君は自分に都合のいいことばかり言うんだ？　図々しいにもほどがあるよ。君はアジア担当だろ。復帰後も横浜どころかバンバン外国へ出張に行ってもらうよ。そんなの当たり前だろ」

「そんな……海外に行くのは無理です。会社を辞めろと言われてるのも同然です」

「こちとら慈善事業じゃないんだよ。なんなら正社員じゃなくてアルバイトになればいいんじゃないか？　それだったら勤務地は融通が利くはずだよ。時給は確か千円くらいだったかな。それなら雇ってやってもいいよ」

まるで自分がオーナー社長ででもあるかのように言う。底なし沼に突き落とされたような気分になった。子供を産んだら、もう二度と沼から這い上がれないのだろうか。

「今日もまた幹部会議があるから君のことは報告しておくよ。横浜支社に移りたいなどと我儘気儘を言って本当に参っちゃいましたよ、とかなんとか報告しとく。以上、話は終わり」

そう言って、部長は立ち上がり、会議室を出ていった。

21

その日も早朝に会社に着いた。

広いフロアには誰ひとりいない。静まり返った中で集中して仕事をしていると、ドアが開く音がした。顔を上げると、瀬島が入ってくるのが見えた。まるで散歩でもしているかのように、後ろ手を組み、のんびりした雰囲気で近づいてくる。

「お早う」

瀬島はパーテーションを挟んで向かい側から声をかけてきた。ちょうど水野の席の所だ。

「お早う……ございます。こんな早くからどうされたんですか？」

「何か困ったことはないかと思ってね」

先日の幹部会議で部長から話を聞いたのだろうか。我儘な妊婦がいると。

「特にありません」

そう答えると、瀬島は眉をハの字にして、窓の外に目をやった。

「そもそも瀬島さんに助けてもらう筋合いはありませんから」

言った途端に後悔が押し寄せる。お腹の子のためには何でもできると思っていたのに、いざとなると意地とプライドが邪魔をする。

「君のためじゃないさ」と瀬島は窓の方を向いたまま静かに言った。「会社のためだ。優秀な人材を確保しておくために制度改革をしようと思っているんだよ。もちろん女性のためだけじゃない。男性だって病気や親の介護なんかで休職するときがあるでしょう？」

そう言って、こちらへ向き直り、優しそうな微笑みを向けた。

「わかった？　君のためだけに動いてるわけじゃないってこと」

「……はい」

「だから、我が社の社員がどういうことで困っているのかを知っておきたいと思ってね。あくまでも一般論としてね。それに今後も妊娠・出産する後輩女性がたくさんいるだろうから、宮村さんの意見が参考になると思うんだよ」

「わかりました。それでは困っていることを言います」

そう言うと、瀬島はにっこり笑ってうなずいた。「どうぞ、遠慮なく言ってみて」

「出産後は海外出張のある部署だと厳しいんです」

甘えだとか我儘だと切り捨てられるのを覚悟で思いきって言ってみたのだが、瀬島は「そりゃそうだろ。誰が考えたって無理でしょう」とあっさり言ったので拍子抜けした。

「え？　ああ、そうですか。そうですよね。それで保育園に預けるために、できれば横浜支社に転勤させていただきたいんです。窓口業務でも裏方でも何でもやる覚悟です」

「あっ、そう。いいよ」

「え？　いいんですか？」

「他にはないの？」

「もしも保育園に空きが見つからなかったとき、育児休暇を延長していただきたいんです」

「了解。他には？」

「復帰後しばらくは時短勤務にしてもらいたいんです。できれば朝十時から四時までの」

「いいよ。他には？」

「えっと……それだけです」

「わかった」

「本当ですか？」

「宮村さんは今までツアーの企画でいくつもヒットを飛ばしてきたでしょう。『ガールズ時短旅』とか『シニアのんびり旅』とか。そんな優秀な人に会社を辞められると困るんだよ。それに、男女にかかわらず介護やパワハラでの離職を防ぐためにも勤務地や就労時間をフレキシブルにしないと、時代に取り残されてしまうよ。ただでさえ人材不足なんだから」

不倫のお詫びじゃないよ、などと言えないからか、それとも本気で会社を変えていこうとしているのかはわからない。ヒットしたツアー商品のことなどを口に出し、はっきりと理由づけをしてこちらの気持ちの負担を軽くしようとしてくれたのか。

「それじゃあ、頑張ってね」

瀬島の後ろ姿を見送った。

――やっと肩の荷が降ろせそうだよ。

背中がそう語っているように思えた。

22

産前の休暇に入ってしばらくしたとき、希和叔母の夫が事故で亡くなった。

母から電話があり、帰省して葬儀に参列するよう言われた。突然のことで希和叔母はひどく気落ちしているという。夫婦には子供がいなかったので、優子たち三人を自分の子供のようにかわいがってくれた。希和叔母の夫は釣りが好きで、兄はよく連れていってもらったものだ。叔母はいつも優しくて、遊びに行くたびに美味しいおやつを作ってくれたので、子供心にも自分の家より居心地がいいと思ったものだ。

帰省して希和叔母を慰めたいのはやまやまだった。だがこの大きなお腹では、妊娠していることが一目瞭然だ。とっくに町中の噂になっていると凡庸から聞いてはいたが、いざ帰省するとなると怖気《おじけ》づいた。葬儀にはたくさんの人が集まるのだ。

どうすべきか悩んでいると、凡庸から電話があった。

――実は、わしが葬式でお経を上げることになったんじゃ。

聞けば、希和叔母が檀家になっている寺の住職は高齢のため入院しているらしい。そのため、同じ宗派である凡庸が代わりに受け持つことになったという。

「そのことで、わざわざ電話くれたの？」

――ちょっと話しておきたいことがあっての。昌代さんがこの前、帰省されたんじゃ。

「母さんからも聞いたよ。子供を二人連れて帰ってきて町中を案内して歩いてたって」

――そうなんじゃ。そのときに鹿隠寺にも寄ってくれての。ほんで、あの人も帰省して早々、宮村さんが未婚で妊娠しとることを聞かされたようじゃった。あの人もわしが日本の戸籍や認知の問題を話しとったら、途中であの人は大笑いしよった。

「昌代が笑った？　どうして？」

――日本は平和ねって言いよった。世界には餓死寸前の子供らがたくさんおるのに、紙切れ一枚でごたごた言って、父親なんて誰だっていいじゃないの、信頼できる大人に育ててもらえれば御の字よって言うて、わしを馬鹿にしたように笑いよった。

難民から見たら些細な問題なのだろう。いや、問題でさえない。寝る場所も食べ物も飲み水も満足にない難民と共にいる昌代が笑うのもわかる。だが、日本で未婚の母が生活していくのにも厳しい現実がある。

――ああいう人と話しとったら、わしの人生が根こそぎ間違っとる気がしてきた。

「確かに難民のことを考えれば、自分の悩みなんてちっぽけに思えてくるよ。でも……」

カンボジアに行ったときも、大自然や犬や猿や牛の姿を見て、東京での非人間的な暮らしを顧みたのだった。あの宇宙飛行士だって宇宙船から地球を見たとき農業で生きると決めた。

だが、いつもの生活に戻ってみれば、日々の現実は目の前にあって避けて通れない。

――昌代さんがアメリカ人のご主人と離婚されたんは知っておいでか？

「えっ、離婚したの？　それは知らなかった」

昌代が帰省したとき、母が家に招き入れて子供たちが「スワニー河」を歌ったことは聞いた。だが、離婚の話までは出なかったのだろう。

――アメリカでは離婚なんて珍しくもなんともない言うて平気な顔しておいでじゃった。ほんでも、子供らのことはずいぶん心配されとった。これからもNPO活動を続けるつもりで、そうなると昌代さん自身に何かがあったとき、子供らの身元引受人が必要になると言って相談されてのう。

「すごい信念だね。子供たちを置いてでも危険な地域に行くなんて」

だからだったのか。昌代がトーテムポールに身長を刻んだのは。ここかしこに生きた証を残しておけば、いつの日か子供たちがそれらを見て、母の温もりを感じられるように、との配慮なのか。

——なんせ昌代さんの頭ん中は地球規模の回路じゃけ、仕方ないわ。

シングルマザーになったのに、昌代は自分の子供の世話をすることよりも、信念を貫く方を優先している。それは果たして称賛すべきことなのか、自分にはよくわからない。

——籍を入れるとか入れんとか、そんなん、そのうち笑い話になる日が来ると思うんじゃ。それも、それほど先のことやないはずじゃ。

「笑い話になるというのは、どういう意味で？」

——聞くところによると、戸籍制度があるんは、世界でも日本と中国だけらしいぞ。中国は一人っ子政策の時代に二人目以降は役所に届けんかったから無戸籍の子がようけおるらしい。ほんやから、とっくに戸籍は形骸化しとる。韓国でも戸籍制度は差別に繋がるっちゅうて十年以上も前に廃止になったそうじゃ。今はどこの国でも住民票みたいなもんがあるだけなんじゃと。日本もそのうち戸籍なんてなくなるんやないかな。そうなったら今の悩みも笑い話になるじゃろ。

「そうなるといいけどね。でも、夫婦別姓を選べる制度ひとつとったって、いまだに成立しないじゃないの」

仮に姓を選べるようになったとしたら、子供の姓は父親か母親のどちらか一方と同じになる。つまり、母と子が同じ姓で父親の姓は異なるという場合が不思議ではない世の中となる。そうなれば、未婚の母であることがバレにくい。戸籍がなくなって住民票だけとなれば、更にわからなくなるだろう。

――昌代さんにひとつお願いごとをされたんじゃ。もしも昌代さんに何かあったら、子供らの後見人になってくれんかと言われたんで、お安い御用じゃと引き受けた。

「そう、それは良かった。昌代も安心しただろうね」

自分の子供を託せるのは、心の底から凡庸を信頼しているからだろう。

電話を切ったあとも、しばらくは昌代と自分のスケールの違いを考えずにはいられなかった。何ごとにも負けない彼女のたくましさが羨ましい。同じ田舎町で同じように高校まで過ごしたのに、この違いはどの時点で生じたのだろう。生まれつきの感性の違いというものなのか。

考えれば考えるほど、昌代がますます遠い存在のように感じられた。

23

叔父の葬式に参列するために、東京駅から新幹線に乗った。

新横浜で姉が乗ってくることになっている。身重の体を心配して一緒に帰省しようと姉は言ってくれた。新横浜駅に音もなくするりと車両が滑り込んだとき、姉の隣に兄もホームに立っているのが見えた。兄一家が横浜に住むようになってから、姉はちょくちょく兄の家に行き、マリアやリカルドの世話を焼くようになったと聞いていた。口の軽い姉のことだから、兄が再婚したことはもちろん、小さなエピソードの数々まで、とっくに母の耳に入っているのだろう。

兄の背後にマリアとリカルドがいた。見送りに来たのだろう。

停車してドアが開くと、人々が次々に乗り込んできた。姉が手を振りながら通路をこちらに向かってくるのが見える。

「優子、体調はどう？」と尋ねながら姉が隣に座った。

「ありがとう。大丈夫よ」

やっと悪阻が治まり、最近になって久しぶりに体調が良くなった。お腹の子も順調に育っているると医者からも言われている。

「優子、元気そうだな」と、兄がひとつ後ろの列から顔をのぞかせたとき、音もなく新幹線は発車した。見ると、マリアとリカルドもいる。一緒に帰省するとは知らなかった。兄も覚悟を決めたらしい。

マリアがスーツケースを網棚に上げた。背が高くて力も強いから、男の力を借りたりしないところがカッコよかった。

「優子、コンニチハ」とマリアが微笑んだ。隣席のリカルドも「優子チャン、コンニチハ」と、よく通る声で言っただけでなく、こちらの目を真っすぐに見てニカッと笑った。以前のようなオドオドした上目遣いは消えていた。

「コノ子、新幹線大好キ、スゴク嬉シイ」とマリアが言うように、リカルドは窓際に陣取ると、窓に張り付くようにして外を見ている。楽しくてたまらないといった横顔だ。

姉が紙袋をガサゴソ言わせて、おにぎりと玉子焼きを取り出し、「はい、これ優子の分。こっちが私の分」と小さなテーブルに置いた。残りは背後の兄一家の席に差し入れる。

「オネーサン、イツモアリガトネ。私モ豆ノ煮物作ッテキタヨ。オネーサンノ分モアル」

「マリア、私は要らない」

「ドーシテ遠慮スル」

「遠慮じゃないよ。私はその豆料理が苦手なの」と姉がはっきり言ったので驚いた。

「ちょっと姉さん」と姉にだけ聞こえるように小さな声で言った。「そういう言い方ひどいよ。マリアが傷つくよ」

「何を言ってるの？　これから何十年もの長いつきあいになるのよ。一度でも『あら、まあ、なんて美味しいんでしょう』なんて嘘ついたら、マリアは親切な人だから、きっと会うたびにタッパーに入れて持ってくるわよ」

「それは、そうかもしれないけど……」

「一旦嘘をついたら死ぬまで嘘をつき続けなきゃならないのよ」

「大げさね」

「大げさなんかじゃないわよ。本当は苦手で食べられなくて、もらうたびに実はゴミ箱に直行だったことが後になってわかったら、マリアがどれだけ傷つくか。たかが料理ひとつだと思ってるかもしれないけど、人間関係に大きなヒビが入ることだってあるんだからね」

「……確かに。姉さんの言う通りだと思う。嘘つくのはよくないよね」

ふっと窓の外を見た。ビルや住宅が飛ぶように流れ去って行く。

——俺の子じゃないですよね？

——違うよ。水野くんの子じゃないよ。

カラオケ大王での、その一言が嘘の始まりだった。

だが、あのときは仕方がなかった。とてもじゃないけど言えなかった。

子供が二十歳になる頃には、未婚やら既婚やら離婚やら、そんなことには頓着しない世の中になっていてほしい。日本が常に欧米に追随することを考えても、そんなに先のことではないだろう。

あれから瀬島は、社内規定に新しい方針を盛り込んだ。時短勤務、保育園が見つからない場合の休暇延長、勤務地の配慮、そして介護やパワハラ離職などにも配慮した内容となった。幹部会議でもその議題が難なく通ったのは、昨今の人材不足からくる危機意識によるものだと聞いた。いつの時代も、人手不足や欧米諸国からの圧力で日本政府や企業は大きく舵《かじ》を切る。女性に対する人権意識から政治家や企業が自発的に動くことは決してない。瀬島もたぶん同じだろう。

経緯はどうあれ、安心して育児休暇を取れることになった。産休明けは横浜支社に配属される予定になっている。育休の間に、姉や兄の手を借りて横浜にある兄のマンションの隣の部屋に引越す段取りも整った。

「マリアたちのこと、母さんは電話でどう言ってた？」と姉に尋ねてみた。

「最初は声も出ないほど驚いてたけど、一週間後には、聡明な広伸のやることに間違いがあるはずないっていう結論に落ち着いたみたいだったわ」

「母さんはよくても、伯父さんたちはどういう反応を示すかな」

「そりゃあびっくりするでしょうよ」

「嫌な顔をするのかしら」

「さすがに葬儀会場では顔には出さないでしょう。家に帰ってから家族であれこれ言うんだろうけど」

　未婚で妊娠している自分のことについては、親戚たちはとっくに知ってるはずだ。凡庸が飼っているミャーコまで知っているのだから。母はそれについては何も言ってこないが、伯父たちから責められたのではないだろうか。人々の視線を想像するだけで帰省するのが億劫になる。

　だが、もう遅い。新幹線に乗ってしまった。

24

　角の郵便局を左に折れると、二本のトーテムポールが見えてきた。

　それらの前に佇んでこちらを見ているのは母だ。優子が大きく手を振ると、母も手を振り返してくれた。だんだん近づくにつれ、母の視線は、優子や姉を飛び越えて、その後ろから歩いてくるブラジル人母子に注がれているのがわかった。

「母さん、紹介するよ。こちらマリアとリカルドだよ」

聡明な息子が選んだ女性に間違いはないと母は言ったのではなかったか。それなのに、警戒心でいっぱいの顔つきをしている。

「遠い所を、ご苦労さんでした」

母はいつになく硬い声音で言った。

マリアは両手を広げて母に近づいたと思ったら、母を思いきり抱きしめた。

「オカーサン、初メマシテ、会イタカッタヨ」

いきなりのことで、母は目を見開いて棒立ちになり、マリアにされるがままになっている。

母の表情が少しずつほぐれてきて、「広伸のこと、よろしゅう頼んます」と言い、マリアの背中をポンポンと軽く叩いた。

マリアの身体が離れると、母はリカルドに手を差し出した。

「よう来てくれんさったの」

リカルドは照れ笑いを浮かべながらもしっかりと母の手を握った。

「さすが広伸が見初めただけのことはある。マリアさんもリカルドくんもしっかりした顎《あご》をしとる。堅いもんでもよう嚙める。顎は健康の元じゃでの」

そう言って、母はひとり頷いた。

いったいそれは褒め言葉なのか。母の感覚が理解できず、優子は思わず姉と目を見合わせた。次の瞬間、姉妹は同時に噴き出していた。たぶん母は、何かひとつ良い点を見つけたかったのだろう。そして息子の選択に間違いはなかったと、自分を納得させたかったのだ。だが急には見つからず、苦肉の策だったのか。戦前生まれで色白信仰のある母には、小麦色の健康美がわからないのかもしれない。


葬儀にはたくさんの人が参列した。

遠慮のない好奇の目は想像以上だった。視線が移動する順番は、判を押したように決まっていた。マリアは背が高い分、目立つので、一気にみんなの視線を集めた。そしてその視線はリカルドに流れ、そのあと優子の腹部に行きつく。優子を見てにっこり笑う婦人も少なくなかった。たぶん町の噂に疎い人で、優子が正式に結婚していると思っているのだろう。

「ミンナ、ジロジロ見ル」

マリアの声が聞こえてきた。普段はあけっぴろげな性格なだけに、感情を押し殺している低い声を聞くと、切なくなってくる。

「堂々としていればいいんだよ」と兄の声がする。「マリアが特別にきれいだからみんな見るんだ」

思わず隣にいる姉を見ると、姉が意味ありげにニヤリとした。

葬儀社の司会者が開式を告げ、導師の僧侶の入堂を知らせた。彫りの深い顔立ちの凡庸が袈裟を着ているとエキゾチックで、国籍不明の人のように見えた。

朗々と響きわたるバリトン歌手のような読経が終わり、それまで背中を向けていた凡庸が、参列者の方に向き直った。懐から紙を一枚取り出し、希和叔母の夫の経歴や生前の仕事を紹介し、自治会ではレクリエーションの係を担当しており、ハイキングなどを通して親睦を深めた功績を称えた。そのあと紙を再び懐にしまうと、コホンと咳をひとつして、ゆっくりと式場全体を見渡してから、おもむろに口を開いた。

「仏教を開かれたお釈迦様は、生まれてすぐに『天上天下唯我独尊』とおっしゃったとあります」

凡庸は落ち着いた様子で法話を始めた。「最近はこの言葉の意味を、この世で自分が一番偉いと解釈する人もいるようですが、それは間違いです。本来の意味は、自分という存在は他の誰とも代わることのできない、ただ一人の存在だから、そのままで尊いということです」

言葉を切り、しんとした聴衆をゆったりと見回した。

優子と目が合うと、凡庸は微かにうなずいた。

「ですから、国籍や肌の色や金銭の有無などの価値を超えて、命を持っているというだけで尊いのです。その他の尺度で判断してはいけないとお釈迦様はおっしゃっています」

兄がハッとしたように顔を上げて凡庸を見たのが視界に入った。

「また、山川草木悉有仏性《さんせんそうもくしつうぶつしょう》という言葉にあるように、人間のみならず自然界すべてのものに仏性、つまり仏の心の源である真理が存在すると考えます」

ふとカンボジアを思い出した。人懐こい猿や、道路を悠々と横断する牛や、暑さで顎を地面に投げ出していた犬たち、そしてその後ろに広がる密林……。

「御同行《おんどうぎょう》・御同朋《おんどうぼう》という言葉がございます。どの人もみんな仲間であるというような意味です。多忙な日常生活を送っておりますと、この言葉を忘れがちになります。ですから、みんな仲間だという意識が錆《さ》びつかないよう日々努めていくことが大切です。『世界に一つだけの花』という歌が流行《はや》りましたが、あれは阿弥陀経の言葉と重なっていて、どんな色でも形でも、それぞれに美しい、それぞれに価値がある。違っていてそれでいいという捉え方でございます」

年寄りたちも、じっと凡庸の言葉に耳を傾けていた。肌の色の違うマリアとリカルドがいて、未婚なのに腹の大きい優子がいる。それらを意識しながら聞いているのか、場内が静まり返った。だが凡庸は、きっと昌代の子供たちのことを思って語っているのだろう。

葬式が終わって家に帰ると、母が早速「お茶でも飲みながら報告会でもやろうかの」と言いだした。

「オカーサン、私、手伝ッテアゲル」とマリアが母に続いて台所へ入っていく。

「妊婦さんは疲れたでしょう。手伝わなくてもいいからね」と言いながら、姉も続いた。

「リカルドくん、オセロゲームやろうよ」と優子は誘ってみた。「ウン、ヤル」とリカルドは嬉しそうだ。

しばらくすると、お茶とお菓子が揃ったので、みんなで炬燵を囲んだ。前回と違ってマリアとリカルドもいるから、炬燵がひとつでは窮屈だった。だから二階からもうひとつ持って降りて、二つをくっつけた。

「私は相変わらず元気でやっとります」と母が口火を切った。「変わったことといえば、白内障の日帰り手術をしたことくらいです。それと、血圧が高うならんよう、塩分を控えております」

マリアとリカルドにもわかりやすいように配慮したのか、母は大きな声でゆっくりと話した。だが、白内障だとか血圧などという言葉が難しかったらしく、マリアは母に意味を尋ねた。わからない言葉をそのままにしておかず、すぐその場で尋ねるという貪欲さがなければ、語学の上達は望めないのかもしれない。マリアはバッグからノートを取り出し、母の説明を書き留めている。さすがに十二回目にして、あの漢字だらけの運転免許の筆記試験に受かったというだけのことはある。兄はいつもこういった向上心のある女性を選ぶのだなと、今更ながら誇らしく思った。

「ほんなら次、真知子。どうせ変わったことは何もないって言うんじゃろうけど。いっつもそうじゃやけえね」

「残念でした。今回はあるの」

「ほお、なんじゃ」

「私ね、闘うことにしたの」

「闘うって、何と闘うんじゃ？」

「政重を守ることにしたの。エリートの父親を持つと大変よ。あの子は父親ほど頭がいいわけじゃないの。努力はしているけど限界があるわ。これ以上追い詰めない方がいいと前から思ってはいたんだけど、お義母さんや和重さんにはなかなか言い出せなくてね」

「つまり、お姑さんや和重さんと闘うっちゅうことか？」と母が不安げに尋ねる。

「広伸や優子を見ていて決心がついたのよ。二人とも世間と闘ってるのに、きょうだい三人のうち私だけが情けないって」

姉が自分をそんなふうに見ていてくれたとは思いもしなかった。

「そうか、僕も闘っていたのか……」と兄が初めて気づいたように言う。

「わかった。真知子は正しい。誰にも遠慮することはない。母親が子供を守ってやるんは当たり前のことじゃから、お父さんもあの世から応援してくれよるはずじゃ」

母は自分を納得させるように何度もうなずいた。

マリアとリカルドは静かに聞いている。意味がわかっているのかどうかはわからないが、顔を見ると、二人とも興味津々といった表情で、何やら楽しげだった。

「ほんなら次、広伸」

「僕は見ての通り。新しい家族ができて順調にやってるよ」

「リカルドくん、学校は楽しい？」と尋ねてみた。

「ウン、楽シイ」とリカルドは即答した。

「トテモ、イー学校ネ」とマリアが言う。「先生ガ優シーヨ。ワカルマデ教エル」

「嫌になっちゃうわね」と姉が口を挟んだ。「わかるまで教えてくれるなんて、私の子供時代は当たり前のことだったわよ」

「姉さんの時代は田舎には学習塾がなかったから、教師も責任重大だったかもね」

なんでもかんでも昔が良かったと言うつもりはない。きっと昔より良くなったことの方が数えきれないほど多いだろう。だが、悪い方へ向かっている面も確かにある。

「ほんなら広伸のところは特に問題はないんじゃね」と母がまとめる。

「うん、僕は大丈夫だ。楽しくやってるから」

「ほうか、ええ嫁さんが来てくれてよかったの。会うまでは心配じゃったが、マリアさんもリカルドくんも澄んだ目をしとるのを見て安心した」そして「次が本命じゃ」と母はこちらを見た。未婚の妊婦が最も気がかりらしい。

「優子はどうするつもりなんじゃ。まずは正直な気持ちを聞いとこ」と母は言った。

「会社には戻れるし、シングルマザーだから保育園にも入りやすいと思うし、もしも空きがなかったら育児休暇を延長してくれることになってる。だから、あんまり心配はしてない。それに、子育ては姉さんやマリアが手伝ってくれると言ってるし」

「それなら一応は安心じゃの。この先もしっかり稼いでいかんとどもならんからの」

「優子、オ腹ノ子供ノ父親ハ誰？」

マリアの質問は素朴なものだったが、優子は黙ってしまった。

「会社の後輩なんじゃろ？」

母はとっくに姉から何もかも聞いているのだろう。

「いつじゃったか、写真に写っとった若い男の子か？」

「……うん、まあ」

「その人には父親じゃいうこと、今も言うとらんのじゃろ？」と母が聞いた途端、マリアがいきなり大きな声を出して何かを言った。たぶんポルトガル語なのだろう、何を言ってるのかわからないが、眉間に皺を寄せて早口でまくしたてた。

――なんで相手に言わないの。おかしいよ。優子はいったい何を考えているの？

たぶん、そんなようなことを言ったのだろう。マリアの問い詰めるような視線を避けるため、俯いてお茶を飲んだ。

「ドーシテ言ワナイ？　優子、変ダ」とマリアは言った。見ると、思いきり顔を顰めている。

「僕なら絶対に教えてほしいけどね。何年も経ってから、いきなりあなたの子供です、なんて言われたときのショックを想像すると恐ろしいよ」

「そりゃそうじゃろうのう。一応は言うだけ言うてみたらどないじゃ」

「ほらね、みんなそう言うでしょう？　男にも責任を取らせなきゃおかしいのよ」

「姉さん、また責任なんて言葉を使ったりして……」

「いつかはきっとバレることなのよ」

「どうして？　わからないままかもしれないじゃない」

「馬鹿ね。子供が聞くでしょうよ。『僕のパパは誰なの』って」

姉は甲高い声を出して子供の声音を真似た。

「そうかな。聞かないかもしれないじゃない」と抵抗を試みる。

「もし聞かないのなら、子供が母親に遠慮しているからよ。子供の遠慮をいいことに、優子は知らんぷりするの？」

「そんな冷たい親子関係じゃダメだよ」と兄が断言するように言った。「子供が尋ねてこなくても、その気持ちを察してやるのが親だろ」

この場から逃げ出したくなってきた。水野に知られたくなかった。紗絵に対する暴力や軽薄な面を思うと、かかわり合いたくない気持ちでいっぱいだ。だが、姉や兄の言う通り、いつかわかってしまう日が来る可能性はゼロじゃない。

「優子が、ああでもない、こうでもないと、気を揉む必要はないと思うんじゃ」と母が続ける。「相手に知らせた場合、相手がどう思うか、どう出るか、何を言うか、そんなこと優子が想像してみても仕方がないことじゃ」

「そうだよ。他人の気持ちなんてわからないもんだよ」

「長年連れ添った夫婦じゃって、互いにわからんことはようけあるからの」

「誠実に嘘をつかずに思ったことをそのまま言えばいいんだよ」と兄が真剣な目をして言う。

「それはどうだろ」と姉は異を唱えた。「思ったことを誠実に言う必要なんてないのよ。優子は単に、『あなたの子供です』と事実だけを言うべきなのよ」

「姉さん、それはどういう意味？」と兄が尋ねる。

「優子が思ったままを口にするなら、『結婚はもちろん認知も結構です。男の責任だとか、そんな古い考えを私は持っておりません』とかなんとかごちゃごちゃ言うに決まってる」

「どうしてそれがいけないの？」

「ほうらね、優子はそういうことを言うつもりだったんでしょう？」と、姉は勝ち誇ったような顔になった。「そんな余計なことをわざわざ口に出す必要はないんだってば。どんどん女が不利になるだけよ」

「まったく、姉さんたら、不利とか有利とか、そんな損得勘定ばかり言って……」

「なんで優子が溜め息つくのよ。私のこと古い人間だと思ったんじゃないでしょうね。あのねえ、日本の社会にはね、まだまだ封建的な部分がいっぱい残ってるの。それに、出産後も順調に勤め続けられるかどうかわからないわよ。子供の病気だけじゃなくて、優子だっていつ事故に遭うかもわからないでしょう。そしたらどうするの？」

「どうって言われても……」

「そうなったら私はもう知らないわよ」

「そう言われりゃそうじゃな。私ももうトシじゃから、優子の子供が成人するまで面倒見るなんてことは、どう考えても無理じゃわ」

「僕だって、どこまで助けてあげられるかわからない。薄情なことを言うようだけど、それぞれに生活があるからね」

「あら、優子、なに驚いてんのよ。そんなの当たり前のことでしょう」と姉が呆れたように言う。「私だって、そのうちダンナの親の介護で手一杯になる日が来るかもしれないし」

「そんなことわかってるってば」と答えながら、じわじわと不安になった。

自分が早死にしたら子供はどうなるのか。

それどころか、出産と同時に命を落とす母親もいる。

水野には絶対に告げないと決心していたはずなのに、心が揺れた。水野は激しい暴力を振るうわけではない。つねるだけなのに、大げさに考えすぎていたのではないか。でも……だったらなぜ親兄弟にそのことを気軽に話すことができないのか。青痣ができるほどつねるという、そんな陰湿なことをする男が、腹の中の子供の父親だと思われたくなかった。いつの日か、子供の耳に入ることも何が何でも避けたい。

膝の上に置いた手をじっと見つめた。小さくて頼りなく見えた。

25

その夜、パソコンに向かい、水野へのメールを何度も書いては消した。

書き終えたときには夜中の二時を回っていた。明日の朝、もう一度読み直してから送信することにしよう。夜に手紙を書いてはいけないと、子供の頃、父から教わった。夜は誰の心にも感情の魔物が潜んでいる。後になって読み返したとき、死にたくなるほど恥ずかしくなって、書いたことを後悔することが多いのだという。

翌朝、目が覚めると、早速メールを読み返してみた。

――水野くん、こんにちは。いま私は産休で帰省しています。来月二十三日が出産予定日です。今さら言いにくいのですが、お腹の子供は水野くんの子供です。今まで嘘をついていて本当にごめんなさい。何度も言おうとしたのです。でもカラオケ大王で、「もしも水野くんの子供だったらどうする？」と尋ねたとき、「土下座してでも堕ろしてもらう」とあなたは言いました。だからあなたの子だとは言えなかったのです。だけど私はどうしても産みたかった。三十九歳という年齢もあって子供を産む最後のチャンスだと思ったからです。百パーセント私の身勝手です。ですから認知してもらいたいとは思っていません。ただ、水野くんには知らせておいた方がいいと身内からも言われ、もしも私が水野くんの立場だったらと想像してみたのです。女の私が男の立場を想像するのは難しいのですが、目を瞑って集中して考えてみると、私なら知っておきたいと結論が出ました。一生涯知ることがないと保証されるのなら話は別かもしれません。ですが、いつの日か子供が父親に会いたいと言い出すときが来るでしょう。私にとっては子供がいちばん大切ですから、父親に会いたいという子供の切なる願いを無視することは困難だろうと思います。経済的なことなどで水野くんに望むことは何もありません。ただ事実を知っておいてもらいたかったのです。それでは、お元気で。

特に感情が高ぶっている文章ではなかった。淡々とありのままを書いたつもりだ。

時計を見ると、八時三十五分だった。今ごろ水野は通勤電車の中だろう。だったらスマートフォンに送信しよう。

そう決めたものの、送信ボタンを押そうとしても、どうしても指が動かなかった。取り返しのつかないことを自分はしようとしているのではないか。紗絵の腕にあった紫色の痣を、簡単に見過ごしてもいいのか。もっとよく考えた方がいい。何事も心に迷いがあるうちはやめた方がいいのではなかったか。決心が固まるまではやめておこう。

そう思い、別の内容を打ち込んだ。

――水野くん、留守にして申し訳ありません。仕事の段取りはきっちり説明しておいたし、水野くんの仕事ぶりは日頃から信頼していますが、もしもわからないことがあれば、遠慮なくメールをください。産休中であっても、できるだけサポートしていきたいと思っていますから。

送信すると、間髪を容れずに既読マークがついた。

——ご心配ありがとうございます。いまのところ大丈夫です。育休明けは横浜支店に勤務されるんですよね。もう企画部所属じゃないのに、お心遣いに感謝です！　今後何かあれば、お言葉に甘えて宮村さんに相談させてもらいます。そのときはよろしくお願いします。実は俺、来週は有休を取ってハワイです（笑）。

——それはよかったね。青木紗絵さんと行くの？

詮索するつもりはない。知っておいた方がいいと思ったのだ。お腹の子の父親の行く末を。

——ビックリです。青木さんと俺がつき合ってたこと、宮村さんは知ってたんですか？

先月末で青木さんは会社からいなくなりましたよ。派遣先を急に変えたくなったとかで。

——それは知らなかった。でも、水野くんは今も青木さんとおつき合いしてるんでしょ？

——とっくに別れました。あちこちに俺の隠し子がいるんじゃないかって疑ってるんですもん、参りましたよ。

——へえ、どうしてそう思ったんだろ。それとも案外と水野くんもそういう心配しなくちゃいけないくらい、あちこちで悪さしているとか？

——冗談やめてくださいよ。俺に子供がいるなんて想像したくないですよ。

——でも、水野くんは女の子にモテるから、そういう可能性もあるんじゃない？

しつこいとは思ったが、聞いておきたかった。

——そりゃあ酒が入ったりすると、何かのハズミでそうなることは結構ありますよ。でもまさか子供まではね。

どうしてこうも、自分に都合のよい考え方ができるのだろう。

——まっ、どっちにしろ、万が一妊娠したら、どんな手を使ってでも堕ろさせますけどね。

——ハワイは誰と行くの？

——新しい彼女と一緒でーす。

ふと、焼津の女将が言った言葉を思い出していた。

——子供を産んでも旦那からは音沙汰なしでした。金銭的な援助もなくてギリギリの生活だったんです。同じ市内に住んでいるから噂も耳に入っているだろうに完全無視ですよ。あんな男をよくも好きだったもんだと、男を見る目のなさに自分でも呆れました。旦那はこの世で一番憎い人になってしまいましたよ。

もしも水野が無視を決め込んだら？　そんな覚えはないと開き直ったら？　どうして堕ろさなかったのかと詰め寄ったら？　だとしたら、水野がこの世で一番許しがたい男になる。

――それじゃあ、またね。仕事でわからないことがあったら遠慮なくメールください。

――お気遣い感謝します！

水野に限らず、自分の子供がこの世に存在することを知らないままの男性は案外多いのではないだろうか。

再び蒲団に潜り込んで目を閉じた。

いつまでそうしていたのか、ふと時計を見ると既に十時を過ぎていた。着替えてから一階へ下りると、マリアが台所で鍋をかき混ぜていた。豆料理を作って親戚に配ると言う。母と姉は朝市に出かけ、兄とリカルドは散歩に出たらしい。

「優子、何ヲ悩ンデイル。私ニ話シテ」

マリアが料理の手を止めないまま、じっと見つめてきた。

「……うん、実はね」と、ついさっきの水野とのやり取りや紗絵の紫色の痣のことを話してみたくなった。

「ツネルノハ暴力ダヨ。そんな男ニ妊娠ノコト言ッタラ、ダメダメ」と、マリアはきっぱり言い切った。「私ノ友ダチ苦労シタ。二度ト会ウナ」

息を止めてマリアを見つめた。

私はそのとき、心底安堵していた。今までずっと、そのアドバイスを待っていたことに初めて気づいたのだった。

　そしてやっとマリアが背中を押してくれたのだ。もう水野とは一生会わなくていい、妊娠を告げなくていいと許可がもらえた気がして、ふうっと長い息を吐いた。

　そのときメールの着信音が鳴った。凡庸からだった。

　——宮村さん、わしと籍を入れる話、あれからどないなった？　宮村さんが実家におるうちに会って話しておいた方がようないか？　もし籍を入れるおつもりなら、生まれる前に届けておいた方が簡単に済むはずじゃわ。難しいこと考えんと、御母堂にも、わしの実子じゃと言い張ったらよろし。出産後は、東京に帰ってまたバリバリ働かれるのもよし、それとも大都会に疲れたらわしの寺で共同生活するのでもオッケーじゃ。ほんでいつかそのうち宮村さんに好きな人ができたら、そんときはわしと離婚して再婚されたらよろしいわ。わしはこの先も寺でのんびり暮らすつもりじゃし、恋をする予定もないけ、わしのことは気にせんでもええからの。まあ、気楽に考えてくれたらええんじゃわ。

26

　中国語会話のイヤホンを外した途端に母の声が聞こえてきた。

「お父さん、早いもんで優子が帰省してきて三週間が経ちました」

隣の仏間で、父の位牌に話しかけているらしい。耳が遠くなったのか、声が大きくて、こちらの部屋まではっきりと聞こえてくる。

「お父さんが亡《の》うなってから私はずっと独り暮らしでしたけど、家の中に誰かがおってくれると、なんとのう安心感がありますわ。優子は妊婦じゃけえ、栄養にも気を遣ってやりたいと思うて炊事にも精出しとります。そうしたら自動的に自分の食生活もようなりましたから一石二鳥ですわ。優子はこのまんま東京には帰らんと、こっちの病院で子供を産むことになりました。私ももう年ですけんど、しっかり面倒見てやろうと思っとります。それと、びっくりしたんは真知子のことじゃ。先月の希和んとこの信次郎《しんじろう》さんの葬式で子供ら三人揃って帰ってきよりましたが、真知子の顔つきが変わっとりました。以前は、政重ちゃんの成績が思わしゅうなかったせいか、帰省するたびに疲れたような顔しとりましたが、このたびは解放されたような笑顔を何度か見ましたんじゃ。政重ちゃんは将来、理学療法士になると決めとるらしゅうて、ほんじゃったらそれほど受験勉強も大変じゃないっちゅうことになって、塾だか予備校だかもやめたらしいですわ。ほんで真知子は日本語教師の資格を取るとかで、専門学校に通い始めました。日本に住んどる外国人の子供らに日本語を教えてやるんじゃっちゅうて、えらい勢いでしたわ。たぶん広伸から影響を受けたんじゃないかと思うとります。

広仲は、この前報告した通り、マリアさんと結婚したんじゃけど、連れ子のリカルドくんは走り高跳びが得意なんじゃて。オリンピックに出るんじゃ言うて張りきっとります。広仲はトーテムポールにリカルドくんの身長を刻んでやっとりましたわ。そうそう、忘れたらいけん。大事な報告がありました。優子が鹿隠寺の息子と籍を入れたんですわ。ほんでも、優子はなんであんな風に育ったんじゃろうかのう。聞けば聞くほど優子はふしだらな娘ですわ。お腹の子の父親は、凡庸さんらしいんです。真知子からは後輩の若い子じゃって聞いとったのに。要は、お父さん……言いにくいんじゃけんども、優子はあっちこっちの男と関係を持っとって、誰の子かわからんくらいお盛んやったっちゅうことなんやと思います。私の育て方に問題があったんじゃろか。姉の真知子は私にとって初めての子じゃったから、行儀作法やら何やら厳しく育てました。今考えると神経質すぎたかと反省点も多々あります。ほんで次に生まれた広仲は男の子じゃったから、しっかりした人間になるようこまごまと口を出しました。口うるさい母親じゃったと反省しきりです。でも優子だけは放ったらかしでした。末っ子じゃし、五年生じゃった真知子が母親気取りで面倒見てくれたでの。ともかく優子だけは甘やかしすぎましたわ。ほんやから、あんな真面目そうな顔して実はアバズレの女になったんですわ。ほんでも結局はお寺さんと結婚して、丸く収まったんですからの。まっ、私のええ加減な子育ても、まあまあ成功やったんじゃなかろうかと思うとります。じゃけど、まんだまんだ安心はでけんのですわ。この世の中、何が起こるかわかれしまへんでの。長生きして、子供や孫の行く末を見届けんといけんから、お父さん、当分そっちへは行けませんので悪しからず」

チーンと鈴《りん》の透明な音が響いてきた。

なるほど、そう思ってたのか。いつもなら何でもズケズケ聞いてくる母が、凡庸といきなり入籍して以降、何も聞いてこないので不思議に思っていたのだった。

「母さん、そろそろ買い物に行かない？」と、隣の部屋から呼びかけた。

「そうじゃの」

夜の七時を過ぎると、田舎のスーパーはガラ空きになる。顔見知りに会わずに済む時間帯を狙って外に出るようにしていた。凡庸と結婚したことは町中の誰もが知っていて、次々に声をかけてくるからだ。

――鹿隠寺の住職と結婚したんじゃってなあ。それなんに東京の会社に勤め続けるって聞いたけど、なんでじゃ？

そう遠慮なく尋ねてくるのは、隠す必要のないたわいのない理由だと思っている証拠だ。

――宮村家の我儘な末っ子は、どうやら旅行会社の仕事が楽しゅうて、なかなかやめられんらしい。

——住職が可哀想じゃのう。気儘な嫁はんもろうたら苦労するわ。

噂好きの人々の頭の中では、とっくに答えが出ているのが見て取れた。

「この歳になって夜に出かけるようになるとはの」

助手席に座った母はどことなくウキウキして見えた。自分が帰省してくるまでの母は、日が暮れる頃には戸締りを済ませ、テレビを相手にする生活だったらしい。

「車があると、ほんに便利じゃ」

中古の軽自動車は、伯父の口利きで安く手に入れた。それまで母は、隣町の大型ショッピングセンターへ行くにはバスを利用していたが、車だと楽チンだし、あっという間に到着すると言って喜んでいる。母は三人もの子供を産み育てたから度胸が据わっているのか、お腹の大きい娘が運転するのを心配する様子もない。楽天的で滑稽な感じさえする母といると、ついつい神経質になりがちな日常の中で、ホッと息がつけた。

巨大な駐車場は、思った通り空いていて数台の車しか停まっていなかった。そもそもこの時間帯にスーパーに来るのは見知らぬ若者ばかりで、知り合いはいない。

買い物カートを押しながら店内を回った。食料品だけでなく、新生児用品のほとんどをこのショッピングセンターで買い揃えていた。

「哺乳瓶も肌着もガーゼハンカチもお包《くる》みも買ったし、これでもう揃ったよ」

母にそう言ったときだった。強い視線を感じて顔を向けると、少し離れた所から誰かがこちらをじっと見ていた。思わず「あ」と口をついて出たとき、関口はこちらを思いきり睨んでから、プイッと横を向いてエスカレーターの方へ行ってしまった。

――僕は怒ってるんだぞ。

その怒りを思いきり態度で示してやったんだ、とでも言いたげだった。一連の妊娠騒動は本当に腹立たしいことだったに違いない。

――優子のお腹の子の父親になってくれへんか。

そう母から頼まれ、関口は考えに考えた末に決心し、わざわざ上京した。

関口から見たあの日のできごと――あのとき喫茶店で、優子は妊娠などしていないと言ったのに、なぜか夜になってホテルに会いにきて前言を撤回した。ロビーで向き合い本題に入ろうとすると、優子の携帯に仕事の電話が入り、そそくさと帰ってしまった。「本当に本当にごめんなさい。妊娠というのは嘘なの。頭がどうかしてたの。どうかご容赦ください」優子から届いたメールはそれだけだった。いったいどういうことなのかと何度もメールで尋ねたのに、梨の礫《つぶて》だった――

あれから数ヶ月しか経っていないのに、大きなお腹で帰省してきたことに、関口はきっと驚いただろう。それも噂によれば、あろうことか凡庸の子供だという。凡庸の子を僕に押しつけようとしたのか。そう思って優子の人格を疑ったに違いない。いや、それ以前に、母娘揃ってわけのわからない、つまり頭のオカシイ女たちだと思っただろう。

百パーセントこちらが悪い。今後、町で関口に会っても、あまりに申し訳なくて、どういう顔をしていいのかわからない。謝罪したところで彼は納得しないだろう。言い方次第では余計に傷つけることになる。本当は凡庸の子じゃないんだよ、未婚の母になることが怖かったんだよ。そう正直に言わない限り、理解してもらえないだろう。だから、今後もずっと関口には軽蔑され恨まれたままでいようと思う。それに、自分がとんでもなく常識外れの女であることは事実なのだ。あのとき関口を利用しようとしたことについては言い訳できない。籍を入れてからすぐに離婚すればいいとも考えていた。どうしてああも利己的になれたのか。お腹の子のために、他人の心を踏みにじって知らん顔しようとしていた。

「車までお荷物お運びしましょうか」

レジで精算を終えると、男性店員が声をかけてくれた。暇な時間帯ということもあるのだろうが、妊婦と老女の二人連れが大きな荷物を持つのを見るに見兼ねたのか、その気配りが嬉しかった。

日曜日には美佳が家に来た。吹奏楽部の顧問で土日も忙しいと言っていたが、コンクールが終わったので少しのんびりできるという。

「優子が凡庸と結婚するなんて、いまだに信じられんよ」

そう言って、真正面から見つめてくるので、思わず目を逸らしてしまった。

「それも、おめでた婚だってね」と言いながら、こちらの腹の辺りをじっと見る。

「優子と凡庸が恋愛するっていうのが、私うまく想像できん」

「そお？」

「だって、あんたら男だとか女だとか互いに意識しとらん友だち関係じゃったじゃろ？」

「そうだったかな。うん、以前はそんな関係だったけどね」としどろもどろになる。

「ごめん、ごめん。もっと素直におめでとう言わんならんのに、なんや私、ごっつい違和感あって。あ、言うとくけど、先越されて嫉妬しとるわけじゃないからね」

「うん、わかってる」

そのとき、母が襖を開けて入ってきた。

「粗茶ですけど、どうぞ」

「おばちゃん、ありがとう。気い遣わんとってね。ほんで、おばちゃんはやっぱり、優子のおめでた婚は嬉しいんじゃろうね」

「そりゃあ親としては嬉しいですわ。美佳ちゃんも早う親御さんを安心させてあげんさい」

　母が、無神経にも余計なことを言うのでハラハラした。早く部屋を出ていってほしいのに、部屋の隅から座布団を持ってきて正座した。見れば、湯呑みも三つある。

「おばちゃん、正直言って私ショックだったんじゃ。ほんだって今さら凡庸となんて」と、美佳が言いかけるのを遮って「その考えは違《ちご》うとる」と、なぜか母はきっぱり言った。「凡庸さんは確かに日焼けしたデブじゃ。あれじゃあ女にはモテんじゃろ。ほんでも優しゅうて頭もええし、誠実なお人じゃ」

　呆気にとられて母を見た。

「それは私も知っとるけど、ほんでもやっぱり……」

「そうじゃろ。じゃったら不思議でもなんでもない」と、母はまたもや毅然と言う。

　そのとき、玄関のチャイムが鳴り、「宮村さん、そろそろ行きまひょか」と声が聞こえた。

「あ、そうじゃった。今日は習字教室じゃ」と言いながら、母は慌てて部屋を出ていった。

　美佳は納得できないような顔つきで、お茶をゴクリと飲んだ。

27

　――産気づいたら、遠慮せんとすぐ電話してくるんじゃぞ。すぐに車を出すからの。もちろん夜中でん構わんよ。

近所に住む親戚たちは、みんなこぞってそう言ってくれた。

優子が鹿隠寺ではなく、実家にいることを不思議に思う者はいなかった。凡庸の両親は既に亡く、もうずっと前から凡庸は独り暮らしだ。臨月の妊婦が慣れない寺で夫の世話をしながら過ごすよりも、実家で母親に身の回りの世話をしてもらった方が安心だと思っているようだった。

凡庸からも申し出があった。

——わしらは夫婦っちゅうことになっとるんじゃけ、出産のときはわしが駆けつけんとおかしいじゃろ。

言われてみればその通りだった。この先ずっと夫婦のふりをして暮らしていかなくてはならない。それを思うと気が重かったし、凡庸にも申し訳ない思いでいっぱいになる。

母はしきりに「結婚したのに凡庸さんに独り暮らしさせて心苦しい」と言い、頻繁に夕飯に呼んだり、手作りの総菜を鹿隠寺に届けるよう優子に言いつけた。

——赤ん坊が生まれてくるんが楽しみでしょうがないわ。

そう言うときの凡庸は、無邪気な笑顔を見せる。子供の誕生を本当に心待ちにしているようだった。

予定日を三日ほど過ぎた頃、明け方になって産気づいた。母がすぐに凡庸に電話をすると、数分後に凡庸が玄関先に現れた。凍えるような寒さの中、吐く息が白い。まだ空が白み始めたばかりだったが、日頃から早寝早起きだから既に起床していて、縁側の雑巾掛けをしているところだったという。

凡庸が運転する車の後部座席に、母と二人で乗り込み病院へ行った。初産は時間がかかると言われている通り、元気な男の子が生まれたのは、夜中になり日付けが変わる頃だった。その間、凡庸は廊下を行ったり来たりしてずっと待っていてくれたらしい。

「優子にそっくりじゃ。あらあら、うちのお父さんにもよう似とる」

母がそう言って目を細めた。母にとって孫の誕生は兄広伸の息子の翔太以来で、約十年ぶりだった。

若い看護師たちも「ママにそっくりじゃね」と口々に言った。生まれたばかりで皺だらけの真っ赤な顔をしているから、誰に似ているのかなど普通ははっきりとはわからないものだが、少なくとも彫りの深いロシア人みたいな凡庸には全く似ていないと誰もが感じたようだった。つまり、水野にも似ていなかった。

この子は私だけに似ている……そう思えたことが、これほど精神の安定をもたらすとは、それまで想像もしていなかった。自分の血だけを受け継いでいるように思えた。誰の子かと聞かれたら、堂々と「私の子供です」と答える権利を得たような気がした。

冬鷹《ふゆたか》と名付けたのは凡庸だ。鳥類の王者の鷹のように、雪原を自由に羽ばたく姿をイメージしたという。退院してからは実家で上げ膳据え膳で過ごした。とはいえ、自分は二時間置きの授乳だけで精一杯で、常に眠くて仕方がなかった。その後の育児休暇も実家で過ごし、凡庸もちょくちょく見にきてくれた。

28

冬鷹はすくすくと育った。寝返りを打てるようになったと思ったら、お座りもできるようになった。そして、気づくとつかまり立ちをするようになり、その数週間後には、今にも鼻歌でも歌い出しそうな楽しげな笑顔でよちよちと歩き始めた。

その日は、いい天気だったので、冬鷹をベビーカーに乗せて鹿隠寺に出向いた。

「こんなこと言うたら宮村さんはゾッとするかもしれんけど、わしは子供が生まれて、ごっつい嬉しいんじゃ。わしはひとりっ子じゃし、とうに両親も亡うなっとる。都会の喧騒の中ならともかく、夜は物音ひとつせん田舎じゃ。そんな中でわしは何年も暮らしてきた。歳を取るにつれて、なんや無性に寂しいてのう。ほんでも今は、戸籍上だけでも自分にも息子がおると思うたら、この辺が何や熱うなるんじゃ」

そう言って、凡庸は自分の胸の辺りを押さえた。

「本当にありがとう。今後も何かと迷惑かけることがあるかもしれないけど」

「そんなこと気にせんとって。冬鷹がおる、それだけでわしウキウキするんじゃもん」

そう言って、凡庸は膝の上に乗せた冬鷹に背後から頬ずりした。

「それになぁ」と凡庸は声を落とした。「ご存じの通り、うちの家系は癌体質じゃ。父親はわしが大学生のときに亡うなったし、母親は十年近《ちこ》う前に亡うなった。わしも早死にするかもしれん。ほしたらＤＮＡ鑑定もできんようになる。要は、あんたさえ黙っとったら、わしはあの世に行っても冬鷹の父親でい続けられるっちゅうことじゃ」

絶句して凡庸を見つめた。

「ここに冬鷹がおる。もうそれだけで十分じゃ。戸籍がどうとか誰が父親だとか、そんなことは冬鷹の存在に比べて何と小さなことなんじゃろうのう」

産んでよかったのだ。

頑張って生きていこう。冬鷹とともに。

エピローグ

お父さん、聞いてくださ い。私はこないに歳取ってから大都会に住むようになるなんて考えてもおらんかったんです。冬鷹くんが保育園に入れんかったもんで、優子が手伝ってほしい言うもんじゃけ、はるばる横浜まで出てきました。それというのも、会社に復帰できて横浜支社に勤務できたまではよかったんじゃけど、上司に時短勤務のことや休みが多いことでネチネチ嫌味を言われとるようです。私は初めての都会生活で、最初の頃は人の多さに目が回って気分が悪うなったもんじゃけど、最近やっとスーパーと幼稚園への往復だけは慣れてきました。心強いのは広伸一家が同じマンションの隣の部屋に住んどることですわ。そのうえ真知子んところは電車で三駅じゃから、ちょくちょく顔を出してくれて、おしゃべりに花を咲かせております。真知子は料理が上手じゃけえ、いっつも美味しいもんを作って持ってきてくれて助かっとります。それにしても、都会で女ひとりが子供を抱えて暮らしていくんは、ほんに大変ですわ。凡庸さんは、お寺さんの学会で上京するたんびに顔を出してくれます。冬鷹が可愛いくて仕方ないようじゃ。生まれたばっかりの頃は優子にそっくりじゃと思ってましたけど、最近は凡庸さんにも似てきました。ときどき私も田舎の空気が吸いとうなるんじゃけど、そういうときは、凡庸さんの学会の日程に合わせて、一緒に連れて帰ってもらえるんで安心です。ひとりじゃと、私はいまだに汽車の乗り継ぎがようわからんのです。何が幸せかって、小さい孫らがみんな健やかに育っとることですわ。子供はみんなの財産やと言う人おるけど、私はそういう風なんとは違って、小さいもんが嬉しげに楽しげにしとるんを見るんがただただ好きなんじゃわ。そういえば、お父さん、広伸んとこの翔太くんに会いました。えらい久しぶりじゃったけど、私のこと「おばあちゃん」て親しげに呼んでくれて、涙が出そうになりました。リカルドくんはまた背が伸びて、もう大人みたいです。凜々しい男前になりよってのう。ほんでも見かけによらず、ごっつい恥ずかしがり屋で、からかったらすぐ真っ赤になるのが可愛いですわ。リカルドくんがクラスや体操教室の女の子からもらってくるバレンタインのチョコはすごい量です。広伸と優子と真知子の三軒が、チョコレートを一年間買う必要がないくらいじゃわ。ほんで、真知子んとこの政重くんも、のびのびとやっとるようですわ。この前ここへも真知子と一緒に遊びに来てくれました。

優子はあんまり口には出さんが、たくさんの助けの手があるのに、それでも毎日疲れとるようです。時短どころか残業する日も増えてきました。いろいろと前途多難じゃけど、芯の強い子じゃから、なんとか乗りきっていけると思っとります。冬鷹もあっという間に大きゅうなるじゃろうから、いつの日か笑って思い出せる日が来るはずですわ。

この作品は二〇一八年七月小社より刊行されたものを
加筆修正したものです。

四十歳《よんじゅっさい》、未婚出産《みこんしゅっさん》

垣谷美雨《かきやみう》

令和3年2月5日　初版発行
令和3年2月25日　2版発行

発行人――石原正康
編集人――高部真人
発行所――株式会社幻冬舎
〒151-0051東京都渋谷区千駄ヶ谷4-9-7
電話　03(5411)6222(営業)
　　　03(5411)6211(編集)
振替00120-8-767643
印刷・製本―株式会社　光邦
装丁者――高橋雅之

検印廃止

幻冬舎文庫

ISBN978-4-344-43057-0　C0193　か-40-2

幻冬舎ホームページアドレス　https://www.gentosha.co.jp/
この本に関するご意見・ご感想をメールでお寄せいただく場合は、
comment@gentosha.co.jpまで。